U0523509

eye.

守望者

——

到灯塔去

赵瑞蕻 著

鲁迅《摩罗诗力说》

注释·今译·解说

南京大学出版社

图书在版编目(CIP)数据

鲁迅《摩罗诗力说》注释·今译·解说 / 赵瑞蕻著.
—南京:南京大学出版社,2025.1. -- ISBN 978-7-305
-28204-1

Ⅰ. I210.97

中国国家版本馆 CIP 数据核字第 2024FJ0074 号

出版发行　南京大学出版社
社　　址　南京市汉口路 22 号　　邮　编 210093
LUXUN《MOLUO SHILI SHUO》ZHUSHI · JINYI · JIESHUO
书　　名　鲁迅《摩罗诗力说》注释·今译·解说
著　　者　赵瑞蕻
责任编辑　谭　天
照　　排　南京紫藤制版印务中心
印　　刷　南京新世纪联盟印务有限公司
开　　本　880 mm×1230 mm　1/32 开　印张 10.75　字数 233 千
版　　次　2025 年 1 月第 1 版
印　　次　2025 年 1 月第 1 次印刷
ISBN 978-7-305-28204-1
定　　价　78.00 元

网　　址　http://www.njupco.com
官方微博　http://weibo.com/njupco
官方微信　njupress
销售咨询　025-83594756

* 版权所有,侵权必究
* 凡购买南大版图书,如有印装质量问题,请与所购
　图书销售部门联系调换

乔治·戈登·拜伦(George Gordon Byron,1788—1824)

约翰·济慈(John Keats,1795—1821)

波西·比希·雪莱(Percy Bysshe Shelley, 1792—1822)

亚当·密茨凯维支(Adam Mickiewicz,1798—1855)

尤利乌斯·斯洛瓦茨基(Juliusz Slowacki,1809—1849)

亚历山大·谢尔盖耶维奇·普希金（Александр Сергеевич Пушкин，1799—1837）

裴多菲·山陀尔（Petöfi Sándor，1823—1849）

米哈伊尔·犹利耶维奇·莱蒙托夫(Михаил Юрьевич Лермонтов，1814—1841)

兹格蒙特·克拉辛斯基(Zygmunt Krasinski,1812—1859)

目 录

前记	i
原文与注释	001
今译	181
解说	235
附识	292
重读小札/黄乔生	295

前　记

在伟大的文学家、思想家与革命家鲁迅留给我们的全部丰富多彩的精神遗产中，除了文学史专著，如《中国小说史略》，以及翻译小说，如果戈理的代表作《死魂灵》等外，这一篇，一九〇七年鲁迅二十六岁时用文言文写的光辉著作——《摩罗诗力说》，从篇幅方面来说，是最长的一篇；从它的内容与语言文字方面来看，也是颇为复杂深广，较难读懂的一种了。

鲁迅在他的杂文集《坟》的《题记》里曾经说过，他那时"喜欢做怪句子和写古文，这是受了当时《民报》的影响"。的确，《摩罗诗力说》中某些"怪句子"，不少古奥的文言词语，以及原文中所提到的许许多多外国的典故等等，增加了我们阅读时的障碍、理解上的困难，特别是对于年青的读者们。不过，鲁迅这篇论著却是非常重要的，我们必须多花些功夫，细心地耐心地从头到尾读下去。因为，假如我们要认识鲁迅早年的主导思想倾向，他的世界观、文学观和美学见解，特别要了解二十世纪初年中国社会状态，阶级斗争和民族矛盾，当时中国政治上、文化思想界两条路线的斗争——先进的资产阶级革命民主派跟落后陈腐的封建保皇派等之间的斗争，必须读一读这篇《摩罗诗力说》；假如我们要研究一下文艺如何为当时的政治斗争服务，鲁迅如何运用"古为今用、洋为中用"的原则，对旧传统、旧文化，对腐朽的旧学说所进行的深刻批判，必须读一读这篇《摩罗诗力说》；尤其是假如我们想了解十九世纪初期西欧和东欧进步的浪漫主义运动及其诗歌流派的基本情况,以及鲁迅为什么和怎样介绍浪漫主义诗人及其代表作品,并且把他们当作武器,参加当时反对旧制度、反对清王朝黑暗统治的战斗,而鼓吹"恶魔诗人""反抗诗人""复仇诗人"和"爱国诗人"的精神,大胆地提出必须冲破禁区、扫荡迷信,大力宣传救国救民、解放中华民族的思想,必须读一读这篇《摩罗诗力说》。

二十世纪初年,鲁迅是一个激进的革命民主主义者、进化论者,一个热情的爱国主义者,同时也是一个革命浪漫派。鲁迅是我国最早把欧洲的所谓"恶魔诗派"(The Satanical School of Poetry)——革命浪漫主义的"反抗之火"运进祖国大地的普罗米修斯。当然,要分析研究鲁迅青年时期的这些思想倾向及其对于鲁迅以后的思想发展的影响,不能只限于《摩罗诗力说》这一篇。他同时期撰写的《斯巴达之魂》《人之历史》《科学史教篇》《破恶声论》(未定稿)等文,都为我们提供了极其丰富的思想资料,都是宝贵的文献。但是,其中的《文化偏至论》《摩罗诗力说》与《破恶声论》这三篇政治论文和文艺论文尤为重要,它们表达了鲁迅早年的思想倾向,他的历史观、政治观与文艺观。而《摩罗诗力说》一篇又是青年鲁迅的精神面貌,他的激情、他的探索的集中表现,文中摄下了他当时"其亦沉思而已夫"的生动的面影。这是他所处的那个动荡时代现实斗争的土壤中茁壮成长出来的诗的花枝——尽管它所介绍、评论的主要人物是欧洲资产阶级上升时期几个浪漫派诗人——完全可以作为鲁迅本时期思想感情的具有代表性的著作来学习和研究。

鲁迅这篇文章是为当时我国资产阶级民族民主革命斗争服务

的，对这个革命运动起到了革命舆论的作用。它猛烈地批判了旧传统、旧文化，理直气壮地抨击了洋务派、维新派和复古派。这是我国五四运动前思想界启蒙时期的辉煌巨作，是揭露和批判封建意识形态的檄文，同时，也是我国第一部倡导浪漫主义的纲领性文献。它情文并茂，意味深长；它所向披靡，令人神往。其中，科学性、战斗性和抒情性紧密地结合在一起；有不少片段读起来真是朗朗上口，颇富于音乐之美。就其整个认识水平来说，在当时中国文化思想界中毫无疑问是最高的，这只要浏览一下晚清时期有关的报刊、文集以及其他有关的资料就可明白了。

这个集子包括三部分：一、原文与注释；二、今译；三、解说。除第一部分的"原文"和第三部分的"解说"外，这里需要就其他两部分——"注释"和"今译"，作些必要的说明。

关于注释。

这一部分不只限于注释不常用、较难懂的文言词语（包括成语），以及古今中外的典故、地名、人名、书名、篇名等，对原文中所采用的外国资料，在可能范围内，凡查到出处的，也作了必要的说明。说明繁简，视具体情况而定。对于英、德、法、俄、意大利等外文尽可能都直接从各自有关的资料中查核后加注；对于波兰和匈牙利文的资料，则根据英、德、法文等有关著述试注。

凡原文中引用或摘录的诗人、作家、评论家等作品，论述、序文，以及日记、书简、回忆录等，均一律首先根据鲁迅自己的文言译文译成现代汉语。这些在这个集子的"今译"中加以解决。碰到鲁迅的文言译文跟原著有较大出入的地方，一律根据已查到的外文原文重译，并在这一部分中反映出来，以便一般读者参考查阅。

这里举几个例子。

正文开头前所引德国哲学家尼采的一段话，是引自尼采代表作《查拉图斯特拉如是说》(*Also Sprach Zarathustra*，中文本或译为《苏鲁支语录》)第三卷"旧的和新的墓碑"(Von alten und neuen Tafeln)部分第二十五节。但鲁迅译文跟德文原著有些不同，便需另译。比如说，鲁迅译文中"新生之作"一句，如果不查对尼采德文原作，也许有些读者会以为是"新生的作品"；一看原文，才知是"新民族的兴起"(Da werden neue Völker entspringen)。

原文第一段第一节最后，鲁迅引用十九世纪英国作家托玛斯·卡莱尔(Thomas Carlyle)的一段话，自"得昭明之声，洋洋乎歌心意而生者"起至"终支离面已"止，是从卡莱尔的名著《英雄与英雄崇拜》(*Heroes and Hero Worship*)一书第三章"作为诗人的英雄：但丁；莎士比亚"("The Hero as poet：Dante；Shakespeare")最后一节译出。译文跟原著有不大符合的地方，也需要重译。同时又补足为鲁迅所删去的几句，即原文中所谓"中略"部分，使一般读者可窥全豹。

原文第三段最后一节所引德国十九世纪初年诗人特沃多·珂尔纳(Theodore Körner)给他父亲的信，自"普鲁士之鸷"起至"吾起矣"止一段，须查出德文原著，否则对鲁迅的文言译文，如"普鲁士之鸷，已以鸷击诚心，……"一句，就会感到不大好懂了。找到德文原信一查，才了解所谓"普鲁士之鸷，已以鸷击诚心……"就是"普鲁士的雄鹰，已经用它的翅膀的拍击与赤诚的心胸……"的意思。

原文第五段第二节最后，鲁迅引拜伦的话，自"英人评骘不介我心"起至"非欲耳彼辈柔声而作者也"一段,出自拜伦1819年4月6日自威尼斯写给他的朋友约翰·莫莱(John Murray)的信。鲁迅的译文跟原信出入较大,需要重译,便于与文言译文对照阅读,以增进理解。

原文第六段第三节中间,叙述雪莱的童年经历一段,出自雪莱的叙述抒情长诗,《伊斯兰的起义》(The Revolt of Islam)的作者序。其中有雪莱自己的话,也有鲁迅根据其他资料改写的。查对雪莱的原序后,才能知道哪些是原话,哪些是鲁迅编写而加以发挥的。

像这样的情况,本文中还有不少,这里只举几个例子,略加说明。

原文中提到的地名、人名、书名、篇名等,凡不同于现在通行的译法的,一律改译。例如,菩特沛思,改译为布达佩斯;恶斯佛大学,为牛津大学;瞿提,为歌德;修黎,为雪莱;《堂祥》,为《唐璜》;《阿内庚》,为《叶甫盖尼·奥尼金》。又如裴多菲的诗篇《兴矣,摩迦人》(Tolpra Magyar),改译为《起来,马札儿人!》,等等。

凡原文中论及的诗人、作家、思想家、评论家等和他们的著作,除较重要的介绍稍为详细外,一般都作些简要的说明。如需要加以批判的,均在这部分中约略及之,例如,英国反动浪漫派诗人骚赛(Southey)。另有一些在本书第三部分《解说》中加以说明,如尼采。

注释力求详尽。根据我个人的体会,应该注清楚的都已注了;并且注意历史、文化方面的基础知识,目的是一般年轻读者,便于理解和学习。另外,有关人名、书名等等,必要时,均附以外文(主要是英、德、法、俄文等),目的也是使读者便于查阅有关的原著,进行研究。

由于本文内容丰富,所牵涉的方面广,所引用的外国典籍多,限于注释者的水平和客观条件,仍有一些地方一时未能查到外国原作,只好暂付阙如;就是已经注释了的,已查到的材料中,一定也会有错误。凡此种种,只好有待于来日加以修正补充,并热望读者和鲁迅研究专家们指教了。

最后,关于译文。

鲁迅先生在他光辉的一生中,除了为中国人民和世界人民贡献了大量丰富多彩的文学创作、杂文与文学史论著之外,还非常重视翻译工作。他那么热情认真地介绍外国文学艺术,取得了辉煌的成就。另外,鲁迅在长期翻译实践中,结合反帝反封建、批判买办资产阶级文化的需要,曾对翻译艺术提出了许多精辟的见解,坚持了自己的文学翻译风格,创立了自己的翻译艺术理论。鲁迅曾指出:"注重翻译,以作借镜,其实也就是催促和鼓励着创作。"他又告诉我们:"凡是翻译,必须兼顾着两面,一当然是力求其易解,一则保存着原作的丰姿。"对于鲁迅这些意见和他的一整套翻译艺术理论,我们都应该很好地学习和研究,并且努力使之发扬光大。

现在,我试将鲁迅先生这篇用古汉语写的长篇论著《摩罗诗力说》译成现代汉语,也应努力遵照鲁迅所提出的以上两条原则。鲁迅在这里所提到的"丰姿",依我粗浅的体会,当指原作的精神面貌和文采。既然是翻译,不论是中译外、外译中,或者古文译白话等,首先应力求信实,忠实于原文,明确而流利,而不失其原意;必须把原著的思想内容与艺术特色完整地恰如其分地体现出来,避免任意加进一些原作中本来没有的东西。我们自己对写文章的要求是:准确、鲜明和生动。我觉得翻译也应该这样,不论是外译中、中译外,或者文言文译成白话文。不过,正如鲁迅早已指出过的:"翻译并不比随便的创作容易。"要真正做到这些,的确不是容易的事。但是,只要细心琢磨,严肃认真地从事这项艰巨的工作,我们还是可以逐渐地接近原作的"丰姿"的。当前,我们讨论、研究翻译艺术方面的文章不多,很需要同行们热心提倡,当然也要贯彻"百花齐放,百家争鸣"的方针。至于说到把古代经典著作译成现代汉语、古文译白话的问题,我们注意的更少了。可是这也是一个十分严肃、重要的课题。今天一般的青年读者,是多么需要看到祖国文史方面重要的著作,例如《史记》《汉书》《文心雕龙》等等,逐步完整地译成现代汉语,使它们成为符合于口语规范化要求的优秀译品啊。不过,我这些随想已超过这篇前记的范围了。

鲁迅这篇文言文论著中有些地方确是不容易读懂,特别是把它译成白话文,译成流畅可诵的普通话,实在存在着不少难点,其原因在上文已稍微谈到了。我的注释和译文,还有解说,也只是一个尝试,主要目的是希望对一般青年(包括今天大专院校中文系的同学们)阅读鲁迅先生这篇重要论文有所帮助。这就是我这几年从事这一工作最大的心愿。

今年九月是伟大的鲁迅一百周年诞辰纪念,我国以及世界有关的文化艺术界人士将要隆重地进行各种盛大的纪念活动,这将是一个文化艺术史上光辉的节日。本书恰巧在纪念鲁迅百周年诞辰之前完成,在激动欣慰之中,就把它当作纪念鲁迅的一种小小的献品吧。

赵瑞蕻
一九八一年春节于南京大学

原文与注释

摩罗诗力说[1]

求古源尽者将求方来之泉,将求新源。嗟我昆弟,新生之作,新泉之涌于渊深,其非远矣。[2]

——尼佉[3]

一

人有读古国[4]文化史者,循代而下,至于卷末,必凄以有所觉,如脱春温而入于秋肃[5],勾萌绝朕[6],枯槁[7]在前,吾无以名,姑谓之萧条而止。盖人文之留遗后世者,最有力莫如心声[8]。古民神思[9],接天然之閟宫[10],冥契万有,与之灵会,道其能道,爰为诗歌[11]。其声度时劫[12]而入人心,不与缄口[13]同绝;且益曼衍[14],视其种人[15]。递文事式微[16],则种人之运命亦尽,群生辍响[17],荣华收光;读史者萧条之感,即以怒起[18],而此文明史记,亦渐临末页矣。凡负令誉于史初,开文化之曙色,而今日转为影国[19]者,无不如斯。使举国人所习闻,最适莫如天竺[20]。天竺古有《韦陀》[21]四种,瑰丽幽复[22],称世界大文;其《摩诃波罗多》[23]暨《罗摩衍那》[24]二赋,亦至美妙。厥后有诗人加黎陀萨[25](Kalidasa)者出,以传奇鸣世,间染抒情之篇;日耳曼诗宗瞿提[26](W. von Goethe),至崇为两间之绝唱[27]。降及种人失力,而文事亦共零夷[28],至大之声,渐不生于彼国民之灵府,流转异域,如亡人也[29]。次为希伯来[30],虽多涉信仰教诫[31],而文章以幽邃庄严胜,教宗文术,此其源泉,灌溉人心,迄今兹未艾。特在以色列族,则止耶利米[32](Jeremiah)之声;列王荒矣,帝怒以赫,耶路撒冷遂隳[33],而种人之舌亦默。当彼流离异地,虽不遽忘其宗邦,方言正信[34],拳拳[35]未释,然《哀歌》[36]而下,无赓响矣。复次为伊兰[37]埃及[38],皆中道废弛,有如断绠[39],灿烂于古,萧瑟于今。若震旦[40]而逸斯列,则人生大戚[41],无逾于此。何以故?英人加勒尔[42](Th. Carlyle)曰,得昭明之声,洋洋乎歌心意而生者,为国民之首义。意太利分崩矣[43],然实一统也,彼生但丁[44](Dante Alighieri),彼有意语。大俄罗斯之札尔[45],有兵刃炮火,政治之上,能辖大区,行大业。然奈何无声?中或有大物,而其为大也暗[46]。(中略)迨兵刃炮火,无不腐蚀,而但丁之声依然。有但丁者统一,而无声兆之俄人,终支离而已[47]。

尼佉(Fr. Nietzsche)不恶野人,谓中有新力[48],言亦确凿不可移。盖文明之朕,固孕于蛮荒,野人狉獉[49]其形,而隐曜[50]即伏于内。文明如华,蛮野如蕾,文明如实,蛮野如华,上征[51]在是,希望亦在是。惟文化已止之古民不然:发展既央[52],隳败随起,况久席古宗祖之光荣,尝首出周围之下国,暮气之作,每不自知,自用而愚,污如死海。其煌煌[53]居历史之首,而终匿形于卷末者,殆以此欤?俄之无声,激响在焉。俄如孺子,而非喑人;俄如伏流,而非古井[54]。十九世纪前叶,果有鄂戈理[55](N. Gogol)者起,以不可见之泪痕悲色,振其邦人,或以拟英之狭斯丕尔[56](W. Shakespeare),即加勒尔所赞扬崇拜者也[57]。顾瞻人间,新声争起,无不以殊特雄丽之言,自振其精神而绍介其伟美于世界;若渊默而无动者,独前举天竺以下数古国而已。嗟夫,古民之心声手泽[58],非不庄严,非不崇大,然呼吸不通于今,则取以供览古之人,使摩挲[59]咏叹而外,更何物及其子孙?否亦仅自语其前此光荣,即以形迩来之寂寞,反不如新起之邦,纵文化未昌,而大有望于方来之足致敬也。故所谓古文明国者,悲凉之语耳,嘲讽之辞耳!中落之胄[60],故家荒矣,则喋喋[61]语人,谓厥祖在时,其为智慧武怒[62]者何似,尝有闳宇崇楼,珠玉犬马,尊显胜于凡人[63]。有闻其言,孰不腾笑?夫国民发展,功虽有在于怀古,然其怀也,思理朗然,如鉴明镜,时时上征,时时反顾,时时进光明之长途,时时念辉煌之旧有,故其新者日新,而其古亦不死。若不知所以然,漫夸耀以自悦,则长夜之始,即在斯时。今试履中国之大衢,当有见军人踔踸[64]而过市者,张口作军歌,痛斥印度[65]波阑[66]之奴性;有漫为国歌者亦然[67]。盖中国今日,亦颇思历举前有之耿光[68],特未能言,则姑曰左邻已奴,右邻且死,择亡国而较量之,冀自显其佳胜。夫二国与震旦究孰劣,今姑弗言;若云颂美之什[69],国民之声,则天下之咏者虽多,固未见有此作法矣。诗人绝迹,事若甚微,而萧条之感,辄以来袭。意者欲扬宗邦之真大,首在审己,亦必知人,比较既周,爰生自觉。自觉之声发,每响必中于人心,清晰昭明,不同凡响。非然者,口舌一结,众语俱沦,沉默之来,倍于前此。盖魂意方梦,何能有言?即震于外缘,强自扬厉[70],不惟不大,徒增欷耳。故曰国民精神之发扬,与世界识见之广博有所属。

今且置古事不道,别求新声于异邦,而其因即动于怀古。新声之别,不可究详;至力足以振人,且语之较有深趣[71]者,实莫如摩罗诗派[72]。摩罗之言,假自天竺,此云天魔,欧人谓之撒但[73],人本以目裴伦[74](G. Byron)。今则举一切诗人中,凡立意在反抗,指归[75]在动作,而为世所不甚愉悦者悉入之,为传其言行思惟,流别影响,始宗主裴伦,终以摩迦(匈加利)[76]文士[77]。凡是群人,外状至异,各禀自国之特色,发为光华;而要其大归[78],则趣于一:大都不为顺世和乐之音,动吭[79]一呼,闻者兴起,争天拒俗,而精神复深感后世人心,绵延至于无已。虽未生以前,解脱[80]而后,或以其声为不足听;若其生活两间[81],居天然之掌握,辗转而未得脱者,则使之闻之,固声之最雄桀[82]伟美者矣。然以语平和之民,则言者滋惧。

注释

〔1〕关于本文写作的时代背景、主要内容、基本观点以及历史意义等方面,均见本书第三部分《解说》,此处从略。

本文是鲁迅一九〇七年所作,一九〇八年二月和三月,以令飞的笔名,发表于《河南》杂志第二期和第三期上,后由作者收入一九二六年编成的杂文集《坟》中。

《河南》月刊是当时中国留学日本的一部分学生所办的反对清朝统治、宣传爱国思想的革命刊物之一,创刊于一九〇七年冬。该刊第一期"发刊词"上说:"因睹外患之迫于燃眉,遂不能不赴汤蹈火,摩顶断脰,以谋于将死未死之时。"接着又说:"为生为死,即在今日!为奴为主,即在今日!"这些话,表明了创刊旨趣,也反映了当时青年学生以及一般知识分子的爱国热忱与革命思想。当时在日本出版的同样性质的杂志还有《浙江潮》《汉声》《江苏》《新湖南》等十来种，都以留日同乡会，或以各省留日同仁名义创办。

鲁迅在《〈呐喊〉自序》里谈到，当时他和几个志同道合的青年同学筹办一个名为《新生》的杂志，来提倡文艺运动，目的是要改变"愚弱的国民"的精神状态，即改造人们的思想，唤起中国人民的觉悟。后因人力、物力的欠缺，《新生》办不起来，他便把原为这刊物撰写的五篇科学、政治与文艺论文——《人之历史》《科学史教篇》《文化偏至论》《摩罗诗力说》及《破恶声论》等，投寄《河南》月刊，先后发表了。其中，《文化偏至论》和《破恶声论》两篇主要是阐明鲁迅早年的社会政治思想和文化观点的，《摩罗诗力说》一文则比较集中地表达了他早年的文艺思想与美学观点。

《摩罗诗力说》这一题目，如译为现代汉语，就是《论恶魔派诗歌的力量》。"摩罗"一词，是印度欧罗巴语系中最古老的一支、古代印度文——梵语（Sanskrit，意为"圣语"）的 Māra 一词的古汉语音译，也有译作"魔罗"的，或简称为"魔"。

在我国周秦典籍、诸子及《史记》《汉书》等书中，都找不到"魔"字。查考我国文字发展史，最早出现"魔"字，是在公元五四八年（后魏武定六年），是刻在石像上的。据《说文新附考》卷四所载，《正字通》引《译经论》中说："魔，古从石作磨，梁武帝改从鬼。"《众经音义》卷二十一上又说："魔，书无此字，译人义作，则不始自梁武。钮氏云后魏武定六年,造像颂云:'群魔稽首',时已有魔字。"据此可知,"摩罗"(或"魔罗",或"魔")就是梵语的音译。

Māra("摩罗")一词,源出印度古代神话传说,说的是欲界第六天的主神波旬(pāpiyas)是魔界之王,时常带领群魔进行破坏善事的活动,所以佛典《大智度论》卷五上说,"问曰:何以名魔?答曰:夺慧命,坏道法功道善本,是故名为魔"。这就是魔鬼或恶魔最早的说法。因此,鲁迅在本文中指出:"摩罗之言,假自天竺,此云天魔,欧人谓之撒但,人本以目裴伦(G. Byron)。"

"撒但"即"撒旦",印欧语系(英、德、法、意大利语等)中 Satan 一词的音译。最早是古代希伯来文,原意是"仇敌"或"图谋反叛者"。后来希腊文、拉丁文均沿用此词,现代欧洲语言仍通用。根据《圣经》,撒旦原为天堂上的天使长(天使的头头),后因反抗上帝,被打入地狱,便成为群魔之王。撒旦的另一别名就是路西弗(Lucifer),恶魔的通称。在拉丁文里,"路西弗"一词的意思,是"光明的使者",所以,启明星(金星,Venus),也叫"路西弗"(Lucifer)。

所谓"摩罗诗派",即"恶魔派"(The Satanical School),是十九世纪初年英国御用反动文人、消极浪漫派"桂冠"诗人罗伯特·骚赛(Robert Southey,1774—1843)谩骂、攻击拜伦和雪莱,以及其他同派诗人作家的用语。所以,鲁迅在本文中指出:"人本以目裴伦。"骚赛在一八二一年春发表了一首长诗,叫作《审判的幻景》("A Vision of Judgement"),大肆吹捧、美化一八二〇年死了的英国乔治三世，那个衰老、丑恶、瞎眼、疯狂的国王。骚赛在他的长诗序言里气势汹汹地辱骂拜伦是"诗歌中的恶魔派"（The Satanica' School of Poetry），攻击拜伦败坏国家的政治与道德两方面的基础，等等。拜伦立即起而应战，于同年十月，有意采用相同的篇名，写出了他自己的《审判的幻景》（"The Vision of Judgement"），一首辛辣讽刺的长诗，回答骚赛，进行了有力反击（不仅如此，后来拜伦在他的巨著《唐璜》献辞里也无情地揭露了骚赛无耻的面目，说他是"头号的叛徒"，"最会变节的托利党徒"，等等）。这些就是"摩罗诗派"，或称"恶魔诗派"这名目的来由。

"摩罗诗派"，其实就是浪漫派，浪漫主义诗歌及其运动中的一个流派，就是十九世纪初期盛行于西欧以及东欧，以拜伦与雪莱为代表的资产阶级上升时期的积极或革命的浪漫主义派。也就是鲁迅在本文中所说的"新声"。鲁迅说："新声之别，不可究详；至力足以振人，且语之较有深趣者，实莫如摩罗诗派。……凡立意在反抗，指归在动作，而为世所不甚愉悦者悉入之，为传其言行思惟，流别影响，始宗主裴伦，终以摩迦（匈牙利）文士。"鲁迅在本文中主要是介绍、评论了拜伦、雪莱、普希金、莱蒙托夫、密茨凯维支、斯洛伐斯基、克拉辛斯基和裴多菲八位浪漫派诗人，其中包括"摩罗诗人"、"复仇诗人"、"爱国诗人"、在"异族压迫之下的时代的诗人"，这些"无不刚健不挠，抱诚守真，不取媚于群，以随顺旧俗"的杰出的诗人们。

〔2〕这段引文出自尼采的名著,代表作之一《查拉图斯特拉如是说》(Also Sprach Zarathustra)第三卷第十二部分"新的与旧的墓碑"(Von alten und neuen Tafeln,旧译作"新榜与旧榜",系误译。)第二十五节开头的两段。鲁迅的文言译文同德文原著有些出入,现根据尼采原作试译如下,以便参阅:

谁对古老的渊源已经悟彻了,看啊,他终于要去追寻那未来的流泉与新的渊源了。

兄弟们啊,不消多长的时日,就会有新的民族兴起;新的流泉将奔落到新的深谷里了。

〔3〕尼佉 通译尼采,全名是弗利德里希·尼采(Friedrich Nietzsche,1844—1900)。祖先是波兰贵族,生于普鲁士的萨克森小城洛根(Röcken)。一八六四年中学毕业后,入波恩大学,学习神学与古典语言学,后转入莱比锡大学读书。这时他认识了比他年长三十岁的作曲家瓦格纳(1813—1888),并开始接受叔本华(1788—1860)的深刻影响,这两个人是他"精神上的导师"。他也深受拜伦的启发,崇拜所谓"拜伦式"的英雄人物。一八六九年,他任瑞士巴塞尔(Basel)大学的古典语言学教授。一八七二年,出版了他的第一部重要著作《悲剧从音乐的精神中诞生》(Geburt der Tragödie aus dem Geist der Musik)。接着尼采又写了不少书,主要的有《人间的,一切过于人间的》(Menschliches, allzumenschliches,1878)、《朝霞》(Morgenröten,1881)、《查拉图斯特拉如是说》(1883—1891)、

《权力意志》(*Der Willen zur Macht*，1901年死后出版)以及自传体散文作品《这个人》(*Ecce Homo*，1888)。尼采从青年时起，身体就不好，晚年突然发疯，一九〇〇年在魏玛去世。《尼采全集》德文本共十九卷，一八九五至一九〇四年出齐。英文译本共十八卷，一九〇九至一九一三年全部出版。

在尼采全部著作中，《查拉图斯特拉如是说》(中文译本中也有称为《苏鲁支语录》的)可以说是最有代表性的一种，影响也最大，在世界上流传甚广，也是不容易读的书。西方学者一直认为这部书是世界文学史上的杰作之一，说这是尼采"在他最富于创造性的岁月中，用全部血气的力量"写出来的。

查拉图斯特拉，是古代波斯语 Zarathustra 一词的音译，原意是"老骆驼"，即琐罗亚斯德(Zoroaster)。他是古代波斯的琐罗亚斯德教(Zoroastrianism)，即拜火教的创立者，生于公元前七世纪至六世纪之间。(我国古代称 Zoroaster 为苏鲁支，称其教为祆教，如宋朝姚宽《西溪丛语》等书所载。)尼采这本书既未阐明拜火教的教义，也没有刻画查拉图斯特拉的真实形象和性格，而只是利用了这个古代圣者的名字，来宣扬他自己的思想体系，即所谓"超人"(Übermensch)的哲学。

鲁迅早年就接触到尼采的著作，接受他的哲学思想的影响。早在一九〇七年的《文化偏至论》一文中，鲁迅已这样介绍过尼采："若夫尼佉，斯个人主义之至雄桀者矣，希望所寄，惟在大士天才；而以愚民为本位，则恶之不殊蛇蝎。意盖谓治任多数，则社会元气，一旦可尽，不若用庸众为牺牲，以冀一二天才之出世,递天才出而社会之活动亦以萌,即所谓超人之说,尝震惊欧洲之思想界者也。"一九二○年六月《新潮》月刊第二卷第五期上,发表了鲁迅翻译的《察拉图斯特拉的序言》,接着鲁迅又翻译、介绍了日本厨川白村的反映尼采哲学观点的文艺论著《苦闷的象征》。在本文和《文化偏至论》,以及后来的杂文如《再论雷峰塔的倒掉》等文中,鲁迅曾多次提到尼采,引用过他的话(在鲁迅全部译著中,有二十二次提到尼采)。鲁迅自己从未讳言过曾受尼采的思想影响,后来也对尼采的观点作过深刻的批判。关于这方面的论述,参见本书第三部分《解说》。

〔4〕古国　世界古代的国家,除中国外,有埃及、巴比伦、印度、波斯,以及地中海、爱琴海地区的希腊和罗马等。这些国家基本上都是人类历史上最早的奴隶制国家,也是所谓世界文明的摇篮。鲁迅在本文中提到的是天竺(印度)、希伯来(以色列和犹太)、埃及和震旦(中国)四个文明古国。

〔5〕春温,秋肃　均比喻之词,形成强烈的对照,刻画两种不同的状态与境界。鲁迅作于一九三五年秋的旧诗七律《亥年残秋偶作》首二句"曾惊秋肃临天下,敢遣春温上笔端",用法与此相似。

〔6〕勾萌绝朕　勾,涂抹、勾消。萌,草木的萌芽。绝,断绝;朕(zhèn),即朕兆、先兆。朕,原是缝隙的意思;兆,烧龟坼(chè),以验吉凶。这里用来比喻事物发展的征象。

〔7〕枯槁　草木枯萎。《淮南子》:"今夫徙树者,失其阴阳

之性,则莫不枯槁。"

〔8〕心声　语见扬雄《法言》:"言,心声;书,心画也。"心声,一般指语言,由于文学创作是用语言文字抒写的,所以这里的"心声",可泛指语言文学,特别指诗歌创作。鲁迅《域外小说集序》:"按邦国时期,籀读其心声,以相度神思之所在。"

〔9〕神思　神奇的思念,向往,即想象或幻想,也就是鲁迅《科学史教篇》中所谓"玄念"。《文心雕龙·神思》篇,"古人云:形在江海之上,心存魏阙之下。神思之谓也。文之思也,其神远矣。故寂然凝虑,思接千载,悄然动容,视通万里"。这里所阐明的就是精神活动超越时空的力量,以及联想、想象的作用。鲁迅《科学史教篇》里说:"此非操觚之士,独凭神思构架而然也。"而另一方面,在《文化偏至论》里,鲁迅又说:"然其根柢,乃远在十九世纪初叶神思一派;递夫后叶,受感化于其时现实之精神,已而更立新形,起以抗前时之现实,即所谓神思宗之至新者也。"在这两段引文中,前者所谓"神思",可以说是幻想(Fancy)或想象(Imagination)。后者,所谓"神思一派"和"神思宗",应为"理想主义"或理想派,即乌托邦主义(Utopianism),而不是"浪漫派",因为鲁迅曾译"浪漫派"(Romantic School 或 Romanticist)为"罗曼宗"或"摩罗宗",或径译为"摩罗诗派"。

〔10〕閟宫　閟(bì),关闭。"閟宫",原是《诗经》中《鲁颂》的篇名,所谓"閟宫有侐,实实枚枚"。《毛传》:"閟,闭也。侐,清静也。"原指深闭的庙宇,清静幽深。这里泛指宇宙奥妙的现象,

自然界不可思议的状态,神秘的境界。

〔11〕爰为诗歌　于是有了诗歌。这里一段可参阅鲁迅《中国小说史略》第二篇《神话与传说》:"昔者初民,见天地万物,变异不常。其诸现象,又出于人力所能以上,则自造众说以解释之;凡所解释,今谓之神话。"鲁迅《汉文学史纲要》第一篇《自文字至文章》中也说:"在昔原始之民,其居群中,盖惟以姿态声音,自达其情意而已。声音繁变,寖成言辞,言辞谐美,乃兆歌咏。"又见鲁迅《破恶声论》:"顾瞻百昌,审谛万物,若无不有灵觉妙义焉,此即诗歌也。"

〔12〕时劫　劫,佛典名词,梵文 Kalpa 一词音译"劫波"之略。佛经上说,世界有"四劫",即四个时期。旧日将天灾人祸通称为"劫",如劫数、浩劫。这里指岁月,或时代的变迁、考验。

〔13〕缄口　闭口不说话。鲁迅《文化偏至论》:"胥缄口结舌而不敢言。"语出《孔子家语》:"孔子观周,遂入太祖后稷之庙。庙堂右阶之前,有金人焉,三缄其口,而铭其背曰:古之慎言人也。"这里指死人,也可指那些衰落、沉默无声的民族。

〔14〕曼衍　发展演变。语见《庄子·齐物论》:"和之以天倪,因之以曼衍,所以穷年也。"鲁迅《人之历史》:"远追动植之绳迹,明其曼衍之由。"又,曼衍即蔓衍,滋长延伸的意思。《楚辞·九思》:"菽藟兮蔓衍。"

〔15〕视其种人　视,比、相比,比较的意思。种人,种族、民族。全句大意是:心声(诗歌)比起民族来是更加发展的。

〔16〕式微　衰落。谢灵运诗:"常叹诗人言,式微何由

往？"式,发语词,没有意义。

〔17〕辍响　辍(chuò),中止,停止。响,声音。辍响,停止了歌唱。

〔18〕怒起　怒,本来形容气势的强盛,引申为奋发。《庄子·逍遥游》:"怒而飞,其翼若垂天之云。"这里有突然引起强烈的萧条感觉的意思。

〔19〕影国　指那些古代曾有过灿烂文化而后来衰亡的国家,也就是鲁迅所说的"群生辍响,荣华收光",沉入暗影里的文明古国。

〔20〕天竺　古代印度的别称,或称天笃,一名身毒。玄奘《大唐西域记》:"详夫天竺之称,别议纠纷,旧云身毒,或曰贤豆,今从正音,宜云印度。"按古代梵文,印度称Sindhu,希腊文作Indos。现代印欧语系称印度为India(英文)、Inde(法文)、Indien(德文)等。参见下注〔29〕。

〔21〕《韦陀》　韦陀通译吠陀,梵文Veda的音译,原是知识、学问的意思。印度古代传统,将上古印度流传至今的文献(包括诗歌在内),通称为"吠陀"。《吠陀》,基本上是宗教文学,共有四种,即《梨俱吠陀》("梨俱"Rg,意为颂赞)、《娑摩吠陀》("娑摩"Sāma,意为歌咏)、《夜柔吠陀》("夜柔"Yajus,有祷词、祭文之意)与《阿达婆吠陀》("阿达婆"Atharva,即咒语)。其中只有《梨俱吠陀》和《阿达婆吠陀》是印度上古诗歌的总集,好像我国的《诗经》一样。这四种《吠陀》的内容包括神话传统、颂诗、咒文、祈祷文、抒情诗以及祭祖仪式的记载等。它

们的写作年代是公元前两千五百年至五百年之间,都是印度原始社会解体与奴隶制形成时期的产物。

〔22〕幽夐　夐(xiòng),深远。幽夐,幽深邃远。

〔23〕《摩呵波罗多》　现译"呵"字作"诃"。印度古代两大史诗之一,梵文 Mahābhārata 的音译。原来叫作"历史传说",是印度上古奴隶制上升时期思想和艺术成就的总集,奴隶制王国纷争时代的产物。它反映了社会斗争与整个时代风貌,成为当时包罗万象的知识总库。这部伟大史诗,是公元前七至四世纪的作品,内容包括英雄史诗和民间传说。中心故事是在雅利亚(Aryan)人向恒河流域发展过程中,以印度北方一个婆罗多(Barata)族王国内部的政治斗争为线索,描写了牵连整个印度的一场巨大战争。全诗约十万行,或三十万多句,号称"十万颂"(每首颂包括两行诗),分成十八篇。全诗篇幅约相当于古代希腊《荷马史诗》上、下两部总和的八倍。其中《罗那传》与《莎维德丽传》两部分是独立的完整的作品,对后世的影响也较大。有各种外文译文。

〔24〕《罗摩衍那》　印度古代另一部伟大的史诗,梵文 Ramayana 的音译。"罗摩衍那"的原意就是"罗摩的漫游"。共五十七篇,约二万四千颂,是公元后五世纪时的作品。主要内容是叙述神化了的英雄王子罗摩(Rāma)与他的妻子悉达(Sitā)的一生及其远征锡兰的故事,反映了雅利安人的国家向南方发展的情况。在印度,这部史诗被称为"最初的诗",成为印度古典诗人的先驱与典范,这跟《摩诃波罗多》作为历史传

说不同。

〔25〕加黎陀萨　通译迦黎陀娑(Kālidāsa)。印度梵语古典文学中最杰出的诗人和戏剧家,也是获得世界声誉的作家。最早把他介绍到国外的是我国的藏语译本。生卒年月不详,是公元三至五世纪之间的人,生活于印度从奴隶制过渡到封建制的某一时期。他一共写了七部作品,代表作是戏剧《沙恭达罗》(Sakundala)与《云使》(Meyhadūta)。前者由英国梵文学者威廉·琼斯(William Jones)于一七八九年译成英文,介绍到欧洲去,引起当时西欧浪漫派作家的高度赞扬,成为世界文学杰作之一。我国已有十几种译本。故事素材出自《摩诃婆罗多》,主要描写年轻女子沙恭达罗与豆扇陀王杜虚孟多的恋爱与结婚引人入胜的故事。

〔26〕瞿提　通译歌德,全名是约翰·沃尔夫冈·歌德(Johann Wolfgang Goethe,1749—1832),德国启蒙时期狂飙运动代表人物之一、十九世纪德国伟大的诗人与思想家。著作丰富多彩,影响深远。主要作品有《少年维特的烦恼》(Die Leiden des jungen Werthers,1774)、《铁手葛兹·封·伯利欣根》(Götz von Berlichingen mit der eisernen Hand,1773)、《浮士德》(Faust,1808—1832)以及《威廉·麦斯特》(Wilhelm Meister,共两部,分别刊作于1796和1829)等。歌德不只是一个大诗人,而且在自然科学上也有贡献。鲁迅在《人之历史》一文中已介绍过歌德,他说:"瞿提者,德之大诗人也,又邃于哲理,故其论虽凭理想以立言,不尽根于事实,而识见既博,思

力复丰,则犁然知生物有相互之关系,其由来本于一原。"

〔27〕**至崇为两间之绝唱** 歌德对迦黎陀娑的名著《沙恭达罗》十分推崇。他的《东西方诗集》(*West-östlicher Divan*,1819)一书里说到他读了德国诗人乔治·福斯特(Georg Forster,1754—1794)根据琼斯的英译本《莎恭达罗》翻译的德译本后,于一七九一年五月,写了一首赞美《莎恭达罗》的短诗。这首诗我国前有苏曼殊的文言四言体译文:"春华瑰丽,亦扬其芬。秋实盈衍,亦蕴其珍。悠悠天偶,恢恢地轮。彼美一人,沙恭达纶。"苏曼殊的译文离原诗较远,只能算是一种改写。现根据德文原作,试译于下:

假如我要把春天的花朵,秋季的果实,

将那些妖媚动人,丰腴滋养的东西,

将苍穹与大地,用一个名字来概括,

莎恭达罗啊,那我就要提到你,一切就得到了表示。

〔28〕**零夷** 零落,颓败。

〔29〕**如亡人也** 这里指印度梵语古典文学的光辉时期已消逝了,再也没有产生伟大的诗人和作家,没有杰出的作品。印度是世界文明古国之一,也是世界较早出现阶级社会的地区。公元二千年前左右,雅利安人(属西方白种民族)从西北山口侵入了印度河流域,接着征服了恒河流域,形成了一些国家,先后建立摩揭陀王朝、孔雀王朝、贵霜帝国、笈多王朝等。公元六世纪末和四世纪末,印度曾先后遭到波斯和希腊马其

顿王亚历山大的侵略。公元五世纪中叶,哎哒人入侵,笈多王朝开始瓦解;到六世纪,印度古代奴隶社会最后一个强大王朝已消亡了。此后,印度在进入封建社会以后,不断遭受外来的蹂躏,其中包括十世纪末突厥人、十三世纪蒙古成吉斯汗、十四世纪末贴木儿、十六世纪阿富汗人的侵略,等等。此后,西方殖民者(如葡萄牙人、西班牙人)相继侵占印度。十六世纪末、十七世纪初英帝国主义入侵印度,鲸吞蚕食,穷凶极恶,到十九世纪中期,整个印度已沦为殖民地,并入英国版图中了。

〔30〕希伯来 古代闪语族中亚兰姆(Aram)的 Ebrai 一词的音译,英语称 Hebrew。希伯来就是犹太的古称。公元前十二世纪中叶,希伯来人各部落逐渐定居于巴勒斯坦,住在死海以西山区南部的叫作犹太(Jew),住在巴勒斯坦土地肥沃区域的叫作以色列(Israel)。公元前十一至十二世纪间,在犹太部落的领袖大卫(David,公元前 1013—973)和他的儿子所罗门(Solomon,公元前 973—933)的领导下,建立了统一的以色列-犹太王国,定都在耶路撒冷。公元前九三五年,又分裂为两个国家,北方称以色列,南方称犹太,所以也分称以色列人和犹太人。这两个国家之间经常发生冲突。后来亚述、新巴比伦、埃及等相继进军巴勒斯坦,骚扰甚烈,整个地区长期处在动荡纷乱之中。公元前七十年,耶路撒冷被罗马帝国侵占;前六三年,并入罗马版图。从此犹太民族便四处逃亡,流散到世界各地,被称为"没有国家的民族",即鲁迅《文化偏至论》中所谓"犹太遗黎"。

〔31〕信仰教诫　指以色列与犹太人的宗教信仰，即犹太教。他们奉耶和华(Jehovah，意思是"自有永有者")为各部落的主神，宇宙唯一的主宰。以色列-犹太国家形成后，耶和华便成为国家的保护神，并认为犹太民族是神的"特选子民"(Chosen People)。他们祈求耶和华派遣弥赛亚(Mahsiah)来当复兴犹太国的救世主，带领他们摆脱异族的迫害。在犹太教教义形成时期，希伯来人自古遗留下来的各种文献，通过祭司的编纂整理，成为适合他们的教义基本精神的总集，称为《圣经》(Holy Bible)。《圣经》的内容十分丰富，有民间流传的史诗、战歌、情歌，有以色列和犹太国王的编年史记，有先知的教诫，有国王制定的法律，等等。《圣经》各部分形成的年代前后不同，较早的可上溯到公元前十二至十一世纪间，较晚的则是公元前三世纪的产物。基督教兴起后，作为犹太教经典的《圣经》，全部为基督教徒们所接受，称为《旧约》(The Old Testament)，以区别于基督教兴起后所编撰的《新约》(The New Testament)。《新约》内容包括"福音书"(记载耶稣的言行)、"使徒行传"(叙述早期教会情况)以及使徒们的书信、启示录，等等。犹太教的一神崇拜与救世主的观点也为基督教所继承下来。纪元后基督教传入欧洲，成为奴隶制罗马帝国统治的有力工具。在中世纪和近代不同的历史条件下，基督教义又在发展过程中，加入了不少符合封建地主阶级与资产阶级的利益的成分。

〔32〕耶利米　印欧语系 Jeremiah 一词的音译,源出希伯来文 Yirmeyah。他是古代犹太民族的先知、大预言家,生于公元前七世纪末至六世纪初。根据《圣经》记载,他于前六二七年开始预言,说犹太与耶路撒冷一定会灭亡。他参加了古代近东政治与宗教的斗争,帮助同胞战胜灾难,例如公元前五八六年,巴比伦攻陷耶路撒冷时,人民遭殃,感到悲痛,他便鼓励他们不必失望。他自己曾不断受到迫害,好几次被关入狱中。《圣经·旧约》里有《耶利米书》五十二章,又有《耶利米哀歌》五章,这是他哀悼首都耶路撒冷为巴比伦所攻陷的抒情诗篇,为所谓"圣城"的浩劫悲痛的歌集。犹太人每逢纪念亡城的日子,都朗诵此诗。

〔33〕耶路撒冷遂隳　隳(huī),毁坏、摧毁。《老子》:"或挫或隳。"《吕氏春秋》:"隳人之城郭。"耶路撒冷,印欧语系 Jerusalem 一词的音译,是古代以色列-犹太王国的京城,在巴勒斯坦南部高原上,为犹太国王所罗门所建。公元前五九七年及五九〇年,新巴比伦王尼布甲尼撒二世两次进攻犹太。第二次入侵时,耶路撒冷被围困达三年之久,终于在前五八六年投降。神庙宫殿被毁,财宝被洗劫一空,贵族和许多贫民都被劫持到巴比伦当奴隶。从此犹太国就灭亡了。《旧约·列王记》里曾说,由于犹太国几代国王不敬重上帝,所以得到惩罚,国破人亡。

〔34〕方言正信　指希伯来语言和犹太教信仰。

〔35〕拳拳　亦作惓惓。司马迁《报任少卿书》:"拳拳

之忠,终不能自列。"拳拳,原是紧握不舍的意思,引申为诚恳、真挚。这里指依恋不舍。

〔36〕《哀歌》 即耶利米所作的《哀歌》("The Lamentations of Jeremiah")。共五章,除第三章有六十六节诗外,其余四章,都是二十二节诗。

〔37〕伊兰 通译伊朗(Iran),即古代的波斯(Persia)。古代波斯民族居住在亚洲西部幼发拉底(Eupharates)和底格里斯(Tigris)两河流域以东,直到印度的伊朗高原地带。公元前六世纪中叶,波斯部落中一个领袖居鲁士(Cyrus,公元前558—529年)吞并了其他部落,建立了一个中央集权的军事奴隶主国家,即波斯帝国。后来波斯在大流士(Darius)的统治下,达到了全盛时期,版图广阔,国势强大。公元前四九二年和四九〇年,波斯先后两次进攻希腊,均遭失败。大流士死后,帝国继位者薛西斯(Xerxes,鲁迅译名为泽耳士,公元前485—465)乃于四八〇年再次侵略希腊,惨遭挫败后,显赫一时的波斯帝国便开始衰落。到了公元前三三〇年,波斯为马其顿王亚历山大所征服,波斯帝国便灭亡了。关于公元前四八〇年波斯皇帝薛西斯大举进攻希腊,希腊人在斯巴达城邦的统率下,起而抗击侵略的英勇战斗情况,鲁迅作于一九〇三年的《斯巴达之魂》一文中,有精彩的"懔懔有生气"的描述,可参阅。

〔38〕埃及 人类历史上最早出现的文明古国。公元前三千二百年左右,埃及已建立了奴隶制的中央集权的

统一国家。公元前三二〇〇年至二四〇〇年,是埃及的古王国时代。金字塔的建造是这个时代的标记。公元前二四〇〇年至一五八〇年,是埃及中王国时代,美利多湖的开凿是当时埃及最大的水利工程(水利灌溉一直是埃及奴隶主统治阶级的财源的保证),埃及商船曾航行到地中海东部各地。公元前一五八〇年至一二〇〇年,是埃及的新王国时代。这时埃及发动对外侵略,征服了努比亚、巴勒斯坦和叙利亚,成为空前强盛的军事帝国。新王国在吐特摩斯三世(前1525—1473年)统治期间是埃及的全盛时期。以后在对赫梯人的战争中,埃及国势逐渐衰落,新王国开始崩溃,到公元前十一世纪初,完全陷于瓦解局面。公元前五二五年,埃及为波斯帝国所灭。

〔39〕断绠　绠(gěng),汲水桶上的绳索,打水用的绳子。《左传·襄公九年》:"具绠缶。""断绠",这里意思是古代文明国家衰亡了,仿佛绳索切断一样。

〔40〕震旦　古代印度称中国为cinisthāna(梵文),在佛典中把这个称号译为"震旦"。一说是"秦"的变音。

〔41〕大戬　戬(jiǎn),幸福。《隋书·音乐志下》:"方凭戬福,伫咏丰年。"

〔42〕加勒尔　通译卡莱尔,全名是托玛斯·卡莱尔(Thomas Carlyle,1795—1881)。十九世纪英国著名的散文家、文艺批评家、历史学家、思想家。出身于泥水匠的家庭,爱丁堡大学毕业。著作丰富,代表作有《裁缝哲学》

(Sartor Resartus, 1833—1834)、《法国革命史》(A History of the French Revolution, 1837)、《过去与现在》(Past and Present, 1843)和《英雄与英雄崇拜》(Heroes and Hero-worship, 1841)。卡莱尔研究德国文学,恩格斯说他是"唯一直接接受了德国文学极大影响的英国作家"。他与歌德通信,并翻译了歌德的著名长篇小说《威廉·麦斯特的学习时代》(Wilhelm Meisters Lehrjahre)。鲁迅在《科学教史篇》中已提到卡莱尔:"二千年来,其色益显,或为路德,……为嘉来勒,后世瞻思其业,将孰谓之不伟欤?"嘉米勒,即卡莱尔。

〔43〕意大利分崩矣　自公元四世纪中叶,西欧蛮族入侵罗马帝国,到四七六年西罗马帝国灭亡以后,意大利就长期陷入四分五裂、支离破碎的局面。外族入侵,战事频仍,生产破坏,民不聊生,奴隶与贫民起义斗争席卷整个意大利。意大利的封建关系在十世纪时已基本上形成,而在中世纪整个时代,意大利仍处于不统一的状态中。在但丁时代,国内形成许多共和国与公国,建立了许多新兴的城市,但统治意大利的仍是教皇势力。接着,法国和西班牙相继入侵,引起长期战乱。直到十九世纪中叶,意大利才逐步走向统一。

〔44〕但丁　全名是但丁·阿里吉耶利(Dante Alighieri, 1265—1321),意大利伟大的诗人,欧洲中世纪向文艺复兴过渡时期的代表作家。恩格斯在《共产党宣言》意大利文译本的

序言中说:"中世纪的终结和现代资本主义时代的开端,是由当时一位伟大人物表征过的。这位伟大人物就是意大利诗人但丁。他是中世纪的最后一个诗人,同时又是新时代的最初一个诗人。"但丁的代表作是《新生》(*La Vita Nuova*,1291),特别是《神曲》(*La Divina Commedia*,大约1300年开始写作)。《神曲》分"地狱"(Inferno)、"炼狱"(Purgatorio)和"天堂"(Paradiso)三部,是世界文学史上最伟大的作品之一。此外,《宴会》(*Convivio*,1304—1307)和《论俗语》(*De Vulgari Eloquentia*,1304—1308)都是他重要的著作。

〔45〕札尔　即沙皇czar的音译。俄语作зa,古代斯拉夫语作cēsari。俄罗斯的皇帝,以及其他斯拉夫国家的统治者的称号。

〔46〕喑　通"瘖"(yīn),哑巴。《后汉书·袁闳传》:"喑不能言。"引申为默不作声。

〔47〕卡莱尔这段话(自"得昭明之声"至"终支离而已"止),出自他的代表作之一《英雄与英雄崇拜》第四讲《作为诗人的英雄:但丁;莎士比亚》("The Hero as Poet Dante; Shakespeare")的最后一段。鲁迅的文言译文,同原著有些出入,现根据英文原著,试译于下,以助校阅,并补足其中的"中略"部分:

> 是啊,说实在的,一个民族能够发出一种清晰可听的声音,能够产生一个人,他能将他的民族的心意悦耳动听地表达出来,这真是一件重大的事情啊!举个例子吧,可

怜的意大利四分五裂,支离破碎了,在任何协定草案或条约中都根本看不到统一的局面了。但是,高贵的意大利实际上是统一的:意大利产生了她的但丁,意大利能说话!所有的俄罗斯人的沙皇,是强大的,有那么多刺刀、哥萨克和大炮;他能够保持那么广大的地区,在政治上统一,这是了不起的业绩。但是,他不能说话。他那里有伟大的东西,而这是一种哑巴式的伟大。他没有天才的声音,可以使一切人、一切时代都能听到。他必须学会说话。直到现在,他还是一个巨大的哑巴怪物。他的大炮以及哥萨克将会统统腐朽,不再存在了。但是,那但丁的声音却仍然听得见。有了但丁的民族是团结在一起的,而哑巴一样的俄罗斯则不能这样。——在这里,我们必须结束我们所要讲的关于英雄-诗人的部分了。

在这段译文中,鲁迅略去了"他没有天才的声音,可以使一切人、一切时代都能听得到。他必须学会说话。直到现在,他还是一个巨大的哑巴怪物"这几句,现在根据原文补上。

〔48〕尼佉　见前注〔3〕。这里所引用的尼采语的出处尚待查考。

〔49〕狉榛　狉(pī),兽群奔走的样子。榛(zhēn),同"榛",原是落叶灌木,花黄褐色,果实叫榛子。这里泛指丛生的荆棘,榛莽。柳宗元《封建论》:"草木榛榛,鹿豕狉狉",都是形容太古洪荒时代,人类未开化,处于野蛮状态的情况。

〔50〕隐曜　曜(yào),光耀、明亮。隐曜,潜藏着的光辉。

〔51〕上征　向前发展,前进。语见《离骚》:"驷玉虬以桀鹥兮,溘埃风余上征。"鲁迅《人之历史》:"虽后世学人,或更上征而无底极。"

〔52〕央　竭尽,终止,完结。《诗经》:"夜如何其?夜未央。"

〔53〕煌煌　明亮,灿烂。《诗经》:"昏以为期,明星煌煌。"

〔54〕俄之无声,激响在焉……而非古井　鲁迅这里几句话是反驳上文卡莱尔的论断的。所谓"激响",亦即"伏流",是说俄国在沙皇专制主义的凶残统治下,人民的心声仍在震响,文学艺术仍在发展,进步的思想家与艺术家在为突破暗夜做出贡献。十八世纪俄国没有产生过具有世界意义的文学作品,而十九世纪初俄国文学面貌就起了急剧变化,并取得了巨大进步。随着民族意识的觉醒与民族解放运动的发展,以反对封建专制、农奴制度为主要内容的俄罗斯民族文学便形成了。以普希金为首的杰出的诗人与作家开辟了俄罗斯文学的新时代,并且开始走进世界文学的行列。

〔55〕鄂戈理　通译果戈理(Н. В. Гоголь,1809—1852),俄国伟大作家,十九世纪欧洲杰出的小说家与戏剧家。代表作有《密尔格拉得》(Миргород,1835)、《钦差大臣》(Ревизор,1836)、《死魂灵》(Мертвые души,1842)以及短篇小说《狂人日记》(Записки сумасшедшего,1835)、《外套》(Шинель,1842)等。在俄罗斯文学中,果戈理对于鲁迅的影响是较大的。鲁迅不少次谈到果戈理,例如在《几乎无事的悲剧》《论讽

刺》等文中。鲁迅晚年还抱病努力完成果戈理《死魂灵》的翻译。一九三六年十月逝世前半年,他仍坚持翻译《死魂灵》第二部。七月间,自费复印《死魂灵百图》出版。鲁迅指出:"果戈理开手作《死魂灵》第一部的时候,是一八三五年的下半年,离现在足有一百年了。幸而,还是不幸呢?其中的许多人物,到现在还很有生气,使我们不同国度、不同时代的读者,也觉得仿佛写着自己的周围,不得不叹服他的伟大的写实的本领。"

〔56〕狭斯丕尔　通译莎士比亚。全名是威廉·莎士比亚(William Shakespeare,1564—1616),英国文艺复兴时期伟大的诗人和戏剧家。代表作有《哈姆雷特》(*Hamlet*,1601)、《奥赛罗》(*Othello*,1604)、《李尔王》(*King Lear*,1605)、《罗米欧与朱丽叶》(*Romeo and Juliet*,1599)、《威尼斯商人》(*The Merchant of Venice*,1597)、《皆大欢喜》(*As you Like it*,1600)、《仲夏夜之梦》(*A Mid-summer Night's Dream*,1596)、《暴风雨》(*The Tempest*,1611)、《亨利四世》(*Henry Ⅳ*,1597—1598)等。一九〇七年,鲁迅在《科学史教篇》中已提到莎士比亚,他指出:"故人群所当希冀要求者,不惟奈端已也,亦希诗人如狭斯丕尔"。后来在杂文中也多次谈及,例如《莎士比亚》《又是莎士比亚》等文。

〔57〕即加勒尔所赞扬崇拜者也　加勒尔,即卡莱尔,见前注〔42〕。卡莱尔在《英雄与英雄崇拜》一书第四讲《作为诗人的英雄:但丁;莎士比亚》中说:"莎士比亚,广阔、安详、高瞻远瞩,像太阳,世界上高层的亮光。意大利产生了一个全世界的

声音,我们英国人荣幸地产生了另一个世界的声音。……他的作品是那么多的窗子;通过这些窗子,我们看见他心中的世界的闪光。"莎士比亚的作品中"有些章节出现在你眼前,仿佛上天射出的光彩,辉煌勃发,把事物的内心都照亮了"。

〔58〕手泽　原意为手上汗水所沾润,后指先人笔迹、遗物等。《礼记·玉藻》:"父没而不能读父之书,手泽存焉尔。"这里即指文学遗产。

〔59〕摩挲　用手抚弄。

〔60〕中落之胄　胄(zhòu),帝王或贵族的后裔。这里指那些半途衰落下来的国家或家族的子孙。

〔61〕喋喋　喋(dié),形容说话多,如"喋喋不休"。《汉书·张释之传》:"岂效此啬夫喋喋利口。"

〔62〕武怒　威武,显赫;武功显赫。

〔63〕谓厥祖在时,……尊显胜于凡人　这里几句话的意思,在鲁迅以后其他作品中都有所论述,并结合当时现实情况,有所发挥,加以更深刻的阐明。例如,《阿Q正传》:"我们先前比你阔得多啦!你算是什么东西。"以及《热风·随感录三十八》一篇中所谈到的,可参阅。

〔64〕蹀躞　音diéxiè,亦作蹀蹓。形容小步行走的样子。《后汉书·祢衡传》:"蹀蹓而前,容态有异。"

〔65〕印度　详见上注〔20〕及〔29〕。

〔66〕波阑　即波兰,地处东欧奥得(Oder)河和维斯杜拉(Vistula)河流域之间。波兰人属于斯拉夫民族,大约在九世

纪时，在波兰地区出现了部落联盟，称为公国。到了波列斯拉夫统治时期(992—1025)，波兰强盛起来，摆脱了日耳曼皇帝的附庸地位。一〇二五年，罗马皇帝为波列斯拉夫加冕，封为波兰国王。从十二世纪起，波兰已形成封建割据局面，后又遭到德国封建主和蒙古军队的入侵。十四世纪初，在弗拉底斯拉夫(Ladislaw，1305—1333)的统治下，波兰获得独立统一，恢复国王称号，建都于克拉科夫(Krakow)。十六世纪，波兰成为东欧大国，一五六九年，与立陶宛合并后，领土更加扩大。但到了十八世纪中叶，在法国大革命爆发前，由于欧洲几个强国(俄、德、奥、法)以及土耳其等之间错综复杂的斗争，尤其是沙皇俄国的侵略野心，积极推行对外扩张政策，波兰已陷入被瓜分的险境。一七七二年，在沙皇叶卡德琳娜二世和普鲁士国王腓特烈·威廉二世的策划下，波兰第一次被瓜分了。在法国大革命发展到雅各宾专政时期，俄、英、奥、普等国结成反法联盟，进行军事干涉。后英、奥、普等国以对法国作战为借口，要求俄国重新瓜分波兰，俄、普两国缔结了瓜分协定，强迫波兰国会通过，完成法律上的手续。这是波兰第二次被瓜分。一七九四年，波兰人民在珂修斯科(Kosciusko，1746—1817)领导下，举行起义，反对沙皇统治，而被残酷镇压下去。俄国军队侵入波兰，占领华沙。奥国也进军波兰，沙皇避免跟奥、普两国作战，被迫同意对波兰进行第三次重新瓜分。整个波兰不再存在了。在拿破仑统治和战争时期，一八〇七年曾建立华沙大公国。但在一八一五年，拿破仑战败后，在俄、英、奥、普等国召开的维也纳会议上,波兰又遭到了第四次瓜分。俄国夺取了拿破仑建立的华沙大公国的大部分土地。至此,波兰十分之九的国土都被沙皇吞并了。

鲁迅在这里提到的就是波兰被瓜分的历史事件。当时中国封建官僚地主阶级、洋务派等都嘲笑挖苦波兰的"奴性",而鲁迅则持相反的态度,同情波兰人民,批判了那些谩骂波兰的人们。

〔67〕今试履中国之大衢,……有漫为国歌者亦然 晚清时,封建地主阶级分子、洋务派与保皇党们一面死心塌地为腐朽清王朝效劳,维护封建文化,抱残守缺;另一方面又妄自尊大,宣扬狭隘的民族主义,表现了"阿Q精神",卑视其他国家。例如,张之洞的《学堂歌》:"波兰灭,印度亡,犹太遗民散四方。"又《军歌》:"请看印度国土并非小,为奴为马不得脱笼牢。"又如鲁迅《佚文集》所载一九一八年《随感录》里所说的:"其实中国才征新军,在路上时常遇着几个军士,一面走,一面唱道:'印度波兰马牛奴隶性,……'""有漫为国歌者"的出处尚待查阅。

〔68〕耿光 耿(gěng),通"炯"(jiǒng),光明的意思。《尚书·立政》:"以觐文王之耿光。"

〔69〕什 篇章。古代以十篇为一卷,叫作"什"。

〔70〕扬厉 《礼记·乐记》:"发扬蹈厉,大公之志也。"原意为意气风发,后引申为发扬光大。韩愈《潮州刺史谢上表》:"扬厉无前之伟迹。"

〔71〕深趣　趣，原指旨趣、意味、意旨。《列子·汤问》："曲每奏，钟子期辄穷其趣。"也作情趣、风致解。这里当指前者，即深长的意味。

〔72〕摩罗诗派　详见注〔1〕。

〔73〕撒但　通译撒旦，详见注〔1〕。

〔74〕裴伦　通译拜伦。全名是乔治·戈登·拜伦（George Gordon Byron，1788—1824）十九世纪英国反封建、反旧传统、反"神圣同盟"和欧洲民族解放运动中伟大的革命浪漫主义诗人和战士。恩格斯《英国工人阶级状况》中说："雪莱，天才的预言家雪莱，与具有感性热情和对现代社会的辛辣讽刺的拜伦，在工人中间拥有最多的读者，资产者是只读经过阉割的而适应于现代虚伪道德的'家族版'的。"关于拜伦的生平、言行及其代表作均见本文第四段专论拜伦部分，以及有关的注释。鲁迅著作中曾多次谈到拜伦，例如《坟·杂忆》中说："有人说 G. Byron 的诗多为青年所爱读，我觉得这话有几分真。就自己而论，也还记得怎样读了他的诗而心神俱旺，尤其是看见他那花布裹头，去助希腊独立时候的肖像。……那时 Byron 之所以比较地为中国人所知，还有别一原因，就是他的助希腊独立。时当清的末年，在一部分青年心中，革命思潮正盛，凡有叫喊复仇和反抗的，便容易惹起感应。那时我所记得的人，还有波兰的复仇诗人 Adam Mickiewicz；匈牙利的爱国诗人 Petöfi Sandor……"

〔75〕指归　宗旨或意向所在。《晋书·束皙传》："校缀次

第,寻考指归。"

〔76〕摩迦（匈牙利） 摩迦,通译马札儿,欧印语系Magayar的音译,从匈牙利语Mŏdyär一词演变而来。匈牙利语属芬兰-乌格里克(Finno-Ugric)语系。匈牙利人自己称为马札儿人,欧洲其他民族叫他们为匈牙利(Hungary)人。匈牙利人原住西伯利亚西部,乌拉尔以东的地区。五世纪向西南移动,从南俄草原西迁到多瑙河中流和黑海沿岸一带。八三〇年,到了顿河口岸。九世纪末,定居于现在的匈牙利境内。十一世纪时,匈牙利在第一个国王圣斯蒂芬(St. Stephen)的统治下,全国统一,并成为信奉基督教的国家。一五二六年,土耳其侵占匈牙利,直至一六九九年,才被击退。从此,匈牙利为哈布斯堡(Habsburg)王朝所统治。一七二二年,成为奥地利帝国版图的一部分。一八四八、一八四九年,匈牙利人民多次起义,但终为奥、俄联军所镇压。一八六七年,匈牙利成为奥匈帝国的一部分,才获独立。一九一八年,第一次世界大战后,匈牙利共和国成立。余参见本书注释第九段注〔1〕及其他有关的注释条目。

〔77〕文士 指匈牙利杰出爱国诗人裴多菲。详见本文第九段及有关注释。

〔78〕大归 大要,大抵;主要倾向。刘淇《助字辨略》:"大归,即大要。归是收束之所,要为总括之区也。"

〔79〕动吭 吭(háng),喉咙。动吭,即引吭,提高嗓门,大声呼喊。

〔80〕解脱　佛教名词,梵语Vimwkta一词的音译。佛家认为修行到了最后阶段,脱离烦恼苦难,自在无碍,叫作"解脱"。《成唯识论述记》:"言解脱者,体即圆寂。"这里就是死亡的意思。

〔81〕两间　天与地之间。鲁迅《题呐喊》诗:"两间余一卒,荷戟独彷徨。"

〔82〕雄桀　桀,即傑(杰)。雄桀,雄壮、豪迈的意思。

二

平和为物,不见于人间。其强谓之平和者,不过战事方已或未始之时,外状若宁,暗流仍伏,时劫一会[1],动作始矣。故观之天然,则和风拂林,甘雨润物,似无不以降福祉于人世,然烈火在下,出为地肉[2],一旦偾兴[3],万有同坏。其风雨时作,特暂伏之见象,非能永劫安易,如亚当之故家[4]也。人事亦然,衣食家室邦国之争,形现既昭,已不可以讳掩;而二士室处,亦有吸呼,于是生颢气[5]之争,强肺者致胜。故杀机之昉[6],与有生偕;平和之名,等于无有。特生民之始,既以武健勇烈,抗拒战斗,渐进于文明矣,化定俗移,转为新懦,知前征之至险,则爽然[7]思归其雌[8],而战场在前,复自知不可避,于是运其神思,创为理想之邦,或托之人所莫至之区,或迟之不可计年以后。自柏拉图(Platon)《邦国论》[9]始,西方哲士,作此念者不知几何人[10]。虽自古迄今,绝无此平和之朕,而延颈方来,神驰所慕之仪的,日逐而不舍,要亦人间进化之一因子欤?吾中国爱智之士[11],独不与西方同,心神所注,辽远在于唐虞[12],或迳入古初,游于人兽杂居之世;谓其时万祸不作,人安其天,不如斯世之恶浊阽危[13],无以生活[14]。其说照之人类进化史实,事正背驰。盖古民曼衍播迁,其为争抗劬劳,纵不厉于今,而视今必无所减;特历时既永,史乘[15]无存,汗迹血腥,泯灭都尽,则追而思之,似其时为至足乐耳。倘使置身当时,与古民同其忧患,则颓唐侘傺[16],复远念盘古未生,斧凿未经之世,又事之所必有者已。故作此念者,为无希望,为无上征,为无努力,较以西方思理,犹水火然;非自杀以从古人,将终其身更无可希冀经营,致人我于所仪之主的[17],束手浩叹,神质[18]同陨焉而已。且更为忖度其言,又将见古之思士,决不以华土为可乐,如今人所张皇[19];惟自知良懦无可为,乃独图脱屣[20]尘埃,惝恍[21]古国,任人群堕于虫兽,而己身以隐逸终。思士如是,社会善之,咸谓之高蹈[22]之人,而自云我虫兽我虫兽也。其不然者,乃立言辞,欲致人同归于朴古,老子之辈[23],盖其枭雄。老子书五千语[24],要在不撄[25]人心;以不撄人心故,则必先自致槁木之心,立无为之治;以无为之为化社会,而世即于太平。其术善也。然奈何星气既凝[26],人类既出而后,无时无物,不禀杀机,进化或可停,而生物不能返本。使拂逆[27]其前征,势即入于苓落,世界之内,实例至多,一览古国,悉其信证[28]。若诚能渐致人间,使归于禽虫卉木原生物,复由渐即于无情[29],则宇宙自大,有情已去,一切虚无,宁非至净。而不幸进化如飞矢,非堕落不止,非著物不止,祈逆飞而归弦,为理势所无有。此人世所以可悲,而摩罗宗[30]之为至伟也。人得是力,乃以发生,乃以曼衍,乃以上征,乃至于人所能至之极点。

中国之治,理想在不撄,而意异于前说。有人撄人,或有人得撄者,为帝大禁,其意在保位,使子孙王千万世,无有底止,故性解[31](Genius)之出,必竭全力死之;有人撄我,或有能撄人者,为民大禁,其意在安生，宁蜷伏堕落而恶进取，故性解之出，亦必竭全力死之。柏拉图建神思之邦，谓诗人乱治，当放域外[32]；虽国之美污，意之高下有不同，而术实出于一。盖诗人者，撄人心者也。凡人之心，无不有诗，如诗人作诗，诗不为诗人独有，凡一读其诗，心即会解者，即无不自有诗人之诗。无之何以能解？惟有而未能言，诗人为之语，则握拨[33]一弹，心弦立应，其声澈于灵府，令有情皆举其首，如睹晓日，益为之美伟强力高尚发扬，而污浊之平和，以之将破。平和之破，人道蒸[34]也。虽然，上极天帝，下至舆台[35]，则不能不因此变其前时之生活；协力而夭阏[36]之，思永保其故态，殆亦人情已。故态永存，是曰古国。惟诗究不可灭尽，则又设范以囿之。如中国之诗，舜云言志[37]；而后贤立说，乃云持人性情，三百之旨，无邪所蔽[38]。夫既言志矣，何持之云？强以无邪，即非人志。许自繇[39]于鞭策羁縻[40]之下，殆此事乎？然厥后文章，乃果辗转不逾此界。其颂祝主人，悦媚豪右[41]之作，可无俟言。即或心应虫鸟，情感林泉，发为韵语，亦多拘于无形之囹圄，不能舒两间之真美；否则悲慨世事，感怀前贤，可有可无之作，聊行于世。倘其嗫嚅[42]之中，偶涉眷爱，而儒服之士，即交口非之。况言之至反常俗者乎？惟灵均[43]将逝，脑海波起，通于汨罗[44]，返顾高丘，哀其无女[45]，则抽写哀怨，郁为奇文[46]。茫洋在前，顾忌皆去，怼世俗之浑浊，颂己身之修能[47]，怀疑自遂古之初[48]，直至百物之琐末，放言无惮，为前人所不敢言。然中亦多芳菲凄恻之音，而反抗挑战，则终其篇未能见，感动后世，为力非强。刘彦和[49]所谓才高者菀其鸿裁，中巧者猎其艳辞，吟讽者衔其山川，童蒙者拾其香草[50]。皆著意外形，不涉内质，孤伟[51]自死，社会依然，四语之中，函深哀焉。故伟美之声，不震吾人之耳鼓者，亦不始于今日。大都诗人自倡，生民不耽[52]。试稽自有文字以至今日，凡诗宗词客，能宣彼妙音，传其灵觉，以美善吾人之性情，崇大吾人之思理者，果几何人？上下求索，几无有矣。第此亦不能为彼徒罪也，人人之心，无不泐[53]二大字曰实利，不获则劳，既获便睡。纵有激响，何能撄之？夫心不受撄，非槁死则缩朒[54]耳，而况实利之念，复黏黏[55]热于中，且其为利，又至陋劣不足道，则驯至卑懦俭啬，退让畏葸[56]，无古民之朴野，有末世之浇漓[57]，又必然之势矣，此亦古哲人所不及料也。夫云将以诗移人性情，使即于诚善美伟强力敢为之域，闻者或哂[58]其迂远乎；而事复无形，效不显于顷刻。使举一密栗[59]之反证，殆莫如古国之见灭于外仇矣。凡如是者，盖不止笞击縻系[60]，易于毛角[61]而已，且无有为沉痛著大之声，撄其后人，使之兴起；即间有之，受者亦不为之动，创痛少去，即复营营于治生，活身是图，不恤污下，外仇又至，摧败继之。故不争之民，其遭遇战事，常较好争之民多，而畏死之民，其苓落殇亡，亦视强项[62]敢死之民众。

千八百有六年八月，拿坡仑[63]大挫普鲁士军，翌年七月，普鲁士乞和，为从属之国[64]。然其时德之民族，虽遭败亡窘辱，而古之精神光耀，固尚保有而未隳。于是有爱伦德[65]（E. M. Arndt）者出，著《时代精神篇》（*Geist der Zeit*），以伟大壮丽之笔，宣独立自繇之音，国人得之，敌忾之心大炽；已而为敌觉察，探索极严，乃走瑞士。递千八百十二年，拿坡仑挫于墨斯科之酷寒大火，逃归巴黎，欧土遂为云扰，竞举其反抗之兵[66]。翌年，普鲁士帝威廉三世[67]乃下令召国民成军，宣言为三事战，曰自由正义祖国；英年之学生诗人美术家争赴之。爱伦德亦归，著《国民军者何》暨《莱因为德国大川特非其界》二篇[68]，以鼓青年之意气。而义勇军中，时亦有人曰台陀开纳[69]（Theodor Körner），慨然投笔，辞维也纳国立剧场诗人之职，别其父母爱者，遂执兵行；作书贻父母曰,普鲁士之鹫[70],已以鹫击诚心,觉德意志民族之大望矣。吾之吟咏,无不为宗邦神往。吾将舍所有福祉欢欣,为宗国战死。嗟夫,吾以明神之力,已得大悟。为邦人之自由与人道之善故,牺牲孰大于是?热力无量,涌吾灵台,吾起矣[71]!后此之《竖琴长剑》(Leier und Schwert)一集[72],亦无不以是精神,凝为高响,展卷方诵,血脉已张。然时之怀热诚灵悟如斯状者,盖非止开纳一人也,举德国青年,无不如是。开纳之声,即全德人之声,开纳之血,亦即全德人之血耳。故推而论之,败拿坡仑者,不为国家,不为皇帝,不为兵刃,国民而已。国民皆诗,亦皆诗人之具,而德卒以不亡。此岂笃守功利,摈斥诗歌,或抱异域之朽兵败甲,冀自卫其衣食室家者,意料之所能至哉[73]?然此亦仅譬诗力于米盐,聊以震崇实之士,使知黄金黑铁,断不足以兴国家,德法二国之外形,亦非吾邦所可活剥;示其内质,冀略有所悟解而已。此篇本意,固不在是也。

注释

〔1〕时劫一会　时劫,详见第一段注释〔12〕。时劫一会,就是说时机一到,机会来了。

〔2〕地囱　火山。

〔3〕偾兴　偾(fèn),动的意思。偾兴,语见《左传·僖公十五年》:"脉张偾兴,外强中干;进退不可,周旋不能。"这里指火山活动,爆发,喷射。

〔4〕亚当之故家　见《圣经》上部《旧约·创世纪》。亚当,希伯来语 ādām 的音译,原意是"一个人"。亚当是传说中上帝

所创造的世界第一个男人的名字。故家,即老家,指亚当与他的配偶夏娃(上帝所造的第一个女人。夏娃,希伯来语hawwāh的音译,原意是生命,最早的意思可能是蛇。)两个人最初所住的地方,天堂上的乐园,即伊甸(希伯来语ēdhen的音译,英语作Eden,原意是喜悦、欢乐)。

〔5〕颢气 颢(hào),白而发光。这里颢气即空气、养气。

〔6〕昉 曙光初现,引申为开端、开始。

〔7〕爽然 茫然,没有主见的样子。《史记·屈原贾生列传》:"爽然若失。"

〔8〕思归其雌 语见《老子》第二十四章:"知其雄守其雌,为天下谿。"雌,柔弱,不坚强的状态。这里指保守、逃避现实斗争的处世态度。

〔9〕柏拉图(Platon)《邦国论》 柏拉图(希腊文是Platōnikos,现代印欧语系均作Plato。公元前429—347)是古代希腊伟大的思想家、哲学家。出身于奴隶主贵族,苏格拉底的学生。公元前三八六年起,在雅典建立学园,广收门徒,讲学四十年。著作很多,现留传下来的有对话(Dialogos)四十二篇。代表作有《伊安》(*Ion*)、《斐德若》(*Phaedrus*)、《会饮》(*Symposium*)和《理想国》(*Republic*)等。《理想国》(或译《共和国》《国家篇》;鲁迅译为《邦国论》,亦译为《神思之邦》)是柏拉图最著名最重要的著作,包容了他的哲学、政治、伦理、文艺与美学等观点,以及对理想国的制度与所谓理想公民的性格的探讨。《理想国》较集中地反映了柏拉图的唯心主义哲学,

其实质是维护神权与奴隶主贵族阶级利益,是当时政治斗争的产物。

〔10〕西方哲士,作此念者不知几何人 从柏拉图的《理想国》以后,直到近代,西方不少作家、思想家写了同类的著作,描绘他们所向往的理想境界、所憧憬的天地,表达他们的各种观点。例如,文艺复兴时期英国托玛斯·莫尔(Thomas More,1478—1535)用拉丁文写的《乌托邦》(*Utopia*,1516)、弗朗西斯·培根(Francis Bacon,1561—1626)的《新大西洋岛》(*The New Atlantis*,1626)、意大利康巴内拉(Campanella,1568—1639)的《太阳城》(*Città del Sole*,1602),以及十八世纪英国斯维夫特(Swift)的《格利佛游记》(*Gulliver's Travels*,1726)、法国伏尔泰(Voltaire)的《老实人,或称乐观主义》(*Candide, ou l'Optimisme*,1759)、十九世纪英国勃特勒(Samuel Butler)的《不知何处》(*Erewhon*,1872),直到现代威尔斯(H.G.Wells)的《时间机器》(*The Time Machine*,1895)和《奇异的访问》(*The Wonderful Visit*,1895),等等。

〔11〕爱智之士 爱智,即哲学;"爱智之士",即哲学家。希腊文哲学"philosophos"一词是由两部分组成的:philo,是爱、喜欢的意思;sophos,即智慧。所以"哲学"一词,按照字源,可译为"爱智",或"爱智学"。

〔12〕唐虞 即唐尧和虞舜。唐尧,陶唐氏,传说中远古时代的一个部落名,尧是他们的领袖。虞,有虞氏,传说中远古另一个部落,舜是他们的领袖。这里可泛指辽远的古代。

〔13〕阽危　阽(diàn,旧读yán),近边将坠的意思。阽危,就是接近险境。语见《汉书·食货志(下)》:"安有为天下阽危者若是而上不惊者!"这里可作险恶解。

〔14〕从上文"吾中国爱智之士"至"无以生活"这一段话,我国古代思想家、哲学家的著作中有关这方面的论述是相当多的,如先秦诸子。这里举一二例,以见一斑。《老子》:"小国寡民,使有什佰之器而不用,使民重死而不远徙。虽有舟舆,无所乘之;虽有甲兵,无所陈之。使人复结绳而用之,甘其食,美其服,安其居,乐其俗。"又《庄子·马蹄》:"夫赫胥氏之时,民居不知所为,行不知所之,含哺而熙,鼓腹而游,民能以此矣。"孔子的主张"祖述尧舜,宪章文武"(《礼记·中庸》),更是具有代表性的。

〔15〕史乘　春秋时代晋国的史书称为"乘",后泛指一般史籍,历史记载。

〔16〕侘傺　侘(chā)傺(chì),亦作侘憏,失意、惆怅的样子。《离骚》:"忳郁邑余侘傺兮,吾独穷困乎此时也。"

〔17〕所仪之主的　所寻求的主要目标。

〔18〕神质　精神与肉体。

〔19〕张皇　夸张炫耀。《聊斋志异·公孙夏》:"区区一郡,何直得如此张皇?"这里有宣扬、标榜的意思。

〔20〕脱屣　屣(xǐ),鞋子。脱屣,脱掉鞋子。这里一句"脱屣于尘埃"(尘埃,指人世、人间),即把鞋子抛弃在尘埃之中,意即超越、摆脱现世。

〔21〕惝恍　惝(chǎng)恍(huǎng)，亦作"惝怳"，迷糊、不清楚。《楚辞·远游》："视倏忽而无见兮，听惝恍而无闻。"这里有迷恋、神往的意思。

〔22〕高蹈　崛起，特出。这里有超脱清高的意思。韩愈《荐士》诗："国朝盛文章，子昂始高蹈。"

〔23〕老子之辈　老子的时代和生平，向无定论，相传是春秋时的思想家，道家的创始人。据《史记》中的《老子韩非列传》说，他是楚国人，姓李，名耳，号聃，曾任周守藏室之史。相传他著《老子》一书，分上下两篇，八十一章。老子之辈，指道家、庄周等。

〔24〕老子书五千语　即相传为老子所著的《道德经》，有五千多字。《史记·老子韩非列传》上说："关令尹喜曰，子将隐矣，强为我著书。于是老子乃著书上下篇，言道德之意五千余言而去。"这部书对政治，甚至文化，都抱虚无、否定的态度，宣扬清静无为，返回自然的所谓理想生活，就是回到原始淳朴的社会，即所谓"归真返朴"。所以这里鲁迅说："欲致人同归于朴古。"

〔25〕撄　触犯。语见《孟子·尽心（下）》："虎负嵎，莫之敢撄。"

〔26〕星气既凝　指十八世纪德国哲学家康德（Immannel Kant，1724—1804）在其所著《自然通史与天体论》(*Allegemeinen Naturgeschichte und Theorie des Himmels*，1755)中提出的关于太阳系起源的"星云说"，阐明地球等天体是由星云聚集，

逐渐凝固而成的。

〔27〕拂逆　违背,违反。这里是妨碍、阻止的意思。

〔28〕信证　确实可靠的证明。

〔29〕无情　指世界上一切没有生命的东西。

〔30〕摩罗宗　参见本书第一篇注释〔1〕及〔9〕。

〔31〕性解　印欧语系 genius 一词的音译,原为拉丁文。一般译为天才,指特殊的智慧和才能。按拉丁文 Genius 一词,原是保护精灵的意思。根据古代罗马人的信仰,一个人诞生时,便有一个保护精灵附着在身上。

〔32〕柏拉图建神思之邦,谓诗人乱治,当放域外　柏拉图的《理想国》第二、第三卷以及第十卷中,对荷马史诗《伊里亚特》和《奥德赛》以下的古典希腊文学艺术遗产进行了考察和批判,而得出两个结论:一是文艺给予人类的不是真理;二是文艺对人们会产生伤风败俗的恶劣影响。他认为,诗人不从理智出发,专事逢迎人类的弱点,挑动情欲,产生快感,猎取声誉。因此,柏拉图认为史诗诗人和悲剧诗人都不应该居住在理想国里,于是对他们下了逐客令。鲁迅在《集外集拾遗·诗歌之敌》一文中也说:"反诗歌党的大将要算柏拉图。他是艺术否定论者,对于悲剧喜剧,都加攻击,以为足以灭亡我们灵魂中崇高的理性,鼓舞劣等情绪。……在他的《理想国》中,因为诗歌有鼓动民心的倾向,所以诗人是看作社会的危险人物的。"

〔33〕握拨　拨,拨弄弦乐器的工具;握拨,就是拿起这个

工具(俗名"拨子")来把琴弦一拨动,弹奏起来。

〔34〕蒸　发扬的意思。

〔35〕舆台　中国古代奴隶制中两个等级的名称,都是被奴役者。见《左传·昭公七年》:"天有十日,人有十等。下所以事,上所以共神也。故王臣公,公臣大夫,大夫臣士,士臣皂,皂臣舆,舆臣隶,隶臣僚,僚臣仆,仆臣台。"

〔36〕夭阏　阏(è),阻塞。夭阏,即夭遏,摧残、扼杀的意思。《庄子·逍遥游》:"而后乃今培风,背负青天而莫之夭阏者。"

〔37〕舜云言志　舜,即虞舜,尧的继承者,传说中的中国远古帝王,黄帝的后代。参见注〔12〕。《尚书·尧典》上说:"诗言志,歌永言;声依永,律和声;八音克谐,无相夺伦,神人以和。"这里的"志",即志意、怀抱的意思。"诗言志"说,一直是中国古典诗论的核心。自《尧典》提出这个论点后,先秦诸子至两汉,不断有人提出相同的观点,例如《毛诗序》:"诗者,志之所之也。在心为志,发言为诗。"《荀子·儒效篇》:"诗言其志也。"《庄子·天下篇》:"诗以道志。"《左传·襄公二十七年》:"诗以言志。"

〔38〕而后贤立说,……无邪所蔽　《论语·为政》上说:"诗三百,一言以蔽之,曰:思无邪。"这是孔丘诗论的核心。他对于《诗经》内容的总结性的评论,就是"思无邪"("思",语助词,无意义),认为诗歌与道德教化有着密切的关系。"后贤",指孔丘以后那些继承和发展孔丘诗论的人们。例如,汉人所

作《诗纬含神雾》上说:"诗者,持也。持其性情,使不暴去也。"刘勰《文心雕龙·明诗》上也说:"诗,持也,持人性情。三百之蔽,义归无邪。"这里的"持",就是压制、约束的意思。"三百"指我国古代最早的诗歌总集《诗经》,是周初至春秋中叶(公元前十一至六世纪)五百多年间的作品。相传是孔丘编定的,现存三〇五篇,分为《风》《雅》《颂》三大部分。所谓诗"三百",取其整数而言。

〔39〕自繇　即自由。

〔40〕羁縻　羁(jī),原是马络头。羁縻,笼络、束缚的意思。

〔41〕豪右　豪门权贵。说"右",因古代认为"右"边是最尊贵的。

〔42〕嗫嚅　想说话又打住的样子。韩愈《送李愿归盘谷序》:"足将进而趑趄,口将言而嗫嚅。"

〔43〕灵均　即屈原(公元前340—278)。《离骚》:"皇览揆余初度兮,肇锡余以嘉名:名余曰正则兮,字余曰灵均"。屈原名平,字原。灵均,是他的小名。灵,善的意思;均,平的意思,两字合起来就是"原"的含义。

〔44〕汨罗　汨(音 mì)罗,江名,在今湖南省东北,西流入洞庭湖。屈原痛感政事混浊,国家危亡,悲愤忧郁,自投汨罗江而死。

〔45〕返顾高丘,哀其无女　《离骚》:"朝吾将济于白水兮,登阆风而绁马。忽反顾以流涕兮,哀高丘之无女。"这里"高

丘",泛指楚国的山,象征祖国。或指神话中的"阆风"山,一说在昆仑山上。"女",神女,比喻行为高洁与屈原志同道合的人。鲁迅诗句"高丘寂寞悚中夜",又,"可怜无女耀高丘",典实相同。

〔46〕郁为奇文　刘勰《文心雕龙·辨骚》:"自风雅浸声,莫或抽绪,奇文郁起,其《离骚》哉!"郁,繁盛、兴旺,文采斐然。

〔47〕怼世俗之浑浊,颂己身之修能　《离骚》:"世溷浊而不分兮,好蔽美而嫉妒。""纷吾既有此内美兮,又重之以修能。"怼,怨恨。修能,杰出美好的才能。

〔48〕怀疑自遂古之初　指屈原作品《天问》。《天问》是屈原重要、独特的作品,对自然现象、神话传说、古代历史人物等提出了一百几十个问题,表达了怀疑与批判的态度,所以一开始就说:"遂古之初,谁传道之?"(遂古,即邃古,远古)。鲁迅说他"放言无惮,为前人所不敢言"。

〔49〕刘彦和　即《文心雕龙》的作者,中国古代杰出的文艺理论家刘勰(约465—520),字彦和,南朝梁代东莞莒人。

〔50〕这里所引的四句话,见《文心雕龙》的《辨骚》篇。译文见本书第二部分。菀(wǎn)通"捥",摘取。香草(或美人香草),屈原作品中常以"香草"("芳草")比喻具有高洁的思想品德的人们。《离骚》,"惟草木之零落兮,恐美人之迟暮","昔三后之纯粹兮,固众芳之所在"。又,"何昔日之芳草兮,今直为此萧艾也"。刘敞《玩芳亭记》:"自古诗人比兴,皆以芳草嘉卉,为君子美德。"由此可知,"美人香草"是中国古典诗歌

中一种典型的"比喻"(metaphor)，也就是中国式的"意象"(imagery)，富于象征意味。

〔51〕孤伟　孤独的伟大人物。

〔52〕不耽　耽（dān），沉溺、入迷。不耽，不喜爱。

〔53〕泐　泐（lè），即"勒"字，原是铭刻的意思，这里作书写解。

〔54〕缩朒　朒（nù），原是欠缺不足的意思。缩朒，即萎缩。

〔55〕黏　黏（qián），用火煮东西。《楚辞·大招》："黏鹑臛只。"洪兴祖补注："黏，沉肉于汤也。"这里"黏黏"，形容热衷追求实利的样子。

〔56〕畏葸　葸（xǐ），胆怯。《论语·泰伯》："慎而无礼则葸。"畏葸，即畏惧、害怕。

〔57〕浇漓　即浇薄、刻薄。

〔58〕哂　哂（shěn），微笑。

〔59〕密栗　确凿。

〔60〕笞击縻系　笞（chī）击，鞭打；縻（mí）系，束缚、捆住。

〔61〕易于毛角　毛角，披毛长角的禽兽。全句意思是，比禽兽还容易支配些。

〔62〕强项　倔强，硬骨头。《后汉书·杨震传》："卿强项，真杨震子孙。"

〔63〕拿坡仑　通译拿破仑（Napoleon Bonaparte，1769—1821），即拿破仑第一。法国资产阶级大革命时代杰出的政治

家、军事家、法国皇帝(1804—1815)。在法国大革命后,拿破仑给予欧洲封建制度以沉重的打击,先后击溃国际反法同盟,促使资本主义关系发展,在世界历史上起了进步作用。拿破仑的活动也带给欧洲浪漫主义文学较深的影响。余参见注〔64〕〔66〕。

〔64〕**大挫普鲁士军,……为从属之国** 拿破仑依靠他的成功,巩固他的统治地位,对外不断进行征伐,先后击溃三次俄、英、奥等的反法同盟。一八〇六年,拿破仑为了抗击第四次反法同盟,进攻普鲁士,一连打了几个胜仗,长驱直入柏林。普军死亡和被俘三万多人,损失大炮二百多门,莱因、易北河之间的领土全部割给法国。

〔65〕**爱伦德** 通译阿恩特,全名是恩斯特·莫里茨·阿恩特(Ernst Moritz Arndt,1769—1860),十九世纪初年德国杰出的爱国诗人,出身于解放了的农奴家庭。曾游学各地,一八〇〇年后到德国北部格莱夫斯瓦特(Greifswald)大学教书。一八〇六至一八〇九年出版《时代的精神》(*Geist der Zeit*)一书,批评时政,反对拿破仑战争,鼓吹爱国思想,竭力宣传德国统一。一八一三年出版的诗集《给德国人的歌唱》(*Lieder für Deutsche*)表达了他强烈的爱国主义的思想感情。

〔66〕**递千八百十二年,……竟举其反抗之兵** 一八一二年六月,拿破仑率领六十万大军入侵俄国。九月,波罗金诺会战,俄国统帅库图佐夫给法军以极大打击。后又实行坚壁清野,放弃莫斯科,拿破仑所得只是一座空城。十月,法军撤离,

大军备受严寒饥饿,又遭狙击,狼狈逃往巴黎。一八一三年十月十七日至十九日,普鲁士等国围攻法军,在德国莱比锡城郊进行了有名的所谓"民族之战"(Die Völkerschlacht bei Leipzig),拿破仑惨败,逃归巴黎。一八一四年三月三十一日,反法联军攻占了巴黎。

〔67〕威廉三世　普鲁士国王。一八〇六年战败,与拿破仑签订和约,割地受辱。一八一三年,法军失败,收复失地。一八一五年,跟俄、奥等国建立所谓的"神圣同盟"。

〔68〕爱伦德亦归,著《国民军者何》暨《莱因为德国大川特非其界》二篇　这两首诗都是阿恩特在一八一三年宣扬爱国主义、反对拿破仑的战斗中写的。前者原篇名尚待查阅,后者原诗题是:"Der Rhein Deutschlands Strom, aber nicht Deutschland Grenze"。

〔69〕台陀开纳　通译柯尔纳,全名是特沃多尔·柯尔纳(Theodore Körner,1791—1813)。德国爱国诗人。一八一三年,在莱比锡城郊参加围攻拿破仑军队的"民族之战"时战死,年仅二十二岁。

〔70〕普鲁士之鹫　鹫,猛禽,鹰科部分种类的通称。旧日普鲁士的国徽是鹰的形象。这里的"普鲁士之鹫",即祖国的象征。

〔71〕作书贻父母曰,……吾起矣　这封信是特沃多尔·柯尔纳一八一三年三月十日在维也纳,参加吕佐夫志愿猎兵军团(Lützowsche Freiwillige Jägerkorp)时写给他父亲的。原

信较长,现试就鲁迅所引部分的文言意译,根据德文原信,改译于下:

德意志站起来了,普鲁士的雄鹰大胆地鼓动双翼,在每个忠诚的心坎里唤起了对解放德意志,至少是解放北德意志的巨大希望。我的艺术渴望有自己的祖国,——让我做她的一名相称的信徒吧!——是的,最亲爱的爸爸,我要去当兵,我愿意放弃在这里得来的幸福的、无忧无虑的生活,为了给自己争取一个祖国,即使要付出鲜血的代价,也在所不惜!……如果上帝确实赐给了我不平凡的精神,使我能在您的培育下学会思考,那末,有什么时候,我不再能使它发挥作用呢!伟大的时代要求伟大的心灵,而我感到自己身上有一股力量,能够在汹涌澎湃的民族运动里当中流砥柱,我必须站起来,挺起勇敢的胸膛迎向大风大浪。

〔72〕《竖琴长剑》(*Leier und Schwert*)一集 特沃多尔·柯尔纳于一八一三年八月十六日牺牲。第二年,他的诗歌遗稿由他的父亲编辑出版,定名为《琴与剑》。

〔73〕此岂笃守功利,……意料之所能至哉 这几句话是鲁迅在叙述了十九世纪初年普鲁士人民和诗人爱国抗法救亡事迹的概况后,对晚清洋务派进行的批判。他强调指出"诗力"(可泛指一般精神力量)的重要性,"使知黄金黑铁,断不足以兴国家",这就是当时鲁迅的一个结论。

三

　　由纯文学上言之,则以一切美术之本质,皆在使观听之人,为之兴感怡悦。文章为美术之一[1],质当亦然,与个人暨邦国之存,无所系属,实利离尽,究理弗存。故其为效,益智不如史乘,诚人不如格言,致富不如工商,弋功名不如卒业之券[2]。特世有文章,而人乃以几于具足[3]。英人道覃[4](E.Dowden)有言曰,美术文章之桀出于世者,观诵而后,似无裨于人间者,往往有之。然吾人乐于观诵,如游巨浸,前临渺茫,浮游波际,游泳既已,神质悉移。而彼之大海,实仅波起涛飞,绝无情愫,未始以一教训一格言相授。顾游者之元气体力,则为之陡增也[5]。故文章之于人生,其为用决不次于衣食,宫室,宗教,道德。盖缘人在两间,必有时自觉以勤劬[6],有时丧我而惝恍,时必致力于善生[7],时必并忘其善生之事而入于醇乐,时或活动于现实之区,时或神驰于理想之域;苟致力于其偏,是谓之不具足[8]。严冬永留,春气不至,生其躯壳,死其精魂,其人虽生,而人生之道失。文章不用之用,其在斯乎?约翰穆黎[9]曰,近世文明,无不以科学为术,合理为神,功利为鹄[10]。大势如是,而文章之用益神。所以者何?以能涵养吾人之神思耳。涵养人之神思,即文章之职与用也。

　　此他丽[11]于文章能事者,犹有特殊之用一。盖世界大文,无不能启人生之闷机[12],而直语其事实法则,为科学所不能言者。所谓闷机,即人生之诚理[13]是已。此为诚理,微妙幽玄,不能假口于学子。如热带人未见冰前,为之语冰,虽喻以物理生理二学,而不知水之能凝,冰之为冷如故;惟直示以冰,使之触之,则虽不言质力二性,而冰之为物,昭然在前,将直解无所疑沮[14]。惟文章亦然,虽缕判条分,理密不如学术,而人生诚理,直笼其辞句中,使闻其声者,灵府朗然,与人生即会。如热带人既见冰后,曩之竭研究思索而弗能喻者,今宛在矣。昔爱诺尔特[15](M. Arnold)氏以诗为人生评骘[16],亦正此意。故人若读鄂谟[17](Homeros)以降大文,则不徒近诗,且自与人生会,历历见其优胜缺陷之所存,更力自就于圆满。此其效力,有教示意;既为教示,斯益人生;而其教复非常教,自觉勇猛发扬精进,彼实示之。凡苓落颓唐之邦,无不以不耳此教示始。

顾有据群学[18]见地以观诗者,其为说复异:要在文章与道德之相关。谓诗有主分,曰观念之诚。其诚奈何?则曰为诗人之思想感情,与人类普遍观念之一致。得诚奈何?则曰在据极溥博[19]之经验。故所据之人群经验愈溥博,则诗之溥博视之。所谓道德,不外人类普遍观念所形成。故诗与道德之相关,缘盖出于造化。诗与道德合,即为观念之诚,生命在是,不朽在是。非如是者,必与群法僢驰[20]。以背群法故,必反人类之普遍观念;以反普遍观念故,必不得观念之诚。观念之诚失,其诗宜亡。故诗之亡也,恒以反道德故。然诗有反道德而竟存者奈何?则曰,暂耳。无邪之说,实与此契。苟中国文事复兴之有日,虑操此说以力削其萌蘖[21]者,当有徒也。而欧洲评骘之士,亦多抱是说以律文章。十九世纪初,世界动于法国革命之风潮,德意志西班牙意大利希腊皆兴起,往之梦意,一晓而苏;惟英国较无动。顾上下相迕,时有不平,而诗人裴伦,实生此际。其前有司各德[22](W. Scott)辈,为文率平妥翔实,与旧之宗教道德极相容。迨有裴伦,乃超脱古范,直抒所信,其文章无不函刚健抗拒破坏挑战之声。平和之人,能无惧乎?于是谓之撒但。此言始于苏惹[23](R. Southey),而众和之;后或扩以称修黎[24](P. B. Shelley)以下数人,至今不废。苏惹亦诗人,以其言能得当时人群普遍之诚故,获月桂冠[25],攻裴伦甚力。裴伦亦以恶声报之,谓之诗商。所著有《纳尔逊传》[26](*The Life of Lord Nelson*)今最行于世。

《旧约》记神既以七日造天地[27],终乃抟埴为男子,名曰亚当,已而病其寂也,复抽其肋为女子,是名夏娃,皆居伊甸。更益以鸟兽卉木;四水出焉。伊甸有树,一曰生命,一曰知识。神禁人勿食其实;魔乃侜[28]蛇以诱夏娃,使食之,爰得生命知识。神怒,立逐人而诅蛇,蛇腹行而土食;人则既劳其生,又得其死,罚且及于子孙,无不如是。英诗人弥耳敦[29](J. Milton),尝取其事作《失乐园》(*The Paradise Lost*)[30],有天神与撒但战事,以喻光明与黑暗之争。撒但为状,复至狞厉。是诗而后,人之恶撒但遂益深。然使震旦人士异其信仰者观之,则亚当之居伊甸,盖不殊于笼禽,不识不知,惟帝是悦,使无天魔之诱,人类将无由生。故世间人,当蔑弗[31]秉有魔血,惠之及人世者,撒但其首矣。然为基督宗徒,则身被此名,正如中国所谓叛道,人群共弃,艰于置身,非强怒善战豁达能思之士,不任受也。亚当夏娃既去乐园[32],乃举二子,长曰亚伯,次曰凯因[33]。亚伯牧羊,凯因耕植是事,尝出所有以献神。神喜脂膏而恶果实,斥凯因献不视;以是,凯因渐与亚伯争,终杀之[34]。神则诅凯因,使不获地力,流于殊方。裴伦取其事作传奇,于神多所诘难[35],教徒皆怒,谓为渎圣害俗,张皇灵魂有尽之诗,攻之至力。迄今日评骘之士,亦尚有以是难裴伦者。尔时独穆亚[36](Th. Moore)及修黎二人,深称其诗之雄美伟大。德诗宗瞿提,亦谓为绝世之文,在英国文章中,此为至上之作;后之劝遏克曼[37](J. P. Eckermann)治英国语言,盖即冀其直读斯篇云[38]。《约》[39]又记凯因既流,亚当更得一子,历岁永永,人类益繁,于是心所思惟,多涉恶事。主神乃悔,将殄之。有挪亚独善事神，神令致亚斐木[40]为方舟，将眷属动植，各从其类居之。遂作大雨四十昼夜，洪水泛滥，生物灭尽，而挪亚之族独完，水退居地，复生子孙，至今日不绝[41]。吾人记事涉此，当觉神之能悔，为事至奇；而人之恶撒但，其理乃无足诧。盖既为挪亚子孙，自必力斥抗者，敬事主神，战战兢兢，绳其祖武[42]，冀洪水再作之日，更得密诏而自保于方舟耳。抑吾闻生学家言，有云反种[43]一事，为生物中每现异品，肖其远先，如人所牧马，往往出野物，类之不拉[44]（Zebra），盖未驯以前状，复现于今日者。撒但诗人之出，殆亦如是，非异事也。独众马怒其不伏箱[45]，群起而交踶[46]之，斯足悯叹焉耳。

注释

〔1〕文章为美术之一　这里的文章，即文学；美术，即艺术。这种概念来自西方。这一段开头所提到的"纯文学"一词，原是法语"belles-lettres"（英语"fine letters"）的意译，也有译为"艺术文"或"美文"的。

〔2〕卒业之券　即毕业文凭。

〔3〕具足　张衡《东京赋》："礼举仪具。"薛综注："具，足也。"这里的具足，就是完备、完满的意思。

〔4〕道覃　通译道登，全名是爱德华·道登（Edward Dowden，1843—1913），英国著名的诗人、散文家、文学评论家、莎士比亚研究专家。著作甚多，有《莎士比亚，他的心灵与艺术》（*Shakespeare，His Mind and Art*，1875）、《莎士比亚初步》（*Shakespeare Primer*，1877）《雪莱传》（*Life of Shelley*，

1886)等。

〔5〕这里鲁迅所引道登的一段话（自"美术文章之桀出于世者"起，至"则为之陡增也"止）引自道登原著《抄本与研究》(Transcripts and Studies, 1910)一书。鲁迅的引文是文言意译，为求确切，现根据英文原作试译于下：

> 世界上有许多伟大的文学和艺术作品，我们从中很少，或者根本没有学到什么，至少在自觉方面，或者在现成的词语方面。但是，我们去接触它们，正如一个游泳者到海里去一样。我们全身心投进去，拥抱波涛，我们大笑而感到快乐。我们从海中出来，心旷神怡，浸透了微风和盐水，我们共享了那种自由而无止境的生命活力——大海，仿佛是我们的情人。我们已经得到了健康和元气，虽然那大海只是唱着神秘的歌，波涛只在我们的身旁扬着手掌；海洋也未曾鼓起双唇，说出一个小小的格言，或者含有教训意义的句子。

〔6〕勤劬　勤劳。

〔7〕善生　谋生，生计。

〔8〕不具足　不完备、不满足。参见注〔3〕。

〔9〕约翰穆黎　通译弥勒，全名是约翰·司图亚特·弥勒(John Stuart Mill, 1806—1873)，英国哲学家、经济学家。代表著作有《逻辑系统》(System of Logic, 1843)、《政治经济学原理》(Principles of Political Economy, 1848)、《功利主义》

(*Utilitarianism*,1861)等。

〔10〕鹄　鹄(gǔ),箭靶的中心。《礼记·射义》:"故射者各射己之鹄。"这里即指目的。

〔11〕丽　附着。《易·离》:"日月丽乎天,百谷草木丽乎土。"这里有属于的意思。

〔12〕閟机　閟(bì),原是闭塞的意思。这里的閟机,即奥妙、秘密。

〔13〕诚理　真理。

〔14〕疑沮　沮(jǔ),终止。疑沮,即疑惑、不了解。

〔15〕爱诺尔特　通译安诺德,全名是马修·安诺德(Matthew Arnold,1822—1888)。英国十九世纪维多利亚时期著名诗人、散文家、文学批评家。著作丰富,代表作有《论翻译荷马》(*On Translating Homer*,1861)、《批评论文集》(*Essays in Criticism*,1865—1888)、《凯尔特文学研究》(*The Study of Celtic Literature*,1867)、《文化与无政府》(*Culture and Anarchy*,1869)等。

〔16〕诗为人生评骘　骘(zhì),定的意思。评骘,即评定、批评。这句话是安诺德的名言,见一八八八年印行的《批评论文二集》中《论华兹华斯》("On Wordsworth")一文。原文是"Poetry is at Bottom a Criticism of Life"("归根结底,诗是生活的批判")。

〔17〕鄂谟　通译荷马(Homer),相传是古代希腊盲诗人,两大史诗《伊利亚特》(*Iliad*)和《奥德赛》(*Odyssey*)的作者。

荷马的诞生地和生卒年代都无法确定,争论纷纭,近代学者一般认为他生于纪元前一〇五〇至八五〇年间。两部史诗大约是一个人或几个人根据古代民间传说编撰加工而成的;荷马也许是当时一个杰出的说唱诗人,史诗的最好的编写人。

〔18〕群学　即社会学。

〔19〕溥博　溥(pǔ),同"普"。溥博,即普遍。

〔20〕僢驰　僢(chuǎn),同"舛",两足相背,引申为违背;僢驰,背道而驰。

〔21〕萌蘖　蘖(niè),树木的嫩芽。这里的萌蘖,就是萌芽。

〔22〕司各德　通译司各特,全名是瓦尔特·司各特(Walter Scott,1771—1832)。英国十八世纪末、十九世纪初浪漫主义运动时期的著名诗人、小说家和散文家。代表作有《湖上夫人》(*The Lady of the Lake*,1810)、《艾凡赫》(*Ivanho*,1819,旧译《撒克逊劫后英雄略》)、《拉满摩尔的新娘》(*The Bride of Lammermoor*,1819)等。司各特许多以历史题材创作的长篇小说对当时欧洲文学产生了很大影响。

〔23〕苏惹　今译骚赛。全名是罗伯特·骚赛(Robert Southey,1774—1843),英国御用反动的浪漫派诗人,同柯勒里奇(Coleridge)与华兹华斯同住在英国北部凯兹克(Keswick)湖区,所以被称为"湖畔诗派"。骚赛著作较多,内容广泛,有诗歌、散文、历史研究、传记等。余见本书第一篇注〔1〕。

〔24〕修黎　通译雪莱。这里所提到的情况参见本书第一

篇注〔1〕。骚赛除全力攻击拜伦外，对雪莱也肆意诅咒。一八三〇年二月二十八日，他给亨利·泰勒(Henry Taylor)信中竟骂雪莱是"一个卑鄙的坏家伙"。第二天，他在给泰勒的信里，又说雪莱是"一个撒谎者和骗子"。

〔25〕月桂冠　月桂(Laurus Nobilis，英文根据拉丁文叫Laurel，或叫Bay-tree)，常绿灌木。从古代希腊开始，人们用月桂的枝叶编成冠冕(花冠)戴在竞技胜利者的头上。后来有所发展，赠给科技和艺术界的杰出人物，主要是诗人，以示荣誉。获得这种荣誉的诗人被称为"桂冠诗人"(Poet Laureate)。

〔26〕《纳尔逊传》　纳尔逊(Horatio Nelson，1758—1805)，英国著名的海军上将，统率英国舰队，于一八〇五年十月二十一日，跟拿破仑舰队交战，在特拉法尔加(Trafalgar，在西班牙南部)海角，大败法军，纳尔逊亦战死。骚赛于一八一三年写了一本纳尔逊的传记(*The Life of Lord Nelson*)。

〔27〕《旧约》记神既以七日造天地　从这句起至下面"无不如是"句止，均见《圣经·旧约》的《创世纪》。《创世纪》是《旧约》开头《摩西五书》之一，相传是曾带领以色列人脱离埃及法老的奴役的领袖摩西所作。《创世纪》可分为两大部分：第一章至第十一章，叙述宇宙之初，开天辟地；神造万物和人类，即宇宙和人类历史的起源。描述人类始祖亚当和夏娃及其后代该隐、亚伯，以至挪亚的事迹，其中包括丧失乐园、经历洪水浩劫，以及建造巴别(Babel)塔的故事。自第十三章至第五十章叙述以色列人列祖的历史，以及十二支派的起源。

〔28〕侂　同"托"。

〔29〕弥耳敦　今译弥尔顿，全名是约翰·弥尔顿（John Milton，1608—1674）。英国十七世纪伟大的诗人。早期的代表作有《快乐的人》（L'Allegro）和《沉思的人》（Il Penseros），体现了文艺复兴时期人文主义的思想感情，均作于一六三二年。弥尔顿的杰出作品是一六六七年完成的长篇叙事诗《失乐园》（Paradise Lost），约一万行，分十二卷。叙述亚当与夏娃因偷吃了禁果（苹果）被上帝逐出伊甸园的故事。弥尔顿是资产阶级民主革命的战士，进步的世界观使他塑造了撒旦这个敢于蔑视神权、反抗上帝的雄伟形象，写得十分动人。《失乐园》有高度的艺术性，雄浑壮丽，想象丰富，热情洋溢，音调铿锵。

〔30〕The Paradise Lost　这里的英文冠词"The"应删去。

〔31〕蔑弗　蔑（miè），无，没有。蔑弗，无不，没有不。

〔32〕乐园　即伊甸（Eden），伊甸园，原意为极乐世界。参见本书第二篇注〔4〕。

〔33〕凯因　通译该隐（Cain）。根据《旧约·创世纪》，该隐是亚当和夏娃的长子，亚伯（Abel）的哥哥。这里所说的"长曰亚伯，次曰凯因"，有误。

〔34〕《旧约·创世纪》第四章上说：亚当和爱娃偷吃了伊甸园里"分别善恶的树"（the tree of the knowledge of good and evil）上的果子，被赶出乐园后，在地上同居，生了该隐和亚伯两个孩子。"亚伯是牧羊的，该隐是种地的。有一日，该隐

拿地里的出产为供物,献给耶和华。亚伯也将他羊群中头生的和羊的脂油献上。耶和华看中了亚伯和他的供物,只是看不中该隐和他的供物。该隐就大大地发怒,变了脸色。……二人正在田间,该隐起来打他的兄弟亚伯,把他杀了。"(见《圣经·旧约》中文旧译本)。

〔35〕裴伦取其事作传奇,于神多所诘难　拜伦于一八二一年在意大利出版了《该隐》诗体悲剧,副题是"一个神秘剧"。这是拜伦创作中重要的、具有特殊意义的成就,表达了他反神权、反封建黑暗势力、反"神圣同盟"的民主精神。长诗中塑造了该隐的叛逆形象,也描写了另一个人物路西弗(恶魔)的挑战精神。该隐成了路西弗的门徒,增强了他对他受奴役的地位和现存秩序的憎恨,但他仍是寂寞、痛苦的。最后,他被上帝放逐。这个诗剧发表后,引起强烈的反响,激怒了教会和反动贵族阶级。余参见本书第四篇注〔31〕。

〔36〕穆亚　今译摩尔,全名是托马斯·摩尔(Thomas Moore,1779—1852)十九世纪爱尔兰著名的诗人和散文家。代表作有《爱尔兰乐曲》(*Lrish Melodies*,1807—1834)、《拉拉·罗克》(*Lalla Rookh*,1817)、《安琪儿的爱情》(*The Loves of the Angels*,1823)等。他是拜伦的好友,写了一本《拜伦爵士的书简与札记》(*The Letters and Journals of Lord Byron*,1830),是关于拜伦的最早的传记。他也编印了拜伦的诗集(1832—1835)。

〔37〕遏克曼　今译艾克曼(Eckermann,1792—1854),

歌德的好友和私人秘书,追随歌德九年(1823—1832),随时用心记录歌德晚年有关文学、艺术、哲学、政治、自然科学等方面的谈话和活动,编辑成书。第一、第二部出版于一八三六年,后又编辑第三部(1848),书名就是《与歌德的谈话》(*Gespräch mit Goethe*),现中译本名《歌德谈话录》,这是研究歌德晚年生活与思想的极重要的著作。

〔38〕歌德曾多次跟艾克曼谈到英国语言和文学,鼓励艾克曼学好英文,例如,一八二四年十二月三日的谈话。歌德对拜伦很推崇,在《谈话录》里好几处提到拜伦,认为"除掉拜伦以外,我找不到任何其他人可以代表现代诗。拜伦无疑是本世纪最大的有才能的诗人"。(见一八二七年七月五日跟艾克曼的谈话)这里所提到的歌德关于拜伦名著《该隐》的谈话,一见于一八二四年二月二十四日,一见于一八二七年六月二十日。在后者一段谈话中,艾克曼对歌德说:"我最近读了拜伦的《该隐》,特别是它的第三幕及其屠杀的动机,真叫我特别感动。"歌德回答说:"这个主题实在是卓越的!它是那么美妙,在全世界我们将不会看到第二回。"

〔39〕《约》 指《圣经·旧约》。

〔40〕亚斐木 据现通行《圣经》汉语译本,"亚斐木"应作"歌斐木",即希伯莱文"gopher"一词的音译。"歌斐"是一种有浅黄色的木质的树,《圣经·创世纪》上说挪亚(Noah)用歌斐木造方舟,以避洪水。一说这种树就是柏树。

〔41〕这里所说的故事(自上文"《约》又记凯因既流"句起,

至"至今日不绝"句）均见《圣经·旧约·创世纪》第六、七、八章。挪亚(Noah)是亚当的后代子孙，《创世纪》上说他"是个义人，在当时的世代是个完全的人"。"耶和华见人在地上罪恶很大，终日所思想的尽都是恶。耶和华就后悔造人在地上，心中悲伤。"于是，就决心毁灭一切生灵，"唯有挪亚在耶和华眼前蒙恩"。（引文均见《圣经》中文旧译本）挪亚全家在方舟上经历过四十昼夜的大雨、一百五十天的洪水泛滥浩劫，在水退后，才走出方舟，在大地上生存下去，兴旺起来。

〔42〕绳其祖武　语见《诗·大雅·下武》："绳其祖武。"绳，继续；武，足迹。全句意思是追随祖先的遗迹、事业。

〔43〕反种　即返祖现象(atavism)。在各种生物的发展过程中，有时会出现与远祖类似的变种或生理现象，叫作返祖现象。

〔44〕之不拉　拉丁文"Zebra"（非洲斑马，Equus Zebra）一词的音译。

〔45〕不伏箱　语见《诗·小雅·大东》："睆彼牵牛，不以服箱。""服"同"伏"。不伏箱，即不伏驾驭。

〔46〕踶　踶(dì)，同"踢"，仅用于兽类。《庄子·马蹄》："怒则分背相踶。"

四

裴伦名乔治戈登(George Gordon)，系出司堪第那比亚海贼蒲隆(Burun)族[1]。其族后居诺曼[2]，从威廉入英，递显理二世时，始用今字[3]。裴伦以千七百八十八年一月二十二日生于伦敦,十二岁即为诗;长游堪勃力俱大学[4]不成,渐决去英国,作汗漫游[5],始于波陀牙[6],东至希腊突厥[7]及小亚细亚,历审其天物之美,民俗之异,成《哈洛尔特游草》[8](Childe Harold's Pilgrimage)二卷,波谲云诡[9],世为之惊绝。次作《不信者》[10]("The Giaour")暨《阿毕陀斯新妇行》[11]("The Bride of Abydos")二篇,皆取材于突厥。前者记不信者(对回教而言)通哈山之妻,哈山投其妻于水,不信者逸去,后终归而杀哈山,诣庙自忏;绝望之悲,溢于毫素[12],读者哀之。次为女子苏黎加爱舍林,而其父将以婚他人,女偕舍林出奔,已而被获,舍林斗死,女亦终尽;其言有反抗之音。迨千八百十四年一月,赋《海贼》[13]("The Corsair")之诗。篇中英雄曰康拉德,于世已无一切眷爱,遗一切道德,惟以强大之意志,为贼渠魁[14],领其从者,建大邦于海上。孤舟利剑,所向悉如其意。独家有爱妻,他更无有;往虽有神,而康拉德早弃之,神亦已弃康拉德矣。故一剑之力,即其权利,国家之法度,社会之道德,视之蔑如[15]。权力若具,即用行其意志,他人奈何,天帝何命,非所问也。若问定命之何如?则曰,在鞘中,一旦外辉,彗且失色而已。然康拉德为人,初非元恶,内秉高尚纯洁之想,尝欲尽其心力,以致益于人间;比见细人[16]蔽明,谗谄害聪,凡人营营,多猜忌中伤之性,则渐冷淡,则渐坚凝,则渐嫌厌;终乃以受自或人之怨毒,举而报之全群,利剑轻舟,无间人神,所向无不抗战。盖复仇一事,独贯注其全精神矣。一日攻塞特[17],败而见囚,塞特有妃爱其勇,助之脱狱,泛舟同奔,遇从者于波上,乃大呼曰,此吾舟,此吾血色之旗也,吾运未尽于海上!然归故家,则银釭暗而爱妻逝矣。既而康拉德亦失去,其徒求之波间海角,踪迹杳然,独有以无量罪恶,系一德义之名,永存于世界而已。裴伦之祖约翰[18],尝念先人为海王,因投海军为之帅;裴伦赋此,缘起似同;有即以海贼字裴伦者,裴伦闻之窃喜,则篇中康拉德为人,实即此诗人变相,殆无可疑已。越三月,又作赋曰《罗罗》[19](Lara),记其人尝杀人不异海贼,后图起事,败而伤,飞矢来贯其胸,遂死。所叙自尊之夫,力抗不可避之定命,为状惨烈,莫可比方。此他犹有所制,特非雄篇。其诗格多师司各德,而司各德由是锐意于小说,不复为诗,避裴伦也。已而裴伦去其妇[20],世虽不知去之之故,然争难之,每临会议,嘲骂即四起,且禁其赴剧场。其友穆亚为之传[21],评是事曰,世于裴伦,不异其母,忽爱忽恶,无判决也。顾寡戮天才,殆人群恒状,滔滔皆是,宁止英伦。中国汉晋以来,凡负文名者,多受谤毁,刘彦和为之辩曰,人禀五才,修短殊用,自非上哲,难以求备。然将相以位隆特达,文士以职卑多诮,此江河所以腾涌,涓流所以寸析者[22]。东方恶习,尽此数言。然裴伦之祸,则缘起非如前陈,实反由于名盛,社会顽愚,仇敌窥觑[23],乘隙立起,众则不察而妄和之;若颂高官而厄寒士者,其污且甚于此矣。顾裴伦由是遂不能居英,自曰,使世之评骘诚,吾在英为无值,若评骘谬,则英于我为无值矣。吾其行乎?然未已也,虽赴异邦,彼且蹴[24]我。已而终去英伦,千八百十六年十月,抵意太利。自此,裴伦之作乃益雄。

裴伦在异域所为文,有《哈洛尔特游草》之续[25],《堂祥》[26](Don Juan)之诗,及三传奇称最伟[27],无不张撒但而抗天帝,言人所不能言。一曰《曼弗列特》[28](Manfred),记曼以失爱绝欢,陷于巨苦,欲忘弗能,鬼神见形问所欲,曼云欲忘,鬼神告以忘在死,则对曰,死果能令人忘耶?复衷疑而弗信也。后有魅来降曼弗列特,而曼忽以意志制苦,毅然斥之曰,汝曹决不能诱惑灭亡我。(中略)[29]我,自坏者也。行矣,魅众!死之手诚加我矣,然非汝手也。意盖谓己有善恶,则褒贬赏罚,亦悉在己,神天魔龙,无以相凌,况其他乎?曼弗列特意志之强如是,裴伦亦如是。论者或以拟瞿提之传奇《法斯忒》[30]（Faust）云。二曰《凯因》[31]（Cain），典据已见于前分,中有魔曰卢希飞勒[32],导凯因登太空,为论善恶生死之故,凯因悟,遂师摩罗。比行世,大遭教徒攻击,则作《天地》[33]（"Heaven and Earth"）以报之,英雄为耶彼第,博爱而厌世,亦以诘难教宗,鸣其非理者。夫撒但何由昉乎?以彼教言,则亦天使之大者,徒以陡起大望,生背神心,败而堕狱,是云魔鬼。由是言之,则魔亦神所手创者矣。已而潜入乐园,至善美安乐之伊甸,以一言而立毁,非具大能力,曷克至是?伊甸,神所保也,而魔毁之,神安得云全能?况自创恶物,又从而惩之,且更瓜蔓[34]以惩人,其慈又安在?故凯因曰,神为不幸之因。神亦自不幸,手造破灭之不幸者,何幸福之可言?而吾父曰,神全能也。问之曰,神善,何复恶邪?则曰,恶者,就善之道尔。神之为善,诚如其言;先以冻馁,乃与之衣食;先以疠疫,乃施之救援;手造罪人,而曰吾赦汝矣。人则曰,神可颂哉,神可颂哉!营营而建伽兰[35]焉。卢希飞勒不然,曰吾誓之两间,吾实有胜我之强者,而无有加于我之上位。彼胜我故,名我曰恶,若我致胜,恶且在神,善恶易位耳。此其论善恶,正异尼佉。尼佉意谓强胜弱故,弱者乃字其所为曰恶,故恶实强之代名[36];此则以恶为弱之冤谥。故尼佉欲自强,而并颂强者;此则亦欲自强,而力抗强者,好恶至不同,特图强则一而已。人谓神强,因亦至善。顾善者乃不喜华果,特嗜腥膻,凯因之献,纯洁无似,则以旋风振而落之。人类之始,实由主神,一拂其心,即发洪水,并无罪之禽虫卉木而殄之。人则曰,爱灭罪恶,神可颂哉!耶彼第乃曰,汝得救孺子众!汝以为脱身狂涛,获天幸欤?汝曹偷生,逞其食色,目击世界之亡,而不生其悃叹;复无勇力,敢当大波,与同胞之人,共其运命;偕厥考逃于方舟,而建都邑于世界之墓上,竟无惭耶?然人竟无惭也,方伏地赞颂,无有休止,以是之故,主神遂强。使众生去而不之理,更何威力之能有?人既授神以力,复假之以厄撒但;而此种人,又即主神往所殄灭之同类。以撒但之意观之,其为顽愚陋劣,如何可言?将晓之欤,则音声未宣,众已疾走,内容何若,不省察也。将任之欤,则非撒但之心矣,故复以权力现于世。神,一权力也;撒但,亦一权力也。惟撒但之力,即生于神,神力若亡,不为之代;上则以力抗天帝,下则以力制众生,行之背驰,莫甚于此。顾其制众生也,即以抗故。倘其众生同抗,更何制之云?裴伦亦然,自必居人前,而怒人之后于众。盖非自居人前,不能使人勿后于众故;任人居后而自为之前,又为撒但大耻故。故既揄扬威力,颂美强者矣,复曰,吾爱亚美利加,此自由之区,神之绿野,不被压制之地也[37]。由是观之,裴伦既喜拿坡仑之毁世界,亦爱华盛顿[38]之争自由,既心仪海贼之横行,亦孤援希腊之独立,压制反抗,兼以一人矣。虽然,自由在是,人道亦在是。

注释

〔1〕系出司堪第那比亚海贼蒲隆(Burun)族　司堪第那比亚,现通译斯堪的那维亚(Scandinavia),即瑞典、挪威、丹麦、冰岛,以及附近岛屿所组成的欧洲北部半岛的总称。这片土地原是诺曼(Norman,意即北方人)人的故乡,公元八九世纪时仍处于氏族社会阶段的诺曼人从事渔猎,长于航海,时常对外侵略,掠夺别的民族。也就是这里所谓的"海盗"。蒲隆,今译勃朗。拜伦家族的祖先大概可以追溯到跟一〇六六年征服英国的诺曼底(Normandy)公爵威廉(William the Conqueror,

1027—1087)同时代的勃朗族(Buruns)。

〔2〕诺曼　指诺曼底(Normandy)，在英吉利海峡南岸，法国西北部一带地区，古称诺曼底，因十世纪初年，从北方入侵的诺曼人在这里建立了诺曼底公国。

〔3〕从威廉入英……始用今字　威廉，即"征服者威廉"(William the Conqueror)，亦称威廉一世(1066—1087)。一〇六六年，威廉在哈斯丁斯(Hastings)战役中击败了撒克逊(Saxon)王朝后，即在西敏士特寺(Westminster Abbey)即位为英吉利国王。显理二世，即亨利二世(Henry Ⅱ.，1133—1189)，英国国王。拜伦家族移居到英国北部后，最初的成员可能是埃尼吉斯(Ernegis)与拉杜夫斯·德·勃朗(Radufus de Burun)。后者，根据某些学者的考据，就是诗人拜伦的祖先。英国国王亨利二世时，"勃朗"这一姓氏始改称拜伦(Byron)。拜伦自己在《离别纽斯忒德寺》("On Leaving Newstead Abbey")一诗，以及《唐璜》(*Don Juan*)第十章第三十六节中，曾含糊地提到他的祖先。可参考。

〔4〕堪勃力俱大学　今译剑桥大学(Cambridge University)。英国最负盛名的大学之一，创立于亨利三世(1207—1270)统治时期。拜伦于一八〇五年十月，入剑桥大学三一学院(Trinity College)读书，一八〇八年七月未毕业就离开了。

〔5〕汗漫游　汗漫，广泛，漫无边际。汗漫游，即浪迹漫游，随意到处游历。

〔6〕波陀牙　今译葡萄牙。

〔7〕突厥　今译土耳其。

〔8〕《哈洛尔特游草》　通译《恰尔德·哈罗尔德游记》(*Childe Harold's Pilgrimage*)。根据英文原书名,"Childe"(恰尔德)一词,原是古英语,贵族的子孙,或青年贵族的称呼,所以本书旧译曾作《哈罗王孙记游诗》。拜伦早年的代表作,长篇抒情叙事诗,一出版便使他获得盛誉,他自己曾说:"我一觉醒来就发现自己成名了。"("I awoke and found myself famous.")长诗共四章,一和二两章作于英国,一八一二年三月出版;第三章(1816)、第四章(1818),均写于意大利。长诗中塑造了一个主人公哈罗尔德的形象,也可以说,就是拜伦自己的化身。这是"拜伦式的英雄"艺术形象初次出现,表现了诗人强烈追求自由、个性解放,蔑视和憎恶当时现实的思想感情,他的孤独与悲观、他的虚无主义,同时也洋溢着资产阶级民主革命和民族解放运动的热情。由于长诗密切联系着当时欧洲自一七八九年法国大革命以来一些重大政治事件,生动地反映了社会动荡情况,接触到当时的阶级矛盾与民族矛盾,所以才能引起广泛的、强烈的反响。同时,长诗作为积极浪漫主义的杰作之一,充分体现了浪漫主义的特色,比如,主观性、抒情性、敏感性、象征性,以及对于山水之美的描绘和热烈的歌颂,等等。

〔9〕波谲云诡　谲(jué)诡,离奇神异,变幻多端。《史记·司马相如列传》:"奇物谲诡,俶傥穷变。"这里"波谲云诡",形容拜伦的长诗内容瑰奇变幻,仿佛波光云影一般。

〔10〕《不信者》 今译《异教徒》("The Giaour"),刊于一八一三年。这首诗另有一个副标题叫"一个土耳其故事的断片"。所谓"Giaour"("异教徒"),就是土耳其人谩骂那些不信伊斯兰教的人,特别是基督教徒的词语。故事描述了一个土耳其女奴隶莱拉(Leila),她不忠诚于主人老爷哈桑(Hassan)而被捆起来扔入海里。她的情人,即异教徒,为她报仇,杀死哈桑。长诗故事开头由一个曾亲见某些情节的土耳其渔翁叙述,后由异教徒自己对一个僧侣的忏悔讲完故事,结束全诗。

〔11〕《阿毕陀斯新妇行》 今译《阿拜多斯的新娘》("The Bride of Abydos"),刊于一八一三年。阿拜多斯(Abydos),地名,小亚细亚的一个城市,在达达尼尔海峡附近。这首诗写的是巴沙·甲非尔(Pasha Giaffir,Pasha,原是土耳其高级官员的名称,所以也可直译为甲非尔老爷)的女儿楚莱加(Zuleika),违抗父命,不愿嫁给素昧平生的财主总督卡拉斯曼(Karasman)。她把她的痛苦透露给她所敬爱的哥哥西里姆(Selim)。后者告诉楚莱加他不是她的哥哥,而是堂兄,一个海盗首领;他的父亲死于她父亲的刀下。西里姆劝楚莱加跟他一起逃走,同甘共苦,一起承担生活的磨炼。正当他们密谈时,甲非尔进来杀死西里姆。后来楚莱加也幽愤而死。

〔12〕毫素 亦作豪素。毫,笔;素,纸。毫素,泛称著作。这里可指笔墨,或诗篇。

〔13〕《海贼》 今译《海盗》,拜伦著名的"东方故事诗"

("Oriental Tales")中最有代表性的作品,原名是"The Corsair",发表于一八一四年。长诗主人公是爱琴海上一个海盗领袖康拉德(Conrad),预知土耳其大官赛德(Seyd)正要率领船只来攻打康拉德所在的岛屿。他告别了爱妻梅朵拉(Medora),带人深夜出去先发制敌,不幸受伤而被关入死牢里。有一女奴爱上他,用匕首杀死赛德,随康拉德逃走。但当他回到自己的海岛上时,发现梅朵拉因听说丈夫已被杀而悲痛死去。于是,康拉德出走,不知下落。

〔14〕渠魁　渠,通"巨"。旧时称敌方领袖为"渠魁"。《尚书》:"歼厥渠魁,协从罔治。"

〔15〕蔑如　如,语助词,用同"然"。蔑如,即蔑视、轻蔑。

〔16〕细人　旧时指地位卑贱,或见识浅薄的人们。《韩非子·说难》:"与之论细人,则以为卖重。"这里泛指小人、坏东西。

〔17〕塞特　即拜伦《海盗》叙事诗中土耳其老爷 Seyd(人名)的音译。

〔18〕裴伦之祖约翰　指诗人拜伦的祖父海军大将约翰·拜伦(John Byron,1723—1786),拜伦家族第二个爵士。一七四〇年起,就当海员,随船骚扰西班牙船只,备尝饥饿艰辛,又遭沉船之难。一七六四年,驾驶"海豚号",越麦哲伦海峡,作环球航行。曾写《纪事》(*Narrative*)一书,出版于一七六八年,描述了几次航行情况。后来诗人拜伦曾在《唐璜》第二章第七十一等段中提及此事,并借用他祖父的经历,在诗中描写

了风暴和沉船等情景。

〔19〕《罗罗》 今译《莱拉》(*Lara*)，出版于一八一四年。拜伦这部叙事长诗可以说是他的《海盗》的续集。莱拉，正如康拉德一样，是一个海盗首领，带了一个随从卡里德(Kaled)，回到西班牙领地，为人孤傲，行动诡秘；后与敌人战斗中，死在卡里德的怀抱中。这首诗生动地刻画了莱拉的形象，与拜伦自己的性格有相似的地方。

鲁迅在这一节中所提到的拜伦四部长篇叙事诗《异教徒》《阿拜多斯的新娘》《海盗》及《莱拉》，再加上本文中未提到的《柯林斯的围攻》("The Siege of Corinth")和《巴丽西娜》("Parisina")都是取材于地中海东部海岸、小亚细亚、近东以及南欧一带，根据诗人早年在这些地区旅行时所得的见闻与感观素材创造出来的，所以被总称为"东方故事诗"。这些作品塑造了一系列孤独、傲慢、愤世嫉俗、反抗旧传统、敢于向黑暗挑战，为了自由或爱情而斗争的英雄人物，热情而又忧郁，狂暴而又冷漠，等等，充分呈现了拜伦式浪漫主义的色调。

〔20〕裴伦去其妇 指拜伦与他的妻子离婚。拜伦于一八一五年一月与安娜贝拉·米尔邦克(A'nnabella Milbanke)结婚。一八一六年一月十五日，在女儿奥格斯妲·阿达(Augusta Ada)诞生一个多月后，拜伦夫人就带了孩子回娘家，与拜伦离居，一直未再见面。这件事立即引起伦敦社交界的震惊，议论纷纭。拜伦的朋友们为拜伦辩护，而敌人则借此攻击拜伦。一八一六年二月二十九日，拜伦给托玛斯·摩尔

的信中说:"这时候,我正在跟'全世界和我的妻子'开战;或者,宁可说,'全世界和我的妻子'正在跟我开战,而他们却没有压倒我,——无论他们怎么办。……"后来,经过双方律师的谈判,一八一六年三月十七日,双方同意在文件上签字,拜伦跟他的夫人正式离婚了。

〔21〕其友穆亚为之传　穆亚(今译摩尔),参见本书第三篇注〔36〕。拜伦的知己朋友托玛斯·摩尔到意大利旅行,在威尼斯与拜伦欢聚时,拜伦交给他一包《回忆录》(Memoirs)原稿,并且说:"这是我的生活与奇遇记录,这不是我生前能出版的东西。不过,假如你喜欢,你就拿去——你高兴怎么办就怎么办吧。"摩尔就根据这些回忆录以及其他材料,写了一本《拜伦传》(原名作《拜伦爵士的书简与札记》),于一八三〇年出版。可惜拜伦《回忆录》的原稿后为摩尔所焚毁,这是很大的损失。

〔22〕人禀五才,……涓流所以寸析者　这几句见刘勰《文心雕龙·程器》,现代汉语翻译见本书《今译》部分。所谓"五才",指金、木、水、火、土所构成一切物质的基本元素,古人以为人的才能也决定于这五种元素的禀赋。寸析,《文心雕龙》原文作寸折。

〔23〕窥觇　觇,同"伺",即窥伺、偷看、探视。这里指敌人密探跟踪。

〔24〕蹑　追踪。这里拜伦自己说的一段话(自"使世之评鹭诚"至"彼且蹑我")的出处尚待查阅。

〔25〕《哈洛尔特游草》之续　即拜伦的成名作《恰尔德·哈洛尔德游记》的续集第三、第四两章（第三章，一八一六年作于日内瓦；第四章，一八一七年作于威尼斯）。正如《恰尔德·哈洛尔德游记》前两章一样，这两章仍然用诗体，以叙事兼抒情的笔调，描述了一八一六年他离开英国后，到法国、德国及意大利等地的漫游，包括自然美与艺术美的歌颂，关于伟大民族和伟大人物的沉思，关于人类生活与命运的随想，以及糅杂着他过去生活的回忆，等等。拜伦写这些诗篇时，正值一八一五年，拿破仑失败，欧洲各国（主要是俄、奥、英三国）反动派、封建君主建立所谓"神圣同盟"（The Holy Alliance），镇压民主、自由正义和民族解放运动的黑暗时期，因此诗中所反映的现实之深度，所描绘的画面之广阔精美，思想意义（如反对专制主义、为自由解放而歌唱、揭露和批判人间丑恶现象等）都超过长诗的前两章。

〔26〕《堂璜》　今译《唐璜》（Don Juan），是拜伦最重要的作品，是拜伦的才华最高最充分的体现。全书只完成了十六章（作于一八一九年至一八二四年），因拜伦到希腊参加希腊独立的战斗，得急病逝世而辍笔。他原来的意图"是让唐璜在欧洲旅行一番，使他经历各种围城、交战、冒险，最后叫他参加法国革命。……目的是使我有可能指出各国社会可笑的方面，然后描写他如何很自然地逐渐变成衰老、放纵和疲倦"。（见拜伦一八二一年二月十六日致约翰·莫莱的信）。全书正是通过主人公唐璜在欧洲旅行，反映了当时欧洲社会复杂尖

锐的矛盾和斗争,描绘了广阔生动的生活画面。全诗对那个时代的黑暗、腐朽、虚伪种种现象,封建专制与金钱统治的罪恶,都有所揭露。政论性、抒情性和讽刺性结合在一起,内容丰富多彩、气势磅礴,确是拜伦的杰作。(在《唐璜》第十四章第九十九节中,拜伦自称这本书是一首"讽刺史诗"〔Epic Satire〕)。雪莱一八二一年八月十日给他夫人玛丽的信里说:拜伦"他已给我念了《唐璜》未发表的篇章之一,真是了不起的精彩。——这诗使他不仅超过而且远远地超过我们时代所有的诗人,每个字都有着不朽的印记。——不管怎么样,我没有希望跟拜伦竞争了,也没有别人配跟他较量。……这诗在一定程度上实现了我长期以来对于创造这样一些东西的鼓吹,它完全是新的,跟时代联系着——而且是不可超越的美丽"。

〔27〕鲁迅在这里所说的"三传奇称最伟",即一、《曼弗列特》,二、《凯因》,三、《天地》三种诗剧和叙事诗。

〔28〕《曼弗列特》 现译《曼弗雷德》(Manfred),一八一七年完成于意大利。这部诗剧也是拜伦的重要作品,发展了跟《东方故事诗》相似的精神与情绪,一方面表达了对于现实的憎恨和悲观失望,另一方面鼓吹自由思想、独立意志,反封建的精神,刻画了一个具有坚强的叛逆性格的曼弗雷德这个艺术形象。曼弗雷德只企求遗忘过去的一切,宁愿寂寞、痛苦地在阿尔卑斯山中死去,而决不低头,拒绝了罪恶精灵的召唤和修道院院长的拯救;他反抗任何力量对他的主宰。这就是本文中鲁迅所说的:"汝曹决不能诱惑灭亡我。"

〔29〕（中略） 鲁迅扼要地介绍了《曼弗雷德》的基本内容，而略去了其中一些情节，请参阅《曼弗雷德》中译本。

〔30〕《法斯忒》 通译《浮士德》(Faust, eine Tragödie)，歌德的代表作，世界文学史上伟大的诗剧。歌德从"狂飙突进"时期的一七七三年起到他逝世前一年（一八三一年），以将近六十年的时间，顽强旺盛的精力完成了《浮士德》，描写主人公浮士德经历了五个阶段的悲剧——知识的悲剧、爱情的悲剧、政治的悲剧、美的悲剧和事业的悲剧。《浮士德》内容丰富多彩、哲理深刻、形象鲜明，所涉及的问题复杂，所描绘的生活画面广阔而多姿；可以说是艺术地反映了欧洲文艺复兴以后三百年来上升时期的资产阶级的精神状态、思想发展、探求和种种矛盾，反映了当时光明和黑暗、进步的民主精神和反动的封建势力之间的反复的斗争。

〔31〕《凯因》 通译《该隐》(Cain)，拜伦的名著之一，根据《圣经·创世纪》第四章该隐与亚伯的故事编写的一个神秘剧（"A Mystery"），一八二一年出版。该隐因不满上帝对于他的虐待和劳役，在愤怒中杀死了他的弟弟亚伯，而被上帝放逐。（参见本书第三篇注〔33〕及〔34〕）拜伦塑造了该隐，一个敢于反抗神权和专制的叛逆者的形象，同时通过该隐同路西弗的漫游和谈话，探索了人类生存的意义问题，富于哲理价值。《该隐》的基调是孤独的、忧郁的，有些像《曼弗雷德》，但具有鲜明的反抗精神。这部长诗发表后，立即引起英国统治阶级、贵族和教会的谴责，大肆攻击拜伦，说他"渎神"(blasphemy)、

诽谤宗教,等等。同时出版商约翰·莫莱也受到威胁,他劝拜伦改写一些地方,引起了争论,拜伦写信给他说:"这两段决不能改动,除非你叫路西弗像林肯主教那样说话,……至于'警告',诸如此类,你真的以为这种事情会使任何人走入迷路吗?这些人难道比弥尔顿的撒旦或埃斯库罗斯的普罗米修斯更渎神吗?"(见拜伦一八二一年十一月三日致莫莱的信)。在另一方面,《该隐》得到了包括司各特等许多知名人士的赞扬,例如,托玛斯·摩尔说:"《该隐》是精彩的——可怕的——永远忘不了。假如我没有错,它将深入世界的心里去;当许多人为它的渎神而发抖时,而所有的人必定会在它的雄伟之前拜倒。"

〔32〕卢希飞勒　即路西弗(Lucifer),原是启明星,即维纳斯、金星的意思。根据旧说,路西弗原是天堂上的天使长,因反叛上帝,被逐出天堂而打入地狱,因此常与撒旦(恶魔)同名。

〔33〕《天地》　今译《天与地》("Heaven and Earth"),诗剧,一八二二年发表于《自由报》(The Liberal)第二期上。根据《圣经》传说,诗剧描述了天使们和人类的女儿们的婚姻,主要人物是赛拉夫·沙米亚沙(Seraph Samiasa)和该隐的孙女亚荷丽巴玛(Aholibamah)。

〔34〕瓜蔓　辗转牵连,仿佛瓜果藤蔓的蔓延。封建统治者对臣民的残酷杀戮,株连九族,所以有"瓜蔓抄"之称。

〔35〕伽兰　梵文 Samgharama 的汉语音译,"僧伽兰摩"的略称。原意是"众园"或"僧院",即佛教寺院庙宇的通称。

〔36〕这里尼采所说的话的出处,尚待查考。

〔37〕吾爱亚美利加,此自由之区,神之绿野,不被压制之地也 这里所引的拜伦的话,不知出处,尚待查阅。

〔38〕华盛顿 乔治·华盛顿(George Washington,1732—1799),美国著名的政治家和军事家。十八世纪中叶,在北美英国侨民反对英国政府的斗争中,华盛顿是领袖之一,后被选入费拉德尔菲亚(Philadelphia)第一届国会,任议员。一七七五年,任美军总司令。一七七六年,美国独立,成立美利坚合众国时,华盛顿被任命为第一任总统,后又连任一次。

五

自尊至者,不平恒继之,忿世嫉俗,发为巨震,与对跖[1]之徒争衡。盖人既独尊,自无退让,自无调和,意力所如,非达不已,乃以是渐与社会生冲突,乃以是渐有所厌倦于人间。若裴伦者,即其一矣。其言曰,硗确[2]之区,吾侪奚获耶?(中略)凡有事物,无不定以习俗至谬之衡,所谓舆论,实具大力,而舆论则以昏黑蔽全球[3]也。此其所言,与近世诺威文人伊孛生[4](H.Ibsen)所见合,伊氏生于近世,愤世俗之昏迷,悲真理之匿耀,假《社会之敌》[5]以立言,使医士斯托克曼为全书主者,死守真理,以拒庸愚,终获群敌之谥。自既见放于地主[6],其子复受斥于学校[7],而终奋斗,不为之摇。末乃曰,吾又见真理矣。地球上至强之人,至独立者也! 其处世之道如是。顾裴伦不尽然,凡所描绘,皆禀种种思,具种种行,或以不平而厌世,远离人群,宁与天地为俦偶,如哈洛尔特;或厌世至极,乃希灭亡,如曼弗列特;或被人天之楚毒,至于刻

077

骨,乃咸希破坏,以复仇雠,如康拉德与卢希飞勒;或弃斥德义,蹇视淫游[8],以嘲弄社会,聊快其意,如堂祥。其非然者,则尊侠尚义,扶弱者而平不平,颠仆有力之蠢愚,虽获罪于全群无惧,即裴伦最后之时是已。彼当前时,经历一如上述书中众士,特未欹歔断望,愿自逊[9]于人间,如曼弗列特之所为而已。故怀抱不平,突突上发,则倨傲纵逸,不恤人言,破坏复仇,无所顾忌,而义侠之性,亦即伏此烈火之中,重独立而爱自繇,苟奴隶立其前,必衷悲而疾视,衷悲所以哀其不幸,疾视所以怒其不争,此诗人所为援希腊之独立,而终死于其军中者也。盖裴伦者,自繇主义之人耳,尝有言曰,若为自由故,不必战于宗邦,则当为战于他国[10]。是时意大利适制于墺[11],失其自由,有秘密政党[12]起,谋独立,乃密与其事,以扩张自由之元气者自任,虽狙击密侦之徒,环绕其侧,终不为废游步驰马之事。后秘密政党破于墺人,企望悉已,而精神终不消。裴伦之所督励,力直及于后日,起马志尼[13],起加富尔[14],于是意之独立成。故马志尼曰,意太利实大有赖于裴伦。彼,起吾国者也![15]盖诚言已。裴伦平时,又至有情愫于希腊,思想所趣,如磁指南。特希腊时自由悉丧,入突厥[16]版图,受其羁縻,不敢抗拒。诗人惋惜悲愤,往往见于篇章,怀前古之光荣,哀后人之零落,或与斥责,或加激励,思使之攘突厥而复兴,更睹往日耀灿庄严之希腊[17],如所作《不信者》暨《堂祥》二诗中,其怨愤谯责[18]之切,与希冀之诚,无不历然可征信也。比千八百二十三年,伦敦之希腊协会[19]驰书托裴伦,请援希腊之独立。裴伦平日,至不满于希腊今人,尝称之曰世袭之奴,曰自由苗裔之奴[20],因不即应;顾以义愤故,则终诺之,遂行[21]。而希腊人民之堕落,乃诚如其说,励之再振,为业至难,因羁滞于克弗洛尼亚岛者五月,始向密淑伦其[22]。其时海陆军方奇困,闻裴伦至,狂喜,群集迓之,如得天使也。次年一月,独立政府任以总督,并授军事及民事之全权,而希腊是时,财政大匮[23],兵无宿粮,大势几去。加以式列阿忒[24]佣兵见裴伦宽大,复多所要索,稍不满,辄欲背去;希腊堕落之民,又诱之使窘裴伦。裴伦大愤,极诋彼国民性之陋劣;前所谓世袭之奴,乃果不可猝救如是也。而裴伦志尚不灰,自立革命之中枢,当四围之艰险,将士内讧,则为之调和,以己为楷模,教之人道,更设法举债,以振其穷,又定印刷之制,且坚堡垒以备战。内争方烈,而突厥果攻密淑伦其,式列阿忒佣兵三百人,复乘乱占要害地。裴伦方病,闻之泰然,力平党派之争,使一心以面敌。特内外迫拶[25],神质剧劳,久之,疾乃渐革[26]。将死,其从者持楮墨,将录其遗言。裴伦曰否,时已过矣。不之语,已而微呼人名,终乃曰,吾言已毕。从者曰,吾不解公言。裴伦曰,吁,不解乎?呜呼晚矣!状若甚苦。有间,复曰,吾既以吾物暨吾康健,悉付希腊矣。今更付之吾生。他更何有?[27]遂死,时千八百二十四年四月十八日[28]夕六时也。今为反念前时,则裴伦抱大望而来,将以天纵之才,致希腊复归于往时之荣誉,自意振臂一呼,人必将靡然向之。盖以异域之人,犹凭义愤为希腊致力,而彼邦人,纵堕落腐败者日久,然旧泽尚存,人心未死,岂意遂无情愫[29]于故国乎?特至今兹,则前此所图,悉如梦迹,知自由苗裔之奴,乃果不可猝救有如此也。次日,希腊独立政府为举国民丧,市肆悉罢,炮台鸣炮三十七,如裴伦寿也[30]。

  吾今为案其为作思惟,索诗人一生之内阂,则所遇常抗,所向必动,贵力而尚强,尊己而好战,其战复不如野兽,为独立自由人道也,此已略言之前分矣。故其平生,如狂涛如厉风,举一切伪饰陋习,悉与荡涤,瞻顾前后,素所不知;精神郁勃,莫可制抑,力战而毙,亦必自救其精神;不克厥敌,战则不止。而复率真行诚,无所讳掩,谓世之毁誉褒贬是非善恶,皆缘习俗而非诚,因悉措而不理也。盖英伦尔时,虚伪满于社会,以虚文缛礼[31]为真道德,有秉自由思想而探究者,世辄谓之恶人。裴伦善抗,性又率真,夫自不可以默矣,故托凯因而言曰,恶魔者,说真理者也[32]。遂不恤与人群敌。世之贵道德者,又即以此交非之。遏克曼亦尝问瞿提以裴伦之文,有无教训。瞿提对曰,裴伦之刚毅雄大,教训即函其中;苟能知之,斯获教训。若夫纯洁之云,道德之云,吾人何问焉[33]。盖知伟人者,亦惟伟人焉而已。裴伦亦尝评朋思[34](R. Burns)曰,斯人也,心情反张[35],柔而刚,疏而密,精神而质,高尚而卑,有神圣者焉,有不净者焉,互和合也[36]。裴伦亦然,自尊而怜人之为奴,制人而援人之独立,无惧于狂涛而大傲[37]于乘马,好战崇力,遇敌无所宽假,而于累囚之苦,有同情焉。意者摩罗为性,有如此乎?且此亦不独摩罗为然,凡为伟人,大率如是。即一切人,若去其面具,诚心以思,有纯禀世所谓善性而无恶分者,果几何人?遍观众生,必几无有,则裴伦虽负摩罗之号,亦人而已,夫何诧焉。顾其不容于英伦,终放浪颠沛而死异域者,特面具为之害耳。此即裴伦所反抗破坏,而迄今犹杀真人而未有止者也。嗟夫,虚伪之毒,有如是哉!裴伦平时,其制诗极诚,尝曰,英人评骘,不介我心。若以我诗为愉快,任之而已。吾何能阿其所好为?吾之握管,不为妇孺庸俗,乃以吾全心全情感全意志,与多量之精神而成诗,非欲聆彼辈柔声而作者也[38]。夫如是,故凡一字一辞,无不即其人呼吸精神之形现,中于人心,神弦立应,其力之曼衍于欧土,例不能别求之英诗人中;仅司各德所为说部[39],差足与相伦比而已。若问其力奈何?则意太利希腊二国,已如上述,可毋赘言。此他西班牙德意志诸邦,亦悉蒙其影响。次复入斯拉夫族而新其精神,流泽之长,莫可阐述。至其本国,则犹有修黎(Percy Bysshe Shelley)一人。契支[40](John Keats)虽亦蒙摩罗诗人之名,而与裴伦别派,故不述于此。

注释

〔1〕对跖　跖(zhí),原意双脚站立时贴地的部分,即脚底。这里指相对站立,对立的意思。

〔2〕硗确　硗(qiāo),亦作垲。硗确,土地坚硬而瘠薄。《韩诗外传》:"余衍之财有所流,故丰膏不独乐,硗确不独苦。"

〔3〕拜伦这一段话,自"硗确之区"至"而舆论则以昏黑蔽全球也"止,出于拜伦一八二〇年十一月五日给托玛斯·摩尔的信。

〔4〕伊孛生　通译易卜生(Henrik Ibsen,1828—1906)挪威伟大的戏剧家,一八四九年,在欧洲革命激荡时期开始创作,前后共写了二十五个剧本。代表作有《社会支柱》(Samfundets Støtter,1877)、《玩偶之家》(Dukkehjem,1879)、《群鬼》(Gengangere,1881)、《人民公敌》(Folkefiende,1882)等。易卜生的作品,特别是具有深刻的社会意义的剧本,即所谓"社会问题剧"在世界上产生了巨大的影响,其中最重要的是《玩偶之家》和《人民公敌》。它们对资产阶级社会腐朽庸俗、不平等的现象作了强有力的批判,宣传个性解放、男女平等、人格独立等资产阶级民主思想,同时鼓吹"孤独"力量和少数所谓"优秀分子"个人主义的理想。他的《玩偶之家》(一译《傀

偶家庭》)在"五四"时期被介绍到中国来,在反封建反礼教的斗争中曾起过积极作用。马克思、恩格斯高度评价了挪威文学和易卜生的作品。一八九〇年六月,恩格斯在给恩斯特的一封信中说:"在最近二十年当中,挪威文学非常发达,除俄国外,没有一个国家能够像她那样享受文学的光荣。……无论易卜生的戏剧有什么样的缺点,这些戏剧中所反映的世界之中的人物还有他自己的性格,还能有发动的力量,能够独立行动。"鲁迅在一九二三年冬在北京曾就娜拉出走、妇女解放问题作过一次讲演,题目是《娜拉走后怎样》。后经修订,收入杂文集《坟》中。可参阅。

〔5〕《社会之敌》 现译《人民公敌》,易卜生的名著之一。剧本主人公是斯多克曼(Stockmann)医生,他发现疗养区矿泉中有危险的传染病菌,竭力主张重建矿泉管道,以利公众健康,但遭到资本家的坚决反对。医生不愿屈服,公开向市民揭露真相,宣传自己的社会见解。市长(其实是他的哥哥)却煽动听众,宣布医生是"人民公敌",使他备受迫害。在本剧中,易卜生提出"世界上最有力量的人就是最孤立的人"(即这里鲁迅所说的"地球上至强之人,至独立者也!")这句名言,产生了很大的影响。鲁迅在《文化偏至论》里评论《人民公敌》时说:"如其《民敌》一书,谓有人宝守真理,不阿世媚俗,而不容于人群,狡狯之徒,乃巍然独为众愚领袖,借多陵寡,植党自私,于是战斗以兴,而其书亦止;社会之象,宛然具于是焉。"

〔6〕地主 根据易卜生原著,应是房东,或作房主。

〔7〕其子复受斥于学校　根据易卜生原著,被学校解聘了的是斯多克曼的女儿裴特拉(Petra),不是儿子。

〔8〕寋视淫游　寋(jiǎn)视,即傲视。淫游,漫游。寋视淫游,就是傲视一切、放荡不羁、浪迹漫游的意思。

〔9〕逖　远离。《尚书》:"逖于西土之人。"

〔10〕若为自由故,……则当为战于他国　拜伦所说的这段话,见一八二〇年十一月五日给托玛斯·摩尔的信。根据英文原信,应译为:"假如一个人在国内没有自由可争,那么就让他为邻邦的自由而战斗吧。"

〔11〕墺　即奥地利。当时奥国根据一八一五年维也纳会议的分赃决议,取得了意大利伦巴底与威尼斯的统治权。

〔12〕秘密政党　指当时意大利的"烧炭党"(Carbonari)。十九世纪初年,首先在意大利南方森林山区、拿不勒斯一带开始组织起来的秘密的政治团体。参加者有知识分子、自由派贵族和劳动人民等,主要目的就是拯救祖国,击退外国侵略者,使意大利摆脱奴役而得到自由解放,建立统一的意大利国家。这个秘密组织的名字叫作"Carbonari",这个词是从意大利文 il carbone,木炭,演变来的,意即"烧炭的人们",同时也是他们的暗号和标记等。

〔13〕马志尼　全名是居塞伯·马志尼(Giuseppe Mazzini, 1806—1872),意大利爱国志士、革命家、烧炭党员,十九世纪意大利民族解放运动杰出的领袖,青年意大利党的创立者。他备受迫害,数度流亡外国。一八四八年回罗马,曾被选为罗

马共和国执政者,后又被迫去英国,终身为祖国的独立自由而斗争。"神圣同盟"时期奥国首相梅特涅曾说:"世界上从来没有一个人比这个意大利强盗更使我操心,……他便是居塞伯·马志尼。"马志尼还是一个当时颇有影响的散文作家,热情的浪漫派。

〔14〕加富尔 全名是加米罗·宾索·加富尔伯爵(Count Camillo Benso Cavour,1810—1861)与马志尼同时代的意大利爱国志士,民族解放运动中君主立宪派的领袖,著名的政治家。加富尔跟马志尼不同,代表意大利贵族自由派阶级的利益,力求通过资产阶级同贵族地主妥协的道路来达到意大利的统一。一八六一年,他任撒丁尼亚王国的首相,协助国王维克多·厄马努埃成立意大利王国,完成统一。

〔15〕意太利实大有赖于裴伦。彼,起吾国者也 马志尼这句评论拜伦的话,见马志尼的论文《拜伦与歌德》。"起吾国者也",指意大利独立。意大利人民经过长期、反复、艰巨的斗争,经过一八四八年争取独立和统一的革命运动,于一八六一年成立了意大利王国,直至普法战争爆发后,意大利王国首都由佛罗伦萨迁到罗马,才最后完成统一。

〔16〕突厥 即土耳其。由土耳其封建主建立起来的奥斯曼帝国到了十九世纪初年仍然占有小亚细亚和巴尔干半岛等广大地区。希腊是奥斯曼帝国境内发达的据点之一,一直在土耳其人的残酷的剥削和奴役之下,成千上万的希腊人民被屠杀或沦为奴隶。几次起义,都惨遭血腥的镇压。

〔17〕诗人惋惜悲愤……更睹往日耀灿庄严之希腊　拜伦在他的巨著《唐璜》第三章第八十六节中集中地表达了鲁迅在这里所说的意思,这就是我们所熟悉的有名的《哀希腊》。《哀希腊》共十六段,清朝末年马君武曾用古诗体译其大意,现录一首,可供参考:"一朝宫社尽成墟,可怜同种遍为奴。光荣忽傍夕阳没,名誉都随秋草枯。岂无国士坐列岛,追念凤昔伤怀抱!我今飘泊一诗人,对此犹惭死不早!吁嗟乎!我为希腊几频鏖!我为希腊一痛哭!"

〔18〕谯责　即谁让,或作诮让,谴责的意思。

〔19〕希腊协会　一八二一年三月,在土耳其统治下的希腊爆发了反对土耳其苏丹、封建领主奴役的革命,声势浩大,席卷全国,但受到土耳其统治者残酷的镇压。当时欧洲各国民主力量都同情希腊起义,谴责土耳其的凶残。许多团体筹集捐款,购买武器、组织志愿军等,支援希腊独立运动,"伦敦希腊协会"(London Greek Committee)是其中之一。拜伦于一八二三年四月五日,通过协会积极的组织者贺布豪斯(Hobhouse)的推荐,在热那亚热情地接见了协会代表爱德华·勃拉居埃尔(Edward Blaquiere),同意援助希腊。他于一八二三年四月七日给贺布豪斯的信中说:"假如你希望有什么东西运送到希腊人那里,比如外科药品、火药以及旋转炮等等,这些东西,他们告诉我他们是急需的——我已准备好了,听候你任何指示,更恳切地说,为了费用,献出我自己的一份。"

〔20〕尝称之曰世袭之奴,曰自由苗裔之奴　拜伦在《恰尔

德·哈尔洛德游记》第二章第七十六节中曾说:"世世代代当奴隶的人们啊!你们难道不知道谁要解放他们自己,就必须起来战斗,必须用他们的右手,才能争得胜利!……"在第七十七节里又说:"但是自由永远不会降临这不幸的国土,代代当奴隶,年复一年,无穷尽的劳役啊!"

〔21〕遂行　拜伦和他的伙伴们于一八二三年七月十六日,坐上"赫库勒斯"(Hercules)号大帆船离开热内亚,到达莱贡(Leghorn),停航数天。七月二十三日,又扬帆直奔希腊群岛。

〔22〕因羁滞于克弗洛尼亚岛者五月,始向密淑伦其　克弗洛尼亚,通译克法洛尼亚(Cephalonia),希腊爱奥尼亚群岛之一,在希腊本土西南,摩里亚(Morea)地区的东北角海中。密淑伦其,通译米索朗基(Missolonghi),在希腊赛萨利(Thessaly)地区西南角上,普特拉斯(Putras)湾北岸,是希腊西部的重要城市。一八二三年八月三日,拜伦一伙所坐的"赫库勒斯"号在离克法洛尼亚岛的首府阿果斯托里(Argostoli)不远处抛下了锚。由于希腊内部各派势力冲突,斗争复杂,给反侵略战争带来了很大不利。拜伦上岸后,住在乡间村舍里,观察政局变化,等待时势好转,从夏天到秋天,直到一八二三年年底,才决定到米索朗基去,支援希腊独立军领导人之一马伏洛柯达多(Mavrocordato)亲王。

〔23〕财政大匮　匮(kuì),缺乏;不足。当时希腊方面经济非常困难,军队给养异常贫乏。拜伦竭力帮助他们。例如,

一八二三年十月中,希腊方面代表向拜伦提出,为了支持希腊舰队等,借款三万西班牙金元,或者三十万皮亚斯特(Piastte)。拜伦同意先付款四千英镑,或二十万皮亚斯特。(见列斯利·阿·马昌德〔Leslie A. Marchand〕著《拜伦传》第三卷第一一三四页)。

〔24〕式列阿忒　通译苏里沃特(Suliot)希腊和阿尔巴尼亚少数民族。在希腊反抗土耳其的战争中,他们被招募、组织起来参加战斗。有一部分苏里奥特雇佣军在拜伦的直接统率之下。

〔25〕迫拶　拶(zā),压紧。迫拶,即逼迫、交困。

〔26〕疾乃渐革　革(jí),危急。

〔27〕裴伦曰否,时已过矣……他更何有　拜伦临终时的情况和他说的话,主要根据当时在病榻旁的拜伦的战友们,如贺布豪斯、刚巴(Ghiselli Gamba)、巴里(William Parry)、医生米林根(Millingen),以及跟随拜伦已十五年的仆人弗莱契(Fletcher)等的记录、书信、回忆录等。这里所引的大体上是根据弗莱契的记载。

〔28〕十八日　应作十九日。拜伦于一八二四年四月十九日(星期一)六时一刻逝世。

〔29〕情愫　亦作情素。本心;真情实意。《汉书·邹阳传》:"披心腹,见情素。"

〔30〕拜伦逝世后,马伏洛柯达多代表西部希腊临时政府立即发布命令,为拜伦之死鸣放分炮(每隔一分钟鸣炮一响),

普遍举行哀悼仪式。一八二四年四月二十日太阳上升时,炮声隆隆,响遍沉寂的山野和湖区。接着,在二十四小时内,由拜伦自己的兵团里一门炮每隔半小时鸣炮一次。

〔31〕虚文缛礼　缛(rù),原是繁密的采饰,这里是繁琐的意思。虚文缛礼,即繁文缛节。

〔32〕恶魔者,说真理者也　见拜伦的诗剧《该隐》第一场第一幕该隐回答他父亲亚当的话。根据原作,"恶魔",应作"蛇"。诗剧《该隐》开头描述亚当、夏娃、该隐、亚伯、阿达(Adah)和齐拉(Zillah)六个人,在日出时,向上帝祭献的情况,那时亚当一家被上帝赶出乐园已很久了。除该隐外,亚当五人都竭力赞扬上帝的丰功伟业,说上帝如何"永生""无限""全知",如何"创造了最好和美丽的事物",等等。唯独该隐始终沉默,也不参加祈祷。他父亲亚当问他原因,他只回答"没有什么可说的"。接着,夏娃说:"啊呀!我们的禁树上的果子开始落了。"于是,就引起了下面亚当和该隐的对话:

亚当:我们必须再把它收集起来。哦,上帝!您为什么种植智慧之树?

该隐:而你为什么不摘生命之树上的果子?你早应该反抗他了。

亚当:啊,我的儿子,不要渎神吧,这些都是蛇的语言。

该隐:为什么不?蛇说出真理:这是智慧之树,这是生命之树。智慧是善的,生命也是善的。这两样怎么都是罪恶?……

〔33〕遏克曼亦尝问瞿提以裴伦之文，……吾人何问焉　歌德跟艾克曼说的这段话，见艾克曼《歌德谈话录》一八二八年十二月十六日的最后一部分。现依据德文原著，试译于下：

　　谈话随后完全转到拜伦和他的几部作品上面了。歌德时常从这里得到时机，重新表达了他以前对于任何伟大天才的各种认识与赞美。"阁下关于拜伦的所有的谈论，"我接着说："我衷心地赞成，不过，作为一个天才的诗人，尽管他是那样重要和伟大，我很怀疑是否从他的著作中可以找到对于纯粹的人类教化有决定性的益处。"歌德说："在这里，我必须跟你唱反调。拜伦的勇气、大胆和雄伟，难道不就是教化吗？我们必须小心不要时常在其中寻找什么绝对的纯洁和道德的东西。一切伟大的东西都具有教育意义，只要我们能觉察到它。"

〔34〕朋思　今译彭斯（Robert Burns, 1759—1796）十八世纪苏格兰伟大的诗人。他出身贫苦，靠努力自学成长，少年时就开始写诗。一七八六年出版了第一部诗集《主要用苏格兰方言写的诗》（*Poems Chiefly in the Scottich Dialect*）。彭斯生活于资产阶级革命蓬勃发展的时期，他同情劳动人民，支持他们的斗争，在创作中反映了他们受奴役的悲苦生活；他歌唱自由、平等，反对封建专制和民族压迫。他收集、整理和改写民歌共有八百多篇，做出了优异的贡献。彭斯的作品感情真挚，语言清新，朴素而流丽。代表作有《自由树》（"The Tree of Liberty")、《我的心啊在高原》("My Heart's in the Highlands")、《快活的乞丐》("The Jolly Beggars")、《一朵红红的玫瑰》("A Red, Red Rose")以及《往日的时光》("Auld Lang Syne")等等。其中《往日的时光》一首,歌颂友谊,一往情深,后配以乐曲,迄今盛行于世,是优秀电影《魂断蓝桥》(Waterloo Bridge)的主题歌。

〔35〕反张　矛盾的意思。

〔36〕拜伦对彭斯的评论见拜伦一八一三年十二月十三日的《札记》(Journals)。现根据原文,试译于下:

亚伦……借给我一束彭斯未发表的和永远不会发表的书简。它们之中充满着诅咒和猥亵的歌曲。一颗何等自相对立的心啊!——温柔,粗暴——精细,粗糙——多情,好色——高超卓拔和卑躬屈节,污浊和圣洁——所有这些在那滋生灵感的肉体组合中糅杂在一起!

〔37〕儆(jǐng),警戒,戒备。《左传·襄公九年》:"令司宫、巷伯儆宫。"这里是说拜伦骑马很小心、警惕。

〔38〕尝曰,英人评骘,……非欲聆彼辈柔声而作者也　这一段话出自拜伦一八一九年四月六日从威尼斯给约翰·莫莱的信。这里鲁迅的译文与原文出入较大,现根据原信试译于此:

至于你所谈到的那些英国人的评论,在他们以傲慢的谦恭来侮辱我之前,让他们估计这些东西到底值多少吧。我从未为博得他们的愉快而写作。假如他们感到喜欢,那是因为他们愿意如此;我从来没有奉承他们的意见,也不迎合他们的尊严,我决不这么做。而且我也不会写"太太小姐们的书","al dilettar le femine e la plebe"(以取悦愚夫愚妇)。我写作是由于我心灵的无限感受,由于激情、由于冲动、由于许多的动机,而都不是为了他们的"柔媚的声音"。

〔39〕仅司各德所为说部　指与拜伦同时代的英国著名作家瓦尔德·司各特写的许多部历史小说,如《艾文赫》等。

〔40〕契支　现译济慈,全名是约翰·济慈(John Keats, 1795—1821)。十九世纪英国杰出的浪漫主义诗人,出身卑微,时遭白眼,体质薄弱,一生坎坷,小时候就成了孤儿。后学习医科,谋得一个药剂师的位置。他从小热爱文艺,深受古希腊和英国文艺复兴时期文艺的熏陶。一八一七年,在雪莱的帮助下出版了第一本诗集。一八一八年长诗《安狄米恩》("Endymion")发表,立即引起保守派报刊的辱骂,使济慈深受损伤。一八二〇年,他出版了第三本诗集,其中包括他的许多首杰作,如《夜莺颂》等。一八二一年,济慈因肺病逝世于意大利,年仅二十六岁。济慈逝世三个月后,雪莱写了一首长篇挽歌《阿童尼》("Adonais"),表达了深切的哀悼与义愤。济慈的代表作有《圣·阿格尼斯节的前夕》("The Eve of St. Agnes")、《希腊古瓮颂》("Ode on a Grecian Urn")、《夜莺颂》("Ode to a Nightingale")、《秋颂》("To Autumn")、《伊莎贝拉,或称紫苏

花盆》("Isabella, or the Pot of Basil")、《无情的妖女》("La Belle Dame Sans Merci")等。

鲁迅在这里说济慈"虽亦蒙摩罗诗人之名,而与裴伦别派,故不述于此",因此文中没有介绍济慈。从思想和艺术方面来看,济慈跟拜伦和雪莱是有差别的,他缺乏拜伦和雪莱那样的挑战精神、反抗之火,没有拜伦的辛辣讽刺的力量,也没有雪莱那样的空想社会主义的热情。但是,济慈对当时的政治斗争是很关心的,对现实黑暗现象很痛恨并加以揭露批判;他主要是以对真、善、美的追求,对艺术崇高的境界的追求,同丑恶的现实对立起来,而抒写他精彩的诗篇。他们的基本倾向是一致的,作为浪漫主义运动中的杰出代表,作为革命民主派,他们都是站在一起的战友,同样做出了重大贡献。因此,可以说,济慈和拜伦、雪莱同属于一个流派,都是"摩罗诗人"。

六

修黎生三十年而死[1],其三十年悉奇迹也,而亦即无韵之诗。时既艰危,性复狷介[2],世不彼爱,而彼亦不爱世,人不容彼,而彼亦不容人,客意太利之南方,终以壮龄而夭死,谓一生即悲剧之实现,盖非夸也。修黎者,以千七百九十二年生于英之名门[3],姿状端丽,夙好静思;比入中学[4],大为学友暨校师所不喜,虐遇不可堪。诗人之心,乃早萌反抗之朕兆;后作说部[5],以所得值餉其友八人,负狂人之名[6]而去。次入恶斯佛大学[7],修爱智之学[8],屡驰书乞教于名人。而尔时宗教，权悉归于冥顽之牧师，因以妨自由之崇信。修黎蹶起，著《无神论之要》[9]一篇，略谓惟慈爱平等三，乃使世界为乐园之要素，若夫宗教，于此无功，无有可也[10]。书成行世，校长见之大震，终逐之[11]；其父亦惊绝，使谢罪返校，而修黎不从，因不能归。天地虽大，故乡已失，于是至伦敦，时年十八[12]，顾已孤立两间，欢爱悉绝，不得不与社会战矣。已而知戈德文[13]（W.Godwin），读其著述，博爱之精神益张。次年入爱尔兰[14]，檄其人士，于政治宗教，皆欲有所更革，顾终不成。逮千八百十五年，其诗《阿剌斯多》[15]（Alastor）始出世，记怀抱神思之人，索求美者，遍历不见，终死旷原，如自叙也。次年乃识裴伦于瑞士[16]；裴伦深称其人，谓奋迅如狮子[17]，又善其诗，而世犹无顾之者。又次年成《伊式阑转轮篇》[18]（The Revolt of Islam）。凡修黎怀抱，多抒于此。篇中英雄曰罗昂，以热诚雄辩，警其国民，鼓吹自由，掊击压制，顾正义终败，而压制于以凯还，罗昂遂为正义死。是诗所函，有无量希望信仰，暨无穷之爱，穷追不舍，终以殒亡。盖罗昂者，实诗人之先觉，亦即修黎之化身也。

至其杰作，尤在剧诗；尤伟者二，一曰《解放之普洛美迢斯》[19]（Prometheus Unbound），一曰《黏希》[20]（The Cenci）。前者事本希腊神话，意近裴伦之《凯因》。假普洛美迢为人类之精神，以爱与正义自由故，不恤艰苦，力抗压制主者僦毕多，窃火贻人，受絷于山顶，猛鸷日啄其肉，而终不降。僦毕多[21]为之辟易[22]；普洛美迢乃眷女子珂希亚[23]，获其爱而毕。珂希亚者，理想也。《黏希》之篇，事出意太利，记女子黏希之父[24]，酷虐无道，毒虐无所弗至，黏希终杀之，与其后母兄弟，同戮于市。论者或谓之不伦。顾失常之事，不能绝于人间，即中国《春秋》[25]，修自圣人之手者，类此之事，且数数见，又多直书无所讳[26]，吾人独于修黎所作，乃和众口而难之耶？上述二篇，诗人悉出以全力，尝自言曰，吾诗为众而作，读者将多[27]。又曰，此可登诸剧场者[28]。顾诗成而后，实乃反是，社会以谓不足读，伶人以谓不可为；修黎抗伪俗弊习以成诗，而诗亦即受伪俗弊习之夭阏，此十九稘[29]上叶精神界之战士，所为多抱正义而骈殒[30]者也。虽然，往时去矣，任其自去，若夫修黎之真值，则至今日而大昭。革新之潮，此其巨派，戈德文书出，初启其端，得诗人之声，乃益深入世人之灵府。凡正义自由真理以至博爱希望诸说，无不化而成醇，或为罗昂，或为普洛美迢，或为伊式阑之壮士，现于人前，与旧习对立，更张破坏，无稍假借也。旧习既破，何物斯存，则惟改革之新精神而已。十九世纪机运[31]之新，实赖有此。朋思唱于前，裴伦修黎起其后，掊击排斥，人渐为之仓皇；而仓皇之中，即亟人生之改进。故世之嫉视破坏，加之恶名者，特见一偏而未得其全体者尔。若为案其真状，则光明希望，实伏于中。恶物悉颠，于群何毒？破坏之云，特可发自冥顽牧师之口，而不可出诸全群者也。若其闻之，则破坏为业，斯愈益贵矣！况修黎者，神思之人，求索而无止期，猛进而不退转，浅人之所观察，殊莫可得其渊深。若能真识其人，将见品性之卓，出于云间，热诚勃然，无可沮遏，自趁其神思而奔神思之乡；此其为乡，则爱有美之本体。奥古斯丁[32]曰，吾未有爱而吾欲爱，因抱希冀以求足爱者也[33]。惟修黎亦然，故终出人间而神行，冀自达其所崇信之境；复以妙音，喻一切未觉，使知人类曼衍之大故，暨人生价值之所存，扬同情之精神，而张其上征渴仰之思想，使怀大希以奋进，与时劫同其无穷。世则谓之恶魔，而修黎遂以孤立；群复加以排挤，使不可久留于人间，于是压制凯还，修黎以死，盖宛然阿剌斯多之殒于大漠也。

虽然，其独慰诗人之心者，则尚有天然在焉。人生不可知，社会不可恃，则对天物之不伪，遂寄之无限之温情。一切人心，孰不如是。特缘受染有异，所感斯殊，故目睛夺于实利，则欲驱天然为之得金资；智力集于科学，则思制天然而见其法则；若至下者，乃自春徂冬，于两间崇高伟大美妙之见象，绝无所感应于心，自堕神智于深渊，寿虽百年，而迄不知光明为何物，又奚解所谓卧天然之怀，作婴儿之笑矣。修黎幼时，素亲天物，尝曰，吾幼即爱山河林壑之幽寂，游戏于断厓绝壁之为危险，吾伴侣也[34]。考其生平，诚如自述。方在稚齿，已盘桓于密林幽谷之中，晨瞻晓日，夕观繁星，俯则瞰大都中人事之盛衰，或思前此压制抗拒之陈迹；而芜城古邑，或破屋中贫人啼饥号寒之状，亦时复历历入其目中[35]。其神思之澡雪[36]，既至异于常人，则旷观天然，自感神閟，凡万汇之当其前，皆若有情而至可念也。故心弦之动，自与天籁合调，发为抒情之什，品悉至神，莫可方物，非狭斯丕尔暨斯宾塞[37]所作，不有足与相伦比者。比千八百十九年春，修黎定居罗马，次年迁毕撒[38]；裴伦亦至，此他之友多集，为其一生中至乐之时。迨二十二年七月八日，偕其友乘舟泛海，而暴风猝起，益以奔电疾雷，少顷波平，孤舟遂杳[39]。裴伦闻信大震，遣使四出侦之，终得诗人之骸于水裔，乃葬罗马焉[40]。修黎生时，久欲与生死问题以诠解，自曰，未来之事，吾意已满于柏拉图[41]暨培庚[42]之所言，吾心至定，无畏而多望，人居今日之躯壳，能力悉蔽于阴云，惟死亡来解脱其身，则秘密始能阐发[43]。又曰，吾无所知，亦不能证，灵府至奥之思想，不能出以言辞，而此种事，纵吾身亦莫能解尔[44]。嗟乎，死生之事大矣，而理至閟，置而不解，诗人未能，而解之之术，又独有死而已。故修黎曾泛舟坠海，乃大悦呼曰，今使吾释其秘密矣！[45]然不死。一日浴于海，则伏而不起，友引之出,施救始苏,曰,吾恒欲探井中,人谓诚理伏焉,当我见诚,而君见我死也[46]。然及今日,则修黎真死矣,而人生之闷,亦以真释,特知之者,亦独修黎已耳。

注释

〔1〕修黎生三十年而死　修黎,今通译雪莱,全名是泼西·比希·雪莱(Percy Bysshe Shelley)。雪莱生于一七九二年八月四日,卒于一八二二年七月八日,终年三十岁。

〔2〕狷介　狷(juàn)介,洁身自好,有所不为。《国语·晋语二》:"小心狷介,不敢行也。"陆龟蒙《张祜故居诗序》:"性狷介不容物,辄自劾去。"

〔3〕名门　旧时称有声望的豪族门第。雪莱生于英国东南角塞西克斯(Sussex)郡西部霍色姆(Horsham)镇一个古老的贵族家族里,曾祖和祖父都是男爵。父亲提摩西·雪莱(Timothy Shelley)是国会议员,辉格(Whig)党派。如果没有后来的遭遇,雪莱是这个贵族世家的继承者,雪莱曾对威廉·葛德文说:"我是继承人,每年有六千磅的财产收入。"(见一八一二年一月十日给葛德文的信)。

〔4〕中学　雪莱于一八〇四年,十二岁时入贵族学校伊顿(Eton)公学读书,一九一〇年毕业。

〔5〕后作说部　说部,即小说。雪莱于一八一〇年自费印行一部传奇小说《札斯特洛奇》(*Zastrozzi*)。一八一一年又出版了一部传奇小说《圣·欧文,或称炼金术家》(*St. Irvyne*, or，The Rosicrucian）。这些是雪莱早年在中世纪罗曼斯（Romance，即传奇）的影响下的创作，也是当时伊顿学生时常喜欢写的东西。这里所提到的"以所得值飨其友八人"，指雪莱所写《札斯特洛奇》一书，他把所得到的稿费四十英镑请了八个伊顿同学吃了一顿丰美的晚餐。

〔6〕狂人之名　雪莱在伊顿上学时喜欢沉思默想、独立思考问题，不同凡俗，反对"学仆制"（fagging system），冒犯了学校当局的专制作风；又私自进行化学和物理学各种奇怪的实验（例如，用火镜和炸药在许多棵老树上做试验，烧焦了树），探索"宇宙的奥秘"，被称为"疯子雪莱"（Mad Shelley）。

〔7〕恶斯佛大学　通译牛津大学（Oxford University），是世界最古老的有名的大学之一。牛津大学创立于英国国王亨利三世统治时期，其中最早一个学院"蒙顿学院"（Merton College）成立于一二六七年。雪莱于一八一〇年秋季入牛津大学学习。

〔8〕爱智之学　即哲学。详见本书第二篇注〔11〕。

〔9〕《无神论之要》　今译《无神论的必然性》（The Necessity of Atheism）。雪莱于一八一一年二月间在牛津大学写了一本小册子，叫作《无神论的必然性》，以冷静的推理方法，提出了任何人都无法证明上帝存在的论据，公开向所有的教授和宗教界名流挑战，否认上帝的存在。一八一〇年十二月二十日，雪莱在给他的同学好友霍格（T.J. Hogg）的信中，已经提到他对宗教猛烈的批判，他说："啊！我心如焚，急于期待基督教

毁灭的时刻来临,它已经损害了我,……我真想,为了社会的利益,去摧毁那些会消灭社会关系中最宝贵的东西的舆论。……人是平等的,而且我相信在社会达到一个更高、更完善的状态时就会有平等了。……打垮宗教的狂信!打垮宗教的偏狭!为了这番努力,你最真挚的朋友将要付出他所有的力量,他全部微薄的资财。"雪莱这篇文章是在十八世纪法国和英国启蒙思想家们(尤其是卢梭)和空想社会主义的思想的深刻影响下产生出来的反宗教、反封建专制主义最早的檄文。他一八一三年发表的长诗《麦布女王》("Queen Mab")是这种革命精神的继续发展,是无神论思想和对未来美好生活的追求的形象化的体现。在《麦布女王》里,雪莱把《无神论的必然性》一文中许多论据都写在注释中。

〔10〕略谓惟慈爱平等三……无有可也。 雪莱这几句话的意思可引雪莱夫人玛丽·葛德文(Mary Godwin)《〈麦布女王〉的注解》里一段话,作为参证:"……作为他的信念中主要的一点是,假如用爱、慈善、平等权利来教导人们,并且引用这些来对待跟他们同样的人,这个尘世就会成为乐园。他认为宗教,像它被人们所说的,尤其是被人们所实行的那样,对培植那些能使人们视同兄弟的德行来说,是怀有敌意而不是友好的。"

〔11〕终逐之 一八一一年二月间,雪莱找到了一个出版商,印刷了他的《无神论的必然性》,并在几家报刊上登广告;后来他还亲自把这本书送到牛津区一家书店里陈列,并寄给

牛津和剑桥大学所有学院的领导人物以及许多主教等。这事引起了宗教界和大学当局极大的震惊。同年三月二十五日，雪莱所在的学院的当局集会审问雪莱，他态度坚定，拒绝回答，终于被宣布开除牛津大学学籍。同时被开除的还有跟雪莱站在一起的同学霍格。

〔12〕时年十八　应作时年十九。雪莱被牛津大学开除后，同霍格一起离开牛津到伦敦去，是在一八一一年三月二十六日，他十九岁时。

〔13〕戈德文　通译葛德文，全名是威廉·葛德文（William Godwin，1756—1836）。英国著名的政论家、小说家，资产阶级民主革命思想家。他出身牧师家庭，一七九七年与激进派作家，有名的《妇女权利的辩护》(Vindication of the Rights of Woman，1792)一书的作者玛丽·沃尔斯东克拉夫特（Mary Wollstonecraft，1759—1797）结婚，后来他们所生的女儿玛丽·葛德文就是雪莱的第二任妻子。葛德文的代表作是《关于政治正义的探求》(Enquiry Concerning Political Justice，1793，简称《政治正义论》)和长篇小说《卡列布·威廉斯，或称事情就是这样》(Caleb Williams, or Things as They Are，1794)。前一部著作集中地表达了葛德文的哲学思想和政治观点，反对封建贵族统治，反对资本主义剥削的罪恶；提出伸张政治的正义，倡导成立独立的自由生产者联盟，通过道德教育的途径来改造社会。葛德文这部著作在当时工人和知识分子中，特别是民主派当中引起深刻的影响，是十九世纪进步的

思想领域中重要的著作。雪莱在伊顿公学读书时，就已为葛德文的思想所深深吸引，醉心于他所描绘的未来社会的美景中。一八一二年一月三日，雪莱第一次写信给葛德文，说他自己遭受社会的迫害，看透了人们的偏见，但致力于真理的事业，是一个炽热的年青的博爱主义者。他说："葛德文这名字时常激起我尊敬和赞美的感情，我一向把他当作一个发光体，对于他周围的黑暗说来，那是多么耀眼的光芒啊！……"从此以后，两人之间开始了长期的通信。一八一四年，雪莱与葛德文的女儿玛丽相爱，私奔意大利。这些事情对雪莱后来的生活和思想都产生了深刻的影响。

〔14〕次年入爱尔兰　一八一二年二月初，雪莱跟他的前妻赫丽艾特·威斯特布路克（Harriet Westbrook）一起到爱尔兰去，支持爱尔兰民族解放运动，并散发他写的《告爱尔兰人民书》。

〔15〕《阿剌斯多》　现译《阿拉斯特》，全篇名是《阿拉斯特，或称孤独的精灵》（Alastor, or The Spirit of Solitude）。雪莱的第二部重要的作品，长篇寓言抒情诗，富于象征意义，出版于一八一六年。长诗的主人公是一个善良的、孤寂的青年诗人，他沉醉于崇高的思想境界和美的梦幻之中，是一个以自我为中心的理想主义者。他企图在现实中寻求他所梦寐以求的东西，但他找不到"他所热爱的生命本体"，只遇到挫折和痛苦；他看见了一个"成群的虫豸和野兽跟人们住着的世界"，最后绝望地死去。长诗对脱离现实斗争的个人主义作了批

判,正如雪莱在这首长诗的序言中所指出的:"这幅画景对于实际的人来说并不是没有教育意义的。……凡是不爱自己同胞的人们必会度过贫瘠的一生,而且只有悲惨的坟墓等待着他们的暮年。"

〔16〕次年乃识裴伦于瑞士　一八一六年五月初,雪莱和妻子玛丽·葛德文,带着他们四岁的孩子以及玛丽的异父异母的姐姐珍妮·克莱蒙特(Jane Clairmont)一起到瑞士,住在日内瓦湖畔。拜伦于同年五月底也到了那里,两个诗人互相倾慕,订交欢聚。

〔17〕裴伦深称其人,谓奋迅如狮子　拜伦这话的出处尚待查阅。

〔18〕《伊式阑转轮篇》　现译《伊斯兰的起义》(The Revolt of Islam),长诗原名《莱昂与西丝娜》(Laon and Cythna),后改今名,出版于一八一八年。这是雪莱的代表作之一,采用斯宾塞的诗式(Spenserian Stanza)写成的长篇叙事诗。它是以法国大革命和拿破仑失败后欧洲封建复辟黑暗时期作为历史背景,具有深刻象征意义的革命故事,同时也是一首洋溢着革命浪漫主义激情的杰出的哲理诗。长诗开头,以蛇与鹰的激烈搏斗(象征光明与黑暗的斗争,善与恶之间的斗争)作为引子。诗中的主人公是一对怀抱着自由、平等思想的男女青年——莱昂与西丝娜,他们鼓动伊斯兰黄金城的人民起来革命,反对专制压迫,推翻了暴君,取得胜利。人民要求立即处决暴君,但莱昂从"仁爱"出发,认为暴君已被打败,孤立

无助，不忍杀死而放他走了。不久暴君卷土重来，复辟王朝，屠杀人民，也把莱昂和西丝娜绑在火刑柱上活活地烧死了。最后，莱昂和西丝娜复活，踏进了自由与美的精灵所住的庙宇。雪莱写作的目的在诗序开头就已表明，他说："这诗是关于大众的心灵气质的一个试验，看一下在那些开明而有教养的人们中间，对于改善社会道德和政治方面的渴望，究竟能在何种程度上抵挡得住那曾经摇撼我们所生活的时代的风暴。我企图运用音律和谐的语言，幻想的缥缈的组合，人类激情种种急骤而微妙的变化，总之，构成一首诗的一切要素，借以宣扬宽宏博大的道德，并且期待在读者的心胸中燃起对于自由与正义原则一种道德上的热忱，对于善的信念和希望，这些是不论暴力或者曲解或者偏见所能在人间完全消灭得了的。"雪莱也指出："我感到，这首诗在很多方面是我自己的心灵的真实写照。"(见雪莱一八一七年十二月十一日致葛德文的信)总之，雪莱这个重要的作品是以诗的语言和诗的意象，反映十九世纪初年欧洲社会尖锐的斗争，为法国大革命辩护，揭露封建复辟势力的罪恶；批判悲观失望的情绪，鼓舞人们为自由和正义事业而战斗，对人类美好生活的胜利，满怀信心。长诗原来的副标题是"黄金城的革命：十九世纪的梦幻"("The Revolution of the Golden City：A Vision of the Nineteenth Century")，从这里就可以了解这个名作的时代意义。

〔19〕《解放之普洛美迢斯》 现译《解放了的普罗米修斯》(*Prometheus Unbound*)，四幕诗剧，出版于一八二〇年。这

是雪莱第三部重要的作品,世界文学史上光辉的杰作之一。古代希腊神话中普罗米修斯的故事,是大家所熟悉的,远在公元前六世纪初古希腊悲剧家埃斯库罗斯(Aeschylus,公元前525—456)就写过一个《被缚的普罗米修斯》(*Prometheus Bound*)剧本。雪莱在这个诗剧中,把普罗米修斯塑造成了一个不怕长期被折磨的痛苦,始终坚毅不屈、坚持反抗,敢于向暴君宙斯(Zeus)挑战,拒绝投降,顶天立地的英雄形象,一反埃斯库罗斯原作《普罗米修斯》三部曲中的第二部《被释放了的普罗米修斯》(已失传)的妥协结局的命意。雪莱在本剧《序言》中指出:"埃斯库罗斯的《被释放了的普罗米修斯》设想了丘比特跟他的囚徒最后和解,……说实在的,我反对那么软弱无力的结局,叫一位人类的捍卫者去跟那个人类的压迫者言归于好。假如我们以为普罗米修斯居然会取消了他说过的那些慷慨激昂的话,并且会在他的趾高气扬、背信弃义的仇人面前畏缩低头,那么,这个寓言的道德意义——普罗米修斯的苦难和忍受是它有力的支柱——就会被摧毁了。"雪莱写这个诗剧时,正当反动势力猖狂,英国劳资矛盾和斗争尖锐化——例如,一八一九年八月十六日发生的"曼彻斯特大屠杀"("Manchester Massacre")和欧洲民族解放运动怒潮高涨的时期,现实斗争赋予这部作品以深刻的思想性。反对封建暴君的血腥统治、反对资本主义的残酷剥削,以及对未来合理美好的生活、人类的春天和对"黄金时代"的预言的热烈歌颂——这些构成了这首长诗的主题,使之呈现出鲜明的时代色彩。正如雪莱其他一些作品一样,本剧也宣扬宽恕、善良、仁爱等道德品质,特别强调人类爱的力量。"整首诗笼罩着一种爱的宁静而神圣的光辉;它使受苦的人得到安慰,使有所期待的人充满希望,直到预言实现,不为任何邪恶所玷污的爱就成为世界的法则了。"(见雪莱夫人《〈解放了的普罗米修斯〉说明》)。雪莱这个诗剧,气势磅礴、热情激荡、想象飞腾、语言优美,无论从思想内容或艺术形式方面来看,都是革命浪漫主义典型的杰作。

〔20〕《惄希》 现译《钦契》(The Cenci),五幕悲剧,出版于一八二○年。雪莱在本剧开头《致李·亨特先生的献辞》("Dedication, to Leigh Hunt, Esq.")中说:"到目前为止,我所出版的那些作品不过是体现我自己对于美与正义事业的理解的幻景而已。……我现在呈献给你的这部戏剧,却是悲惨的现实。我抛弃了一个教训者那种自以为是的态度,而满足于用我自己的心灵所赋予我的色彩来描绘曾经发生过的事情。"从这里,可知雪莱这个重要的剧本不是想象充沛、浪漫主义气氛浓烈的抒情之作,而是根据历史事实编写的具有鲜明的现实主义倾向的创作,是一出富于现实感的惊心动魄的戏。《钦契》里所写的事件发生在意大利,时间为一五九九年。弗朗契斯珂·钦契(Francesco Cenci)伯爵是教皇克莱孟特(Clement)七世统治时,罗马一个最富有的贵族家族的主人,一生暴戾荒淫,恶贯满盈,后来他憎恨子女,特别对美丽善良的女儿贝亚特丽采(Beatrice)百般折磨,放纵奸淫,满足了他的兽欲。最后

贝亚特丽采在忍无可忍的痛恨中，得到后母路克莱霞（Lucretia）和兄弟勃纳陀（Bernardo）的支持，雇了两个人谋杀了暴君钦契。事发后，贝亚特丽采和后母、兄弟受尽拷问折磨，始终不屈，终于一起被教皇处死。雪莱写这个剧本正当意大利民族解放和烧炭党革命运动高涨的时期，剧中对封建专制、贵族阶级的残暴和教会的黑暗腐败等现象，作了无情的揭露和批判，同时塑造了贝亚特丽采这样一个敢于同暴政作斗争、坚持不屈的复仇者的动人形象，提出了一个"以暴抗暴"的主题，正如雪莱自己所说的："这个故事……也许会像一道光芒，照彻人类心灵中最黑暗而隐秘的洞窟。"（见《钦契》作者序）

〔21〕僦毕多　通译丘比特（Jupiter），罗马神名，即希腊神话中奥林帕斯山上最高的天神宙斯（Zeus），被称为"众神之父和万人之王"，荷马史诗《伊利亚特》中说他是"明亮的闪电和黑云之神"。希腊神话中许多有名的神，如智慧女神雅典娜（Athena）、太阳神阿波罗（Apollo）、爱神阿芙罗狄蒂（Aphrodite）等都是他的子女。

〔22〕辟易　惊退。《史记·项羽本纪》："项王瞋目而叱之，赤泉侯人马俱惊，辟易数里。"

〔23〕珂希亚　即雪莱《普罗米修斯的解放》诗剧中所写的海神的女儿之一阿细亚（Asia）。她原是大自然的精灵，在剧中她是普罗米修斯的同情者和追求的对象，是他的新娘。

〔24〕黏希之父　即贝亚特丽采的父亲弗朗契斯珂·钦契伯爵。

〔25〕《春秋》 中国古代编年体史书,儒家经典著作之一,相传孔丘根据春秋(公元前七二二—四八〇)时代鲁国史官所记的《春秋》整理而成,记载鲁隐公元年至鲁哀公十四年(公元前七二二—四八一年)二百四十二年间鲁国的史实。解释《春秋》的书有《左氏》《公羊》和《谷梁》三传。

〔26〕又多直书无所讳 指《春秋》上记载这类所谓"不伦"(违反人伦、大逆不道)的事件,都是直言不讳、一点也不回避的,例如"齐崔抒弑其君光"(见《春秋》襄公二十五年)、"莒人弑其君密州"(见《春秋》襄公三十一年)等。

〔27〕尝自言曰,吾诗为众而作,读者将多 雪莱这句话的出处尚待查阅。

〔28〕又曰,此可登诸剧场者 雪莱夫人《关于〈钦契〉的题记》中说:"雪莱希望《钦契》能够上演。"并且希望当时一位蜚声剧坛的女演员艾丽莎·奥尼尔(Eliza O'neil)能扮演悲剧主人公贝亚特丽采的角色。"他抱着这个想法,给他的一个在伦敦的朋友写了下面的一封信"。雪莱的这封信就是一八一九年七月二十日写给他的好友皮可克(Thomas Love Peacock)的信,其中提到:"我写了一个悲剧,取材于在意大利尽人皆知的故事,我以为那是非常富于戏剧性的——我已经竭力把我这个剧本写得适合于演出,凡是看过这剧本的人们都表示赞许。"但是后来这事没有成功,剧场老板和演员都不同意《钦契》一剧上演。

〔29〕稘 "朞"(jī)的本字,亦作"期",一周年的意思。《新

唐书・温彦博传》:"我见其不逮再稘矣。"这里是"世纪"的意思。

〔30〕骈殒　骈(pián),并列,如骈文。骈殒,即一起毁灭,同归于尽的意思。

〔31〕机运　时会、时势。这里可指时势的转变。

〔32〕奥古斯丁　即圣・奥古斯丁(St. Augustine of Hippo,354—430),基督教著名的神学家,诞生于非洲北部塔加斯特(Tagaste)城。三九一年任北非希波・雷吉乌斯(Hippo Regius)的主教。对神学很有研究,著述丰富,代表作有《天主之城》(*City of God*)、《论三位一体》(*On Trinity*)及《忏悔录》(*Confessions*)等。

〔33〕吾未有爱而吾欲爱,因抱希冀以求足爱者也　圣奥古斯丁这句话的出处尚待查阅。

〔34〕尝曰,吾幼即爱山河林壑之幽寂,……吾伴侣也　雪莱的这几句话出自《伊斯兰的起义》的作者"自序"第六节中。现根据原文试译于下:

我从童年起就熟悉山峰、湖泊、海洋和森林的孤寂境界。我跟"危险"结成了游伴,看它在峭壁悬岩的边缘上嬉游。

〔35〕方在稚齿,已盘桓于密林幽谷之中……亦时复历历入其目中　鲁迅这几句描述雪莱小时候"素亲天物"等情况的话,均见雪莱《伊斯兰的起义》的"自序"第六节中,不过只是摘

录其大意。现根据原文全译于下：

> 我曾踩过阿尔卑山的冰川,曾在白朗峰的眼底下居住过,我曾经在遥远的原野上漫游；我曾经在大河上扬帆而下,日夜驶过山间的急流,眺望日出日落和星星的闪现。我曾见过人烟稠密的城市,观察了人群情欲的高扬和扩展,消沉和变化。我看见过暴政与战争明目张胆的掠夺的场景；多少城市和乡村只剩下了东一堆西一堆黑色的断壁残垣,赤身裸体的居民们坐在荒凉的门前饥饿待毙。

〔36〕澡雪　洗涤清洁。《庄子·知北游》:"澡雪而精神。"这里用来形容雪莱的精神境界的真纯和理想的高超。

〔37〕斯宾塞　艾德蒙德·斯宾塞(Edmund Spenser, 1552—1599),英国文艺复兴时期著名的诗人,对后世英国诗人(如济慈等)有较大的影响。他的代表作是《牧人的月历》(*Shepherd's Calender*,1579)和《仙后》(*The Faerie Queene*, 1589—1596)。《仙后》共六卷,长篇寓言故事抒情诗,是在中世纪罗曼斯(Romance)和意大利浪漫史诗,特别是阿里奥斯多(Ariosto)的名著《狂怒的奥兰多》(*Orlando Furioso*)的影响下写出来的杰作,反映了英国资产阶级上升时期的人文主义思想和积极进取的精神。诗的形式是斯宾赛的独创,被称为"斯宾塞诗式",即每节九行,前八行是抑扬五步格(Iambic Pentameter),第九行是亚历山大格(Alexandrine);韵式是 ababbcbcc。拜伦的名著《恰尔德·哈洛尔德游记》长诗就是全部采用"斯宾塞诗式"写成的。

〔38〕**毕撒** 通译比萨(Pisa)，意大利名城之一，在意大利半岛中部阿诺(Arno)河口。以比萨斜塔驰名于世。

〔39〕**迨二十二年七月八日，……孤舟遂杳** 一八二一年四月，雪莱一家自比萨城迁居斯佩齐亚(Spezzia)海湾上的莱里奇(Lerici)镇。一八二二年七月一日，雪莱同朋友爱德华·威廉斯(Edward Williams)和一个意大利年青水手查理·维维安(Charles Vivian)乘坐他的朋友为他造的帆船"唐璜(Don Juan)号"，渡海到莱贡(Leghon)，去迎接从英国来的朋友、作家李·亨特(Leigh Hunt)一家。七月八日午后，雪莱等三人乘"唐璜号"回来，途中突遇大风暴，船沉，三人均溺死。十天之后，雪莱的尸体被海浪冲到维亚·雷乔(Via Reggio)附近的海滩上。他的外套的两个口袋里装着两本书，一本是索福克勒斯(Sophocles)的作品，另一本是济慈诗集。

〔40〕**乃葬罗马焉** 雪莱遗体于一八二二年八月十五日在维亚·雷乔海岸上举行火葬，石炭、乳香、油料、食盐和酒撒在遗体上，闪出多彩的火焰。雪莱的心脏并未烧毁，被一个朋友从火中抢出，后来送给雪莱夫人。三十年后，这颗心同她自己的遗体一起被埋入坟墓里。最后雪莱的骨灰被埋在罗马新教墓园，白杨环绕，繁花掩映，墓碑上刻着 Cor Cordium（"心中的心"）两个白色大字。雪莱生前曾赞美过这个墓地说："阳光照耀在墓园闪亮的草地上，清新，带着秋天的露水；谛听风在

树叶丛间低语……"拜伦在雪莱逝世后几天,曾写信给一个朋友说:"就这样,另一个人离去了,他被世人误解,曾经卑劣地、愚昧地和残忍地对待过他。"拜伦又说:"举世无双,他是我曾经所知道的最好最无私的人。"

〔41〕柏拉图　见本书第二篇注〔9〕。

〔42〕培庚　即弗朗西斯·培根(Francis Bacon,1561—1626),英国文艺复兴时期杰出的思想家和散文家,马克思和恩格斯称他为"英国近代唯物主义和整个实验科学的真正始祖"。培根反对中世纪经院派哲学和神学,认为感觉是一切知识的来源,提倡"归纳法",在实验科学的基础上发展了唯物主义。他的著作丰富,主要的有《学术的推进》(*The Advancement of Learning*,1605)、《新工具》(*Novum Organum*,1620)、《新大西洋岛》(*The New Atlantis*,1626,全书未写完)以及《论说文集》(*Essays*,初刊于1597,最后修订出版于1625)。这是培根唯一的文学作品,见解精辟独到,文笔简洁老练,对后世西欧散文小品有着深刻的影响。

〔43〕上文自"自曰,未来之事"至"则秘密始能阐发"这段话的出处尚待查阅。

〔44〕吾无所知,……纵吾身亦莫能解尔　雪莱这几句话的出处,待查。

〔45〕故修黎曾泛舟坠海,……今使吾释其秘密矣　这件事指一八一六年六月二十三日,雪莱和拜伦一起乘船,作环绕瑞士日内瓦湖的八天漫游时,一天忽遇暴风雨,船将翻坠水一

事。拜伦是游泳能手，雪莱则不会游泳，又不要拜伦救他，自愿沉湖底死去。他曾说，"我将得到生命的秘密了"。后两人安然返航。

〔46〕吾恒欲探井中，……而君见我死也　这是雪莱一八二二年春间对他的朋友特里劳尼（Trelawny）说的话。当时雪莱想学游泳，请特里劳尼教他。雪莱脱了衣服，跳入水塘中，直沉到水底，不愿挣扎起来。特里劳尼救出他后，发觉他视死如归，雪莱说："我时常想一探井底，人家说真理藏在那里。一分钟内，我定可找到真理，而你们就会找到一个空壳。这是摆脱肉体的一种轻便的方法啊。"

七

若夫斯拉夫民族[1]，思想殊异于西欧，而裴伦之诗，亦疾进无所沮核[2]。俄罗斯当十九世纪初叶，文事始新，渐乃独立，日益昭明，今则已有齐驱先觉诸邦之概，令西欧人士，无不惊其美伟矣[3]。顾夷考权舆[4]，实本三士：曰普式庚[5]，曰来尔孟多夫[6]，曰鄂戈理[7]。前二者以诗名世，均受影响于裴伦；惟鄂戈理以描绘社会人生之黑暗著名，与二人异趣，不属于此焉。

普式庚[8]（A.Pushkin）以千七百九十九年生于墨斯科，幼即为诗，初建罗曼宗[9]于其文界，名以大扬。顾其时俄多内讧，时势方亟，而普式庚诗多讽喻，人即借而挤之，将流鲜卑[10]，有数耆宿力为之辩，始获免，谪居南方[11]。其时始读裴伦诗，深感其大，思理文形[12]，悉受转化,小诗亦尝摹裴伦;尤著者有《高加索累因行》[13],至与《哈洛尔特游草》相类。中记俄之绝望青年,囚于异域,有少女为释缚纵之行,青年之情意复苏,而厥后终于孤去。其《及泼希》("Gypsy")一诗亦然[14],及泼希者,流浪欧洲之民,以游牧为生者也。有失望于世之人曰阿勒戈,慕是中绝色,因入其族,与为婚因,顾多嫉,渐察女有他爱,终杀之。女之父不施报,特令去不与居焉。二者为诗,虽有裴伦之色,然又至殊,凡厥中勇士,等是见放于人群,顾复不离亚历山大时[15]俄国社会之一质分[16],易于失望,速于奋兴,有厌世之风,而其志至不固[17]。普式庚于此,已不与以同情,诸凡切丁报复而观念无所胜人之失,悉指摘不为讳饰。故社会之伪善,既灼然现于人前,而及泼希之朴野纯全,亦相形为之益显。论者谓普式庚所爱,渐去裴伦式勇士[18]而向祖国纯朴之民,盖实自斯时始也。尔后巨制,曰《阿内庚》[19](*Eugiene Onieguine*),诗材至简,而文特富丽,尔时俄之社会,情状略具于斯。惟以推敲八年[20],所蒙之影响至不一,故性格迁流,首尾多异。厥初二章,尚受裴伦之感化,则其英雄阿内庚为性,力抗社会,断望人间,有裴伦式英雄之概,特已不凭神思,渐近真然,与尔时其国青年之性质肖矣。厥后外缘转变,诗人之性格亦移,于是渐离裴伦,所作日趣于独立;而文章益妙,著述亦多。至与裴伦分道之因,则为说亦不一:或谓裴伦绝望奋战,意向峻绝,实与普式庚性格不相容,曩之信崇,盖出一时之激越,迨风涛大定,自即弃置而返其初;或谓国民性之不同,当为是事之枢纽,西欧思想,绝异于俄,其去裴伦,实由天性,天性不合,则裴伦之长存自难矣。凡此二说,无不近理;特就普式庚个人论之,则其对于裴伦,仅摹外状,迨放浪之生涯毕,乃骤返其本然,不能如来尔孟多夫,终执消极观念而不舍也。故旋墨斯科后,立言益务平和,凡足与社会生冲突者,咸力避而不道,且多赞诵,美其国之武功。千八百三十一年波阑抗俄[21],西欧诸国右波阑,于俄多所憎恶。普式庚乃作《俄国之逸谤者》暨《波罗及诺之一周年》二篇[22],以自明爱国。丹麦评骘家勃阑兑思[23](G.Brandes)于是有微辞,谓惟武力之恃而狼藉人之自由,虽云爱国,顾为兽爱[24]。特此亦不仅普式庚为然,即今之君子,日日言爱国者,于国有诚为人爱而不坠于兽爱者,亦仅见也。及晚年,与和阑公使子覃提斯[25]迕,终于决斗被击中腹,越二日而逝,时为千八百三十七年。俄自有普式庚,文界始独立,故文史家芘宾[26]谓真之俄国文章,实与斯人偕起也。而裴伦之摩罗思想,则又经普式庚而传来尔孟多夫。

来尔孟多夫[27](M.Lermontov)生于千八百十四年,与普式庚略并世。其先来尔孟斯[28](T.Learmont)氏,英之苏格兰人;故每有不平,辄云将去此冰雪警吏之地,归其故乡。顾性格全如俄人,妙思善感,惆怅无间,少即能缀德语成诗[29];后入大学被黜,乃居陆军学校二年,出为士官,如常武士,惟自谓仅于香宾酒中,加少许诗趣而已。及为禁军骑兵小校,始仿裴伦诗纪东方事[30],且至慕裴伦为人。其自记有曰,今吾读《世胄裴伦传》[31],知其生涯有同我者;而此偶然之同,乃大惊我。又曰,裴伦更有同我者一事,即尝在苏格兰,有媪谓裴伦母曰,此儿必成伟人,且当再娶。而在高加索,亦有媪告吾大母[32],言与此同。纵不幸如裴伦,吾亦愿如其说[33]。顾来尔孟多夫为人,又近修黎。修黎所作《解放之普洛美迢》[34],感之甚力,于人生善恶竞争诸问,至为不宁,而诗则不之仿。初虽摹裴伦及普式庚,后亦自立。且思想复类德之哲人勖宾赫尔[35],知习俗之道德大原,悉应改革,因寄其意于二诗,一曰《神摩》[36](Demon),一曰《谟哜黎》[37](Mtsyri)。前者托旨于巨灵,以天堂之逐客,又为人间道德之憎者,超越凡情,因生疾恶,与天地斗争,苟见众生动于凡情,则辄施以贱视。后者一少年求自由之呼号也。有孺子焉,生长山寺,长老意已断其情感希望,而孺子魂梦,不离故园,一夜暴风雨,乃乘长老方祷,潜遁出寺,彷徨林中者三日,自由无限,毕生莫伦。后言曰,尔时吾自觉如野兽,力与风雨电光猛虎战也。顾少年迷林中不能返,数日始得之,惟已以斗豹得伤,竟以是殒。尝语侍疾老僧曰,丘墓吾所弗惧,人言毕生忧患,将入睡眠,与之永寂,第忧与吾生别耳。……吾犹少年。……宁汝尚忆少年之梦,抑已忘前此世间憎爱耶?倘然,则此世于汝,失其美矣。汝弱且老,灭诸希望矣。少年又为述林中所见,与所觉自由之感,并及斗豹之事曰,汝欲知吾获自由时,何所为乎?吾生矣。老人,吾生矣。使尽吾生无此三日者,且将惨淡冥暗,逾汝暮年耳。及普式庚斗死,来尔孟多夫又赋诗以寄其悲[38],末解有曰,汝侪朝人[39],天才自由之屠伯,今有法律以自庇,士师[40]盖无如汝何,第犹有尊严之帝在天,汝不能以金资为赂。……以汝黑血,不能涤吾诗人之血痕也[41]。诗出,举国传诵,而来尔孟多夫亦由是得罪,定流鲜卑;后遇援,乃戍高加索,见其地之物色,诗益雄美。惟当少时,不满于世者义至博大,故作《神摩》,其物犹撒但,恶人生诸凡陋劣之行,力与之敌。如勇猛者,所遇无不庸懦,则生激怒;以天生崇美之感,而众生扰扰,不能相知,爰起厌倦,憎恨人世也。顾后乃渐即于实,凡所不满,已不在天地人间,退而止于一代;后且更变,而猝死于决斗。决斗之因,即肇于来尔孟多夫所为书曰《并世英雄记》[42]。人初疑书中主人,即著者自序,迨再印,乃辨言曰,英雄不为一人,实吾曹并时众恶之象。盖其书所述,实即当时人士之状尔。于是有友摩尔迭诺夫[43]者,谓来尔孟多夫取其状以入书,因与索斗。来尔孟多夫不欲杀其友,仅举枪射空中;顾摩尔迭诺夫则拟而射之,遂死,年止二十七。

前此二人之于裴伦,同汲其流,而复殊别。普式庚在厌世主义之外形,来尔孟多夫则直在消极之观念。故普式庚终服帝力[44],入于平和,而来尔孟多夫则奋战力拒,不稍退转。波覃勖迭[45]氏评之曰,来尔孟多夫不能胜来追之运命,而当降伏之际,亦至猛而骄。凡所为诗,无不有强烈弗和与踔厉不平之响者,良以是耳[46]。来尔孟多夫亦甚爱国,顾绝异普式庚,不以武力若何,形其伟大。凡所眷爱,乃在乡村大野,及村人之生活;且推其爱而及高加索土人。此土人者,以自由故,力敌俄国者也;来尔孟多夫虽自从军,两与其役,然终爱之,所作《伊思迈尔培》[47](Ismail-Bey)一篇,即纪其事。来尔孟多夫之于拿坡仑,亦稍与裴伦异趣。裴伦初尝责拿坡仑对于革命思想之谬,及既败,乃有愤于野犬之食死狮而崇之[48]。来尔孟多夫则专责法人,谓自陷其雄士[49]。至其自信,亦如裴伦,谓吾之良友,仅有一人,即是自己[50]。又负雄心,期所过必留影迹。然裴伦所谓非憎人间,特去之而已,或云吾非爱人少,惟爱自然多耳等意[51],则不能闻之来尔孟多夫。彼之平生,常以憎人者自命,凡天物之美,足以乐英诗人者,在俄国英雄之目,则长此黯淡,浓云疾雷而不见霁日也。盖二国人之异,亦差可于是见之矣。

注释

〔1〕斯拉夫民族　欧洲东部许多民族的总称,一般分为东斯拉夫民族,包括俄罗斯人、乌克兰人、白俄罗斯人;西斯拉夫民族,包括波兰人、莫拉维亚人、捷克人、斯洛伐克人;以及南斯拉夫民族,包括保加利亚人、波西米亚人、斯洛文尼人、塞尔比亚人等,这里特指俄罗斯人,以及第八篇中所说的波兰人。

〔2〕沮核　沮(jǔ)，终止。《诗·小雅·巧言》："乱庶遄沮。"沮核，阻止、隔断的意思。

〔3〕俄罗斯当十九世纪初叶，……无不惊其美伟矣　参见本书第一篇注〔54〕。

〔4〕夷考权舆　夷，语助词，无意义。权舆，原指草木萌芽的状态。《大戴礼记·诰志》："于是冰泮发蛰，百草权舆。"引申为开始的意思。夷考权舆，是说考察俄罗斯文学最初的情况。

〔5〕普式庚　通译普希金。详见本篇有关部分及注〔8〕。

〔6〕来尔孟多夫　通译莱蒙托夫。详见本段有关部分及注〔27〕。

〔7〕鄂戈理　通译果戈理，参见本书第一篇注〔54〕及〔55〕。

〔8〕普式庚　普希金，全名是亚历山大·谢尔盖耶维奇·普希金（Александр Сергеевич Пушкин，1799—1837），诞生于俄国莫斯科一个古老的贵族家庭。他父亲是地主，不事经营生产，沉溺于世俗享受，但喜欢文学。母亲是著名的"彼得大帝的黑奴"，原是非洲阿比西尼亚一个亲王的儿子，阿伯拉姆·汉尼巴尔（Ablam Hannibal）的孙女，因此普希金的外表就呈现着非洲祖先的特征。一八一一年，普希金入贵族子弟学校皇村中学读书。他课外大量阅读文学书籍，喜欢写作，最早的诗篇之一《皇村回忆》（Воспоминания в Царском Селе，1815）已引起人们的赞扬。一八一七年夏，普希金在中学毕业后，被派到彼得堡外交部任职，官场生活之外，他开始写了许

多抒情诗。当时沙皇亚历山大一世的统治异常黑暗反动,在那些有自由主义思想的贵族中,已组织了反对专制政体的秘密团体。普希金接受了当时新的进步思想,参加过十二月党人的活动,早期优秀的政治诗如《自由颂》(Вольность,1817)、《致恰达耶夫》(К Чадаев,1818)表达了诗人向往自由、民主与正义,反对暴君和专制农奴制度的进步情思,预示了后来他作为俄罗斯民族伟大诗人的光辉成就。普希金的这些作品触犯了沙皇政府,因而被遣送到南俄。一八二〇年五月,他离开彼得堡。南方的生活使他多方面接触社会,跟一些贵族革命分子的来往,加上当时欧洲民族解放运动(如意大利、希腊等国)对他的影响,增强了他作品中的革命性和思想广度。也正是这个时期,他醉心于拜伦的才华和诗篇,深受其影响。在长诗《高加索的俘虏》(Кавказский Пленник,1821)等作品中,我们可以明显地找到拜伦的影子。在敖德萨,普希金开始创作他的代表作之一,诗体小说《叶甫盖尼·奥涅金》。一八二四年七月,普希金被解送到普斯科夫省他父母的领地米哈伊洛夫斯克村。在这里,写完了长诗《茨冈》(Цыганы,1824;出版于1827)和另一部历史悲剧《波里斯·戈都诺夫》(Борис Годунов,1825)一八二五年冬,因沙皇亚历山大一世突然逝世而引起宫廷混乱,秘密团体策划起义,举行军事政变。但不幸被新沙皇尼古拉一世所残酷镇压,五个主要的十二月党人被处绞刑,一百多个人被流放到西伯利亚。普希金对这个事件十分愤怒,对十二月党人深表同情。一八二七年,普希金写

《致西伯利亚》(В Сибирь)，对十二月党人十分怀念，并寄予深切的期待，他歌唱道："自由会愉快地在门口迎接你们，弟兄们会把利剑送到你们手上！"普希金最后十年的创作生活，是在沙皇的监督下度过的，其间，他曾参加俄国和土耳其的战争。一八三一年，普希金与拉泰丽亚·龚佳罗娃结婚。婚后的生活是不愉快的，他的夫人一味地追求上流社会活动，对他不了解；两人的性格、认识和爱好都不一致，他感到异常忧愁、痛苦。他曾写信给一个亲密的朋友拉雪金说："对于生活的顾虑，使得我无暇感到寂寞。但是我失掉了写作所必需的那种自由独身的生活的闲暇。我的妻子总是打扮得入时地在社会里混，——这一切都需要钱。而钱只有靠了我的写作才弄得到，而写作就又必须有安静的生活。"这时期，普希金的创作还是丰富多彩的，重要的作品有：《叶甫盖尼·奥涅金》最后两章。《别尔金小说集》(Повести Белкина, 1832)、《渔夫和金鱼的故事》(Сказка о Рыбаке и Рыбке, 1833)，《青铜骑士》(Медный Всадник, 1833)、《黑桃皇后》(Пиковая Дама, 1834)以及《上尉的女儿》(Капитанская Дочка, 1836)等。一八三四年，法国保皇党徒乔治·丹特士(Georges d'Anthes)来到彼得堡，与普希金认识，开始追求他的夫人，社交界盛传关于普希金的流言蜚语，百般中伤；庸俗、黑暗势力向伟大诗人进袭。一八三七年二月八日，普希金在忍无可忍的状态中，跟丹特士决斗，受重伤，两天后逝世。享年仅三十八岁。余见本篇介绍及有关的注释。

〔9〕罗曼宗　即浪漫派，详见本书第一篇注〔1〕及注〔9〕。

〔10〕鲜卑　古代民族，历史悠久的少数民族，东胡的一支，原住在我国东北、内蒙古一带。早在《楚辞·大招》篇中已提到鲜卑："小腰秀颈，若鲜卑只。"《后汉书·鲜卑传》："鲜卑者，亦东胡之支也，别依鲜卑山，故因号焉。"又《朔方备乘》："鲜卑音转为锡伯，今黑龙江南，吉林西北境有锡伯部落，即鲜卑遗民。"西汉初，鲜卑族被匈奴族击败，逃亡到辽东境外。公元九一年，东汉大将军窦宪大破北匈奴，鲜卑人乘机占领北匈奴广大土地，势力渐盛。按古代鲜卑民族所居住及其占据的土地，就是现在蒙古、西伯利亚东部一带。我国古书上所说的鲜卑或作锡伯，或称犀比，或称悉比，即 Sabi（或 Saibi）一词的音译异文。西伯利亚（Siberia）一词也就是从鲜卑来的。或者可说这个鲜卑族所住的地方就叫作 Siberia（俄语是 Сибирь），即今通称的西伯利亚。十六世纪，俄罗斯沙皇伊凡四世吞并了整个西伯利亚，十七世纪开始，作为流放犯人的地方。

〔11〕谪居南方　一八二〇年，沙皇亚历山大一世因普希金的进步民主思想，鼓吹自由的诗篇和一些政治诗讽刺、攻击当局，认为他是"危险分子"，便决定把他流放到西伯利亚。亚历山大一世曾说："应该把普希金流放到西伯利亚去。他弄得俄罗斯到处都是煽动性的诗；所有的青年都在背诵它们。"后来普希金得到当时著名诗人和作家如茹柯夫斯基（Жуковский）等以及其他友人的帮助，为他说情，沙皇才改变命令，把他流放到南俄的叶卡捷林诺斯拉夫（Екатеринослав）地方去，后来又迁移到基

希尼约夫(Кишинёв)。

〔12〕思理文形　即文学作品的思想内容和艺术形式。

〔13〕《高加索累囚行》　通译《高加索的俘虏》(Кавказский Цленник)，普希金于一八二二年写的叙事诗。这是他一八二〇年五月被沙皇政府放逐到南俄，接触到南方壮丽奇异的风土人情以后所写的富于浪漫主义色彩的作品；塑造了像"拜伦式的英雄"那样的"十九世纪青年"的典型，是普希金早年浪漫主义诗篇的代表作之一。这部作品在一定程度上体现了沙皇统治下俄国的社会思想倾向。在令人窒息的压力下，敏感的年青一代向往自由、渴望摆脱现状，但又感到失望、无能为力。所以关于《高加索的俘虏》里的主人公，别林斯基曾指出："青年们特别欣赏他，因为每个人都在他的身上或多或少地看见了自己本身的反映。"

〔14〕其《及泼希》("Gypsy")一诗亦然　《及泼希》，原文是"茨冈"(Цыганы)，今中译本亦作《茨冈》。及泼希(Gypsy，或Gipsy)，汉语通译"吉卜赛"，原是高加索民族的一支，皮肤棕色、头发黑色，据说最早定居在印度，十四世纪或十五世纪时，进入欧洲，主要分布在俄国、波兰、匈牙利、西班牙、英国以及土耳其等国。他们的名称在各国语言里是不一致的，比如，俄语是"茨冈"(Цыганы)，德语是"契高伊纳"(Zigeuner)，法语是"波希米恩"(Bohémien)，意大利语是"辛加罗"(Zingaro)，西班牙语是"吉塔诺"(Gitano)，英语则是"吉卜赛"(Gipsy)，等等。而吉卜赛人自己则称之为"罗曼尼"(Romany)，他们的语言就

是"罗曼尼"语,属于印欧语系。至于为什么英、美等国称他们为"吉卜赛",因为这个民族的人在十六世纪初进入英国时,大家以为他们是从埃及(Egypt)来的(埃及人 Egyptian,古称为 Gipcyan)。吉卜赛是自由流浪的民族,居无定处,不习惯于在一个地方长期生活。他们主要的职业,即谋生手段,是手工业、编制家庭用具(篮子等)、贩卖马匹、做小生意、耍魔术、算命和进行音乐演奏等等。我们可以在法国梅里美著名的小说《卡尔曼》(Carmen)里看到吉卜赛人的生活作风和性格等等。

《茨冈》是普希金另一部优秀的浪漫主义叙事诗,完成于一八二四年十月。写的是一个俄国贵族青年阿乐哥为了逃脱衙门的追捕,对现实不满,讨厌"那沉闷的城市",自愿加入一群正在游荡的热热闹闹的茨冈人。他跟茨冈一个姑娘真妃儿相爱,结了婚,"抛弃了那锁链似的文明",过着自由自在的生活。后来,他发现真妃儿另有所欢,郁闷不乐。茨冈的老人劝他想开些,一个年轻女子的爱情会发生变化,自由是无法强迫的。但阿乐哥终于在黑夜里杀死了正在幽会的真妃儿和她的情夫。真妃儿的父亲埋葬了自己的女儿,打发这个"骄横的人"赶快离开,不愿再留他跟茨冈人一起生活。阿乐哥独自离去,老人带领这群追求自由生活的茨冈人到别处漫游了。在《茨冈》中,普希金描写和歌颂了茨冈人的纯朴自由的生活,突出卢梭早已倡导过的"返回自然"的主题,而跟"文明社会"和阿乐哥的利己主义(这同贵族阶级的腐朽性和反动性密切联系着)作了强烈的对照。

〔15〕亚历山大时　亚历山大,指俄国沙皇亚历山大一世(Александр Ⅰ,1777—1823),沙皇保罗一世的儿子。他在位时期(1801—1825),正值拿破仑帝国和战争、滑铁卢战役和"神圣同盟"的建立,封建复辟,欧洲社会动荡,政治斗争复杂尖锐的时期。一八〇五年,亚历山大参加第三次反法联盟,在奥斯特里支(Austerlitz)一战中惨败,俄奥联军被歼灭三万多人。一八〇七年,亚历山大又参加第四次反法联盟,在弗里德兰(Friedland)一战中,被拿破仑击败。一八一二年,拿破仑的六十万大军偷渡尼门(Niemen)河,进攻俄国,占领莫斯科。亚历山大任命库图佐夫为俄军总司令,采取"坚壁清野"的战略,终于迫使拿破仑仓皇逃出俄罗斯国境,渡过尼门河时,只剩下两万多人。一八一五年,滑铁卢之战拿破仑最后失败后,在亚历山大一世的嗾使下,俄、奥、普等国缔结了所谓的"神圣同盟"。同时,在俄国国内,亚历山大加紧推行反动政策,建立秘密警察机构,监视和镇压革命活动,激起了人民的反抗斗争,爆发了多次规模巨大的农民起义,其中包括十二月党人的革命行动。推翻农奴制和沙皇专制制度已成为俄国历史发展的要求。

〔16〕质分　本质,或特征。

〔17〕二者为诗,虽有裴伦之色,……而其志至不同　"二者"指上文所提到的普希金的叙事诗《高加索的俘虏》和《茨冈》两篇。鲁迅在这里以及下文中有关普希金和拜伦的异同的论述,可参考俄国杰出的革命民主主义思想家赫尔岑

（Герцен,1812—1870）一八五一年写的《论革命思想在俄罗斯的发展》一文有关的部分。赫尔岑曾指出："在他们自己的事业结束时,普希金和拜伦完全分道扬镳了,这原因也很简单：拜伦直到灵魂深处都是英国的,普希金直到灵魂深处都是俄国的,而且是彼得堡时代的俄国的。……有些人说普希金的长诗《奥涅金》是俄罗斯气质的《唐璜》,那他们是并没有了解拜伦和普希金,英国和俄国。他们的判断是表面的。《奥涅金》——这是吞没了普希金的生命的辉煌巨著,这长诗正就是从那占据我们的时代出发的。"

〔18〕裴伦式勇士　即拜伦式的英雄(Byronic Heroes),如拜伦叙事诗《海盗》中的康拉德等英雄人物。

〔19〕《阿内庚》　通译《叶甫盖尼·奥涅金》(*Евгений Онегин*),普希金最重要的代表作,世界文学史上伟大的作品之一。普希金前后用了八年多的工夫来完成这部诗体小说,共八章,于一八三三年出版。书中写彼得堡贵族出身的青年奥涅金感到都市社交生活空虚无聊、惶惑不安,便离开首都,到乡间接受叔父的遗产。通过邻人朋友连斯基的介绍,认识了当地的女地主拉林娜一家。这家的长女达吉雅娜初见奥涅金便喜欢他,向他吐露了自己的心意。但奥涅金拒绝了达吉雅娜的爱情,后来他向达吉雅娜的妹妹奥尔加献殷勤,造成他跟早已同奥尔加相恋的连斯基之间的冲突。结果两人决斗,奥涅金打死连斯基,便离开了乡村。他到各地旅行后回到彼得堡,与达吉雅娜重逢,那时达吉雅娜已嫁给一个出入宫廷的

老将军,而成为首都上流社会的贵妇,"高不可攀的富丽堂皇的涅瓦女神"了。奥涅金狂热地追求达吉雅娜,但遭到了拒绝。普希金在这里塑造的奥涅金这个所谓"多余的人"的典型,是俄罗斯文学中最早出现的那种憎恨现实而又脱离人民,缺乏生活目标,要求个性自由解放而又无力抗争,终于屈服于黑暗势力中的知识分子形象。长诗集中地、生动地描绘了十九世纪二十年代俄国的农奴制社会面貌。这部作品具有深刻的思想意义,它不但是反映那个时代(主要是一八一九年至一八二四年)的一面镜子,而且也是呈现普希金自己的心灵的一面镜子,正如别林斯基所说的:"《奥涅金》是普希金最亲切的创造,是他的幻想所产生的宠儿,……这里有他的全部生活,全部心灵,全部爱情;这里有他的感情,认识与理想。"(见别林斯基《论亚历山大·普希金的创作》第八节《叶夫盖尼·奥涅金》)。关于奥涅金的典型意义,可举赫尔岑的话作为说明:"奥涅金——这是俄罗斯人,他只可能在俄罗斯出现。……奥涅金——这是一个浪子,……他是他所处的社会中的一个畸零人。……奥涅金的典型是这样富于民族性,以致在所有一切稍能流行于俄罗斯的小说和诗歌中都可以遇见,这并不是因为大家都想摹拟这一个典型,而是因为你常常可以在你自己周围和你自己身上看到他。"(见赫尔岑《论革命思想在俄罗斯的发展》,1851)。

〔20〕推敲八年 普希金于一八二三年五月开始写《叶甫盖尼·奥涅金》,一八二五年二月,第一章出版。一八三〇年,

写完最后两章。一八三三年,全诗八章全部出版。

〔21〕千八百三十一年波阑抗俄　波阑,今译波兰。这里指波兰一八三一年十一月起义。当时波兰军队抗拒俄国沙皇的命令,不肯开往比利时镇压革命,并举行了武装起义。波兰军队在人民支持下解放了华沙,宣布推翻尼古拉一世的黑暗统治,成立了新政府。但革命起义的成果为波兰大贵族地主阶级所掠夺,终于失败,波兰仍为俄国所统治。

〔22〕普式庚乃作《俄国之谗谤者》暨《波罗及诺之一周年》二篇　《俄国之谗谤者》（Клеветникам России）,现译《给诽谤俄罗斯的人》,《波罗及诺之一周年》（Бородинская Годовщина）,现译《波罗金诺周年》。这两首诗均作于一八三一年,写作的背景和动机是相同的,反映了一八三一至一八三二年波兰起义及其失败的历史事件。当时沙皇俄国进军波兰,占领华沙而引起欧洲人民的反对、谴责,普希金站在狭隘的爱国主义和民族主义立场,为俄国政府的行动辩护,回答国外舆论。前一首诗作于俄国进军波兰,占领华沙之前,原是驳斥当时法国国会议员(如拉法叶特〔Lafayette〕等人)与舆论界主张武装干涉俄国对波兰的军事行动而作,所以这首诗的开始就说:"你们在叫嚷什么,国外的论客？你们为什么用诅咒来威胁俄国？……"普希金认为,俄波间的问题是"斯拉夫人自己的争端,古老的、内部的争端,……用不着你们来管。"后一首诗是在俄国军队攻陷华沙(一八三一年八月二十六日)的消息传来后写的。因这一天也正是十九年前(一八一二年)俄国击败拿

破仑军队的波罗金诺之战的日子(按公元计算,应是一八一二年九月七日)。普希金将这两件事联系起来写,所以诗的题目叫《波罗金诺周年》(或译《波罗金诺纪念日》)。波罗金诺(Бородино)是莫斯科西部相离一百二十公里的一个村镇。当时俄军总司令库图佐夫在这里迎击法军,双方各投入十几万人,大炮几百门,激战结果,双方都损失了六万人左右。法军由于长途跋涉,孤军深入,疲惫不堪,战斗力大减;虽然勉强打败了俄军,但自己也遭受空前的打击,所以拿破仑自己曾说:"在我的一切战役中,最凄惨的是我在莫斯科的一战。"普希金在这两首诗里,都写到一八一二年拿破仑进攻俄国的事件,批判拿破仑,歌颂了俄罗斯人民的英勇,保卫祖国的光辉业绩,所以在《波罗金诺周年》一诗的开头就说:"我们以兄弟的祭典来纪念波罗金诺的伟大的日子……"同时,在诗中仍然谴责外国(特别是法国)的舆论,并且说:"我们的旗帜,在纪念波罗金诺的日子,又在华沙城的破口上飘扬,而波兰有如那溃败的大军,血腥的旗帜委弃于尘土——暴乱平伏了,不再作声。"从这些地方,都可看出普希金当时的立场和观点。

〔23〕勃阑兑思　现译勃兰兑斯,全名是盖奥尔格·勃兰兑斯(Georg Brandes,1842—1927)丹麦著名的学者、文学批评家、文学史家,出身于丹麦首都哥本哈根(Copenhagen)一个犹太商人家庭,入哥本哈根大学攻读法律、哲学和美学。一生著作丰富。十九世纪六十年代,他开始文学活动,积极投入了反对封建主义,倡导民主改革,唤醒自己的祖国人民的文学革命

运动。一八七一年十一月,他在哥本哈根大学主讲"十九世纪文学主流"(Hovedstrφmninger i det 19de Aarhundredes Litteratur,英文译本是 Main Currents in Nineteenth Century Literature),于一八八七年写完,全书出版。全书共六卷。这部巨著是在黑格尔、泰纳和孔德等的哲学和文艺理论的深刻影响下,以一个资产阶级激进的自由主义者的立场,系统地表达了他自己的文学观点和研究方法,对十九世纪欧洲代表作家都作了精辟独到的评论,概述了从十九世纪初年到三四十年代欧洲几个主要国家的文学发展情况,主要是浪漫主义。一八八六年他到华沙讲学,一八八七年曾到俄国旅行。回国后于一八八八年出版了《波兰印象记》(Impressions of Poland)和《俄国印象记》(Impressions of Russia)两部著作。勃兰兑斯晚年还写了好几部有名的传记,如《莎士比亚》(1895—1896)、《歌德》(1914—1915)、《米盖朗吉罗》(1921)等。鲁迅除在《摩罗诗力说》中谈到勃兰兑斯外,又在《由聋而哑》《〈中国新文学大系〉小说二集序》《"题未定"草》《〈新俄画选〉小引》等文中论及。

〔24〕谓惟武力之恃而狼藉人之自由,虽云爱国,顾为兽爱 勃兰兑斯所说的这段话尚待查阅。

〔25〕和阑公使子覃提斯 和阑,通译荷兰。荷兰公使指当时在彼得堡任荷兰公使的赫克伦(Heckeren)男爵。覃提斯,今译丹特士,参见本篇注〔8〕。

〔26〕芘宾 通译佩平(1833—1904),俄国文学史家,著有

《俄罗斯文学史》等。

〔27〕来尔孟多夫　通译莱蒙托夫,全名是米哈伊尔·犹利耶维奇·莱蒙托夫(Михаил Юрьевич Лермонтов,1814—1841),生于莫斯科,出身于一个破落的古老贵族家庭,父亲原是军官,母亲在他三岁时去世,由外祖母抚养。从小就养成他孤僻的性格,沉湎于内心感受的世界。一八二八年,入莫斯科寄宿中学读书,潜心大量阅读俄国和西欧文学作品,对普希金特别爱好,开始写诗。一八三〇年秋,考入莫斯科大学,跟赫尔岑、别林斯基等成为同学。这个时期,他写了些抒情诗和《伊斯梅尔-贝》(Измаил‐бей)叙事诗等。一八三二年,入彼得堡禁卫军军官学校,学习两年,对生活环境极为不满。他称为"可怕的两年"。其间,他创作了关于普加乔夫起义的长篇小说《瓦季姆》(Вадим)和代表作叙事诗《恶魔》(Демон)。一八三四年毕业后,他到骠骑兵团禁卫队服务,厌恶军人和上流社会生活,只在创作中寻求欣慰。一八三七年一月,普希金逝世时,莱蒙托夫写了一首悼念普希金的长诗《诗人之死》(смерть поэта),立刻引起大家的注意,手抄本传遍了彼得堡和整个俄罗斯。甚至当时一位作家说:"普希金的死亡通知俄罗斯出现了一位新的诗人——莱蒙托夫。"也正因为这首名作,莱蒙托夫于同年二月被捕了,沙皇政府下令把他流放到高加索,这是他一生中的重要时期。高加索的风土人情和自然景物使他的创作增添了丰富多彩的亮光,使他加深了对社会的认识。一八三八年春,他结束了第一次流放生活后,重回彼

得堡。一八四〇年,出版了他的代表作长篇小说《当代英雄》(Герой Нашего Времени),他的影响和声名更大了。同年,他因故跟一个法国公使的儿子决斗,而第二次被流放到高加索去。一八四一年七月,莱蒙托夫跟他在军官学校时的同学玛尔廷诺夫(Мартынов)发生意外冲突,一批从彼得堡来的憎恨莱蒙托夫的贵族青年唆使玛尔廷诺夫同莱蒙托夫决斗。对方在很近的距离,用大口径的手枪,一下子打中了诗人的心脏,他立刻死去了,年仅二十七岁。

〔28〕来尔孟斯　今译莱尔蒙特(Learmont)。

〔29〕少即能缀德语成诗　缀(zhuì),原是连结、组合的意思,如"缀辞""缀文"。这里指莱蒙托夫小时候就能用德语写诗。莱蒙托夫的外祖母十分重视她外孙的教养,德国保姆教他德语,法国家庭教师教他法语,另一个家庭教师又使他学会了英语。所以,莱蒙托夫小时候就已懂几种外国语。

〔30〕裴伦诗纪东方事　指拜伦所写的《海盗》《阿拜多斯的新娘》等几部长篇叙事诗之"东方故事"。详见本书第四篇注〔10〕〔11〕〔13〕及〔19〕。

〔31〕《世胄裴伦传》　世胄,即世家,贵族后裔。这里大约指乔治·摩尔的《拜伦爵士传》,参见本书第三篇注〔35〕。

〔32〕大母　祖母。《汉书·济川王传》:"李太后,亲平王之大母也。"

〔33〕其自记有曰,……吾亦愿如其说　莱蒙托夫所说的这一段话见一八三〇年他的《札记,计划,题材》(Заметки,

Плацы，Сюжеты)，第一则和第二十二则。现根据俄文原著，试译于下：

当我在一八二八年(在寄宿学校宿舍)开始随意写诗时，我仿佛按照本能把它们誊清和整理出来。直到如今，它们还留在我手边。现在，我从《拜伦传》中读到，他也曾这么做过。——这个相似的地方使我大大吃惊！

在我的生活中，还有一个跟拜伦爵士相同的地方。有个老太婆曾在苏格兰对他的母亲预言说，他将来要成为一个伟大的人物，并且要结婚两次。在高加索也曾有个老太婆(接生婆)对我祖母作过关于我的同样的预言。愿上帝保佑，将来我也会应验，虽然我跟拜伦是同样的不幸。

〔34〕修黎所作《解放之普洛美迢》　即雪莱写的《解放了的普罗米修斯》，详见本书第六篇注〔19〕。

〔35〕勖宾赫尔　通译阿图尔·叔本华(Arthur Schopenhauer，1788—1860)，著名的德国悲观主义哲学家，倡导"唯意志论"的唯心主义哲学，鼓吹神秘主义。他认为意志是万物的基础和本质，世界上一切事物都是意志的表现，人的思想也是意志的派生物。叔本华否定客观事物、客观规律，也否定知识；意志就是一切。这就是他的反理性主义和神秘主义的核心。同时，叔本华还认为意志不但是产生万物的根源，而且也是万恶之母和人生痛苦之源。存在就是受苦，人类真正的幸

福是不可能有的。这就是叔本华所宣扬的悲观主义。他主要的著作有《作为意志与表象的世界》(*Die Welt als Wille und Vorstellung*,1819)。从一八四八年以后,叔本华的哲学在欧洲逐渐流传开来,特别对瓦格纳(R. Wagner)和尼采产生了很大的影响。参见鲁迅的《文化偏至论》关于叔本华的介绍:"至勖宾霍尔(A. Schopenhauer)则自既以兀傲刚愎有名,言行奇觚,为世希有;又见夫盲瞽鄙信之众,充塞两间,乃视之与至劣之动物并等,愈益主我扬己而尊天才也。"

〔36〕《神摩》 今译《恶魔》(*Димон*),莱蒙托夫著名的叙事诗代表作之一。一八二九年,他十五岁时就开始写这首长诗,到一八四一年完成,前后有六种不同的稿本。长诗的主人公是一个"天国的仇敌"、"知识与自由的皇帝"、悲愤的恶魔;描述这个傲岸不羁的天使反抗上帝而被放逐,被赶出天国的故事。在漫长的岁月中,他游荡,到处奔腾,他憎恨尘世,陷入极度的孤独和痛苦之中。他曾卷起飞尘,挟着云雾和雷电,呼啸飞奔,以倾泻他的愤懑不平的心情。后来,这个恶魔遇见格鲁吉亚美丽的姑娘塔马拉,产生了强烈的爱欲,同时也使他明白了爱、善和美的神圣。但是他杀害了她的未婚夫,骗取了她的爱情而终于又把她毒死。天使带着塔马拉的灵魂飞往天国,恶魔仍孤独地在宇宙中游荡——"孤傲地留在世界上,没有留恋,也没有爱情"。莱蒙托夫通过《恶魔》中所塑造的主人公的艺术形象,来抒写他自己对于当时黑暗社会、专制主义和种种腐朽现象的抗争,以及对于自由与个性解放的向往。恶

131

魔是一个孤独的个人主义者,在追求美好生活的征途上,遭受各种障碍与打击,而无法逃避,这就是他的悲剧。正如别林斯基所指出的,"广阔的想象,恶魔的力量,高傲的对上天的敌视",在这部杰作中得到了丰美的艺术体现,而同拜伦的"摩罗思想"和浪漫主义特色紧密地联系着。

〔37〕《谟哜黎》今译《童僧》($Мцыри$,1840)莱蒙托夫优秀的叙事诗,另一首富于浪漫主义色彩的代表作。《童僧》的情节是简单的,写的是一个高加索山区的少年,由于战争,离开故乡,在一个寺院里安身,但这种沉闷的修道生涯使他感到厌倦。为了追求自由的天地,在狂风暴雨之夜,他逃出僧院,深入山林,克服种种困难,最后与豹子搏斗受重伤,被老僧救回后死去。这个少年人临死前与老僧的谈话,和他的长篇自白是长诗的核心,阐明了这部作品的丰富深刻的意义——歌颂自由,反对专制压迫,以及对大自然、对热情生活的爱恋和追求。

〔38〕及普式庚斗死,来尔孟多夫又赋诗以寄其悲　指普希金因决斗受重伤去世后,莱蒙托夫在极度悲愤中,所写的哀悼长诗《诗人之死》。诗中一面高度赞扬伟大天才诗人普希金,一面谴责了血腥的刽子手们,丹特士之流,沙皇以及站在沙皇宝座左右的"贪婪的一群"的罪行。参见本篇注〔27〕。

〔39〕汝侪朝人　侪(chái),同辈,同类的人。朝人,朝廷上的人,官吏、大臣。

〔40〕士师　官名。《周礼·秋官》:"士师掌国之五禁之法,以左右刑罚。"这里即指法官。

〔41〕末解有曰，……不能涤吾诗人之血痕也　解，原乐曲、诗歌的章节、段落。《乐府诗集·相和歌辞题解》引《古今乐录》："伧歌以一句为一解，中国以一章为一解。"这里，末解，即最后的一段或一节，指莱蒙托夫所作《诗人之死》的最后一节（共十六行）。现根据原诗试译于下，并补足这里所略去的几行。

> 你们，这些傲慢不逊的后代子孙，
> 你们的父辈也是以卑鄙著称，
> 你们不过是些借用奴隶的脚踵践踏他人的余孽，
> 你们的先辈也曾因玩弄幸福而失掉尊敬。
> 你们，站立在宝座前面的贪婪的一群，
> 扼杀"自由""天才""光荣"的刽子手们啊！
> 　你们躲在法律的荫庇下，
> 　法庭和正义在你们之前噤口无声……
> 但还有神的裁判啊，荒淫无耻的嬖人！
> 还有威严的法庭，它在等待着你们；
> 　它决不会理睬黄金的声响，
> 　它早已看透你们的心思和行径。
> 那时，你们想求助于诽谤也将徒劳无用；
> 　诽谤再不会帮助你们，
> 而你们即使用你们所有的污黑的血，
> 也洗刷不掉诗人的正直的血痕！

〔42〕《并世英雄记》 今译《当代英雄》(参见上注〔27〕),莱蒙托夫的名作,写于一八三九至一八四〇年。这部长篇小说由九个独立的中篇小说组成,主人公皮却林(Пеиорин)的行动过程和性格发展使它们成为一个完整体,对皮却林形象的刻画是这本小说的核心。皮却林是俄国彼得堡一个贵族青年军官,一个典型的"纨绔子弟"。他在上流社会鬼混,感到厌倦,生活空虚。后来他到了高加索,爱上了一个土司的女儿贝拉。贝拉的弟弟亚沙玛特很想得到商人卡比基的一匹骏马,在皮却林的怂恿下,他居然把姐姐捆起来送给卡比基,自己骑上骏马跑掉了。卡比基大怒,打死了土司。皮却林终于得到了贝拉的爱情;不久他又感到苦闷,贝拉后来被卡比基刺伤死去。皮却林继续不断追求女人,调情说爱,多次跟人决斗。他一生有过不少的"奇遇",但他永远是烦闷的,总是找不到出路。他回忆过去,自己问道:"我活着是为什么?我生来是为什么目的呢?"他感兴趣的只是荒唐情欲的满足,从未有过崇高的生活理想,没有真正的热情,他只是这样的一个人。最后,皮却林在去波斯的旅途中死了。莱蒙托夫笔下的皮却林是欧洲文学史上一个悲观厌世的个人主义者,"多余的人"的典型,深刻地反映了在俄国人民逐渐发展的民主解放斗争中,贵族知识分子的苍白的精神面貌。皮却林是一个高傲、孤独的,在理想和现实激烈冲突中消逝了的"当代英雄"。正如莱蒙托夫自己说的,他所塑造的皮却林这个人物,"绝不是某一个人的肖像,这是一幅由我们整个这一代的缺点所构成的肖

像"。《当代英雄》标志着莱蒙托夫由浪漫主义走向现实主义的创作历程。

〔43〕摩尔迭诺夫　现译玛尔廷诺夫（Мартынов），莱蒙托夫在彼得堡禁卫军军官学校时的同学，后在高加索与莱蒙托夫相遇，当时是少校，一个自高自大、头脑浅薄的家伙。在两人决斗中，莱蒙托夫不愿射击他的同学，但玛尔廷诺夫用心瞄准，一枪打死了莱蒙托夫。参见本篇注〔27〕。

〔44〕帝力　指沙皇尼古拉一世。

〔45〕波覃勒迭　现译波登斯得特（Friedrich Bodenstedt，1819—1892）德国作家、新闻记者、翻译家。曾介绍英国、俄国及其他东方文学。

〔46〕来尔孟多夫不能胜来追之运命，……良以是耳　这里所引波登斯得特的话待查。

〔47〕《伊思迈尔培》　现译《伊斯梅尔-贝》（参见上注〔27〕），莱蒙托夫在莫斯科大学读书时所写的叙事诗，一个"东方的故事"，作于一八三二年，描述了高加索壮丽的自然景色，当地人民为争取民族解放，反抗沙皇黑暗统治的故事，精彩地塑造了高加索民族英雄伊斯梅尔-贝的形象，寄托着诗人自己深切的同情。

〔48〕裴伦初尝责拿坡仑对于革命思想之谬，及既败，乃有愤于野犬之食死狮而崇之　拜伦对于拿破仑一生的看法和评价前后有所不同，有时很矛盾，但整体说来，是褒多于贬。直到拿破仑在滑铁卢之役战败，决定退位之时，拜伦对拿破仑崇

拜的热情并未减退,他还说:"我记住这个日子!拿破仑·波拿巴特已经让出了世界上的王位……我简直迷惑不解和惊惶失措!……唉!这颗壮严至美的金刚石上有一点疵瑕,……历史家的笔将不会估计它只值一个金币吧。……"(见拜伦一八一四年四月九日的《札记》)。接着,拜伦在一天内写了一首长诗《拿破仑·波拿巴特颂》("Ode to Napoleon Buonaparte"),出版于一八一四年九月十六日。这首诗对拿破仑的失败和让位作出了评价,有所指责,也有所惋惜;既称拿破仑为"坏心眼的人"(ill-minded man),骂他是"暴君",又说"有哪一个暴君能留给后世一个更光辉而诱人的名字!"这首诗发表后,引起了强烈的反响,当时英国所有的报纸都议论拜伦的这首诗。后来拜伦又写了《拿破仑的告别》("Farewell of Napoleon",1815)和《译自法文的颂诗》("Ode from the French",1816)等诗,均可参考。一八一六年,拜伦在瑞士写的《恰尔德·哈洛尔德游记》第三卷第十七章至第四十五章中,重点抒写凭吊了滑铁卢战场时的情景和感慨,对拿破仑作出了较全面的、深刻的分析批判,指出了他践踏自由,蹂躏别人国土,为了"巩固皇位的胜利,空前绝后的屠杀",把"赫赫的威名变成烟云般缥缈虚无"的悲剧,说他是一个"凡事走极端",有着"刚愎的心胸"的暴君。但同时又说拿破仑是"一个最伟大而不是最坏的人",等等。拜伦在《恰尔德·哈洛尔德游记》以及在《唐璜》中曾称拿破仑为"狮子",而把那些围攻击败拿破仑的俄、奥、普、英等国的封建君主反动派的人物叫作"豺狼"(如联军总司令英国的威灵吞等人)。拜伦对于封建复辟势力及其代表人物的憎恨,远远超过拿破仑。就在这点上,在当时知识分子和作家群中,拜伦的眼光是锐利独到的、是值得深思的。

〔49〕谓自陷其雄士　莱蒙托夫这句话的出处,尚待查阅。

〔50〕吾之良友,仅有一人,即是自己　莱蒙托夫这句话的出处,待查。

〔51〕然裴伦所谓非憎人间,……惟爱自然多耳等意　拜伦这些话的出处,尚待查阅。

八

丹麦人勃阑兑思[1],于波阑之罗曼派[2],举密克威支[3](A. Mickiewicz)斯洛伐支奇[4](J. Slowacki)克拉旬斯奇[5](S. Krasinski)三诗人。密克威支者,俄文家普式庚同时人,以千七百九十八年生于札希亚小村之故家[6]。村在列图尼亚[7],与波阑邻比。十八岁出就维尔那大学[8],治言语之学,初尝爱邻女马理维来苏萨加[9],而马理他去,密克威支为之不欢。后渐读裴伦诗,又作诗曰《死人之祭》[10](Dziady)。中数份叙列图尼亚旧俗,每十一月二日,必置酒果于坟上,用享死者,聚村人牧者术士一人,暨众冥鬼,中有失爱自杀之人,已经冥判,每届是日,必更历苦如前此;而诗止断片未成。尔后居加夫诺[11](Kowno)为教师;二三年返维尔那。递千八百二十二年,捕于俄吏[12],居囚室十阅月,窗牖皆木制,莫辨昼夜;乃送圣彼得堡[13],又徙阿兑塞[14],而其地无需教师,遂之克利米亚[15],揽其地风物以助咏吟,后成《克利米亚诗集》一卷[16]。已而返墨斯科[17]，从事总督府中，著诗二种，一曰《格罗苏那》[18]("Grazyna")，记有王子烈泰威尔[19]，与其外父域多勒特[20]迕，将乞外兵为援，其妇格罗苏那知之，不能令勿叛，惟命守者，勿容日耳曼使人入诺华格罗迭克[21]。援军遂怒，不攻域多勒特而引军薄烈泰威尔，格罗苏那自擐甲[22]，伪为王子与战，已而王子归，虽幸胜，而格罗苏那中流丸，旋死。及葬，縶发炮者同置之火，烈泰威尔亦殉焉。此篇之意，盖在假有妇人，第以祖国之故，则虽背夫子之命，斥去援兵，欺其军士，濒国于险，且召战争，皆不为过，苟以是至高之目的，则一切事，无不可为者也。一曰《华连洛德》[23]("Wallenrod")，其诗取材古代，有英雄以败亡之余，谋复国仇，因伪降敌陈[24]，渐为其长，得一举而复之。此盖以意太利文人摩契阿威黎[25]（Machiavelli）之意，附诸裴伦之英雄，故初视之亦第罗曼派言情之作。检文者不喻其意，听其付梓，密克威支名遂大起。未几得间，因至德国，见其文人瞿提[26]。此他犹有《佗兑支氏》[27]("Pan Tadeusz")一诗，写苏孛烈加[28]暨诃什支珂[29]二族之事，描绘物色，为世所称。其中虽以佗兑支为主人，而其父约舍克[30]易名出家，实其主的。初记二人熊猎，有名华伊斯奇[31]者吹角，起自微声，以至洪响，自榆[32]度榆，自橛[33]至橛，渐乃如千万角声，合于一角[34]；正如密克威支所为诗，有今昔国人之声，寄于是焉。诸凡诗中之声，清澈弘厉[35]，万感悉至，直至波阑一角之天，悉满歌声，虽至今日，而影响于波阑人之心者，力犹无限。令人忆诗中所云，听者当华伊斯奇吹角久已，而尚疑其方吹未已也。密克威支者，盖即生于彼歌声反响之中，至于无尽者夫。

密克威支至崇拿坡仑，谓其实造裴伦，而裴伦之生活暨其光耀，则觉普式庚于俄国，故拿坡仑亦间接起普式庚。拿坡仑使命，盖在解放国民,因及世界,而其一生,则为最高之诗。至于裴伦,亦极崇仰,谓裴伦所作,实出于拿坡仑,英国同代之人,虽被其天才影响,而卒莫能并大。盖自诗人死后,而英国文章,状态又归前纪矣。若在俄国,则善普式庚,二人同为斯拉夫文章首领,亦裴伦分支,逮年渐进,亦均渐趣于国粹;所异者,普式庚少时欲畔[36]帝力,一举不成,遂以铩羽[37],且感帝意,愿为之臣[38],失其英年时之主义,而密克威支则长此保持,洎[39]死始已也。当二人相见时,普式庚有《铜马》一诗,密克威支则有《大彼得象》一诗为其记念[40]。盖千八百二十九年顷,二人尝避雨像次,密克威支因赋诗纪所语,假普式庚为言,末解曰,马足已虚,而帝不勒之返。彼曳其枚,行且坠碎。历时百年,今犹未堕,是犹山泉喷水,著寒而冰,临悬崖之侧耳。顾自由日出,熏风西集,寒沍[41]之地,因以昭苏,则喷泉将何如,暴政将何如也[42]?虽然,此实密克威支之言,特托之普式庚者耳。波阑破后[43],二人遂不相见,普式庚有诗怀之[44];普式庚伤死,密克威支亦念之至切[45]。顾二人虽甚稔[46],又同本裴伦,而亦有特异者,如普式庚于晚出诸作,恒自谓少年眷爱自繇之梦,已背之而去,又谓前路已不见仪的之存,而密克威支则仪的如是,决无疑贰[47]也。

斯洛伐支奇[48]以千八百九年生克尔舍密涅克[49](Krzemieniec),少孤,育于后父;尝入维尔那大学,性情思想如裴伦。二十一岁入华骚户部为书记[50];越二年,忽以事去国,不能复返。初至伦敦;已而至巴黎,成诗一卷,仿裴伦诗体。时密克威支亦来相见,未几而讧[51]。所作诗歌,多惨苦之音。千八百三十五年去巴黎,作东方之游,经希腊埃及叙利亚;三十七年返意太利,道出葛尔爱列须[52]阻疫[53],滞留久之,作《大漠中之疫》[54]一诗。记有亚剌伯[55]人,为言目击四子三女,洎其妇相继死于疫,哀情涌于毫素,读之令人忆希腊尼阿孛[56](Niobe)事,亡国之痛，隐然在焉。且又不止此苦难之诗而已，凶惨之作，恒与俱起，而斯洛伐支奇为尤。凡诗词中，靡不可见身受楚毒之印象或其见闻，最著者或根史实，如《克垒勒度克》[57]（Król Duch）中所述俄帝伊凡四世[58]。以剑钉使者之足于地一节，盖本诸古典者也。

波阑诗人多写狱中戍中刑罚之事，如密克威支作《死人之祭》第三卷中，几尽绘己身所历，倘读其契珂夫斯奇[59]（Cichowski）一章，或娑波卢夫斯奇[60]（Sobolewski）之什，记见少年二十橇，送赴鲜卑事，不为之生愤激者盖鲜也。而读上述二人吟咏，又往往闻报复之声。如《死人祭》第三篇，有囚人所歌者：其一央珂夫斯奇[61]曰，欲我为信徒，必见耶稣马理[62]，先惩污吾国土之俄帝而后可。俄帝若在，无能令我呼耶稣之名。其二加罗珂夫斯奇[63]曰，设吾当受谪放，劳役缧绁[64]，得为俄帝作工，夫何靳[65]耶？吾在刑中，所当力作，自语曰，愿此苍铁[66]，有日为帝成一斧也。吾若出狱，当迎鞑靼[67]女子，语之曰，为帝生一巴棱[68]（杀保罗一世者）。吾若迁居植民地[69]，当为其长，尽吾陇亩，为帝植麻，以之成一苍色巨索，织以银丝，俾阿尔洛夫[70]（杀彼得三世者）得之，可缳俄帝颈也。末为康拉德歌曰，吾神已寂，歌在坟墓中矣。惟吾灵神，已嗅血腥，一噭[71]而起，有如血蝠[72]（Vampire），欲人血也。渴血渴血，复仇复仇！仇吾屠伯！天意如是，固报矣；即不如是，亦报尔！[73]报复诗华[74]，盖萃于是，使神不之直，则彼且自报之耳。

如上所言报复之事，盖皆隐藏，出于不意，其旨在凡窘于天人之民，得用诸术，拯其父国，为圣法也。故格罗苏那虽背其夫而拒敌，义为非谬；华连洛德亦然。苟拒异族之军，虽用诈伪，不云非法，华连洛德伪附于敌，乃歼日耳曼军，故土自由，而自亦忏悔而死。其意盖以为一人苟有所图，得当以报，则虽降敌，不为罪愆[75]。如《阿勒普耶罗斯》[76]（"Alpujarras"）一诗，益可以见其意。中叙摩亚[77]之王阿勒曼若[78]，以城方大疫，且不得不以格拉那陀[79]地降西班牙，因夜出。西班牙人方聚饮，忽白有人乞见，来者一阿剌伯人，进而呼曰，西班牙人，吾愿奉汝明神，信汝先哲，为汝奴仆！众识之，盖阿勒曼若也。西人长者抱之为吻礼，诸首领皆礼之。而阿勒曼若忽仆地，攫其巾大悦呼曰，吾中疫矣！盖以彼忍辱一行，而疫亦入西班牙之军矣[80]。斯洛伐支奇为诗，亦时责奸人自行诈于国，而以诈术陷敌，则甚美之，如《阑勃罗》[81]（"Lambro"）、《珂尔强》[82]（"Kordjan"）皆是。《阑勃罗》为希腊人事，其人背教为盗，俾得自由以仇突厥，性至凶酷，为世所无，惟裴伦东方诗中能见之耳。珂尔强者，波阑人谋刺俄帝尼可拉一世[83]者也。凡是二诗，其主旨所在，皆特报复而已矣。

上二士者，以绝望故，遂于凡可祸敌，靡不许可，如格罗苏那之行诈，如华连洛德之伪降，如阿勒曼若之种疫，如珂尔强之谋刺，皆是也。而克拉旬斯奇[84]之见，则与此反。此主力报，彼主爱化。顾其为诗，莫不追怀绝泽，念祖国之忧患。波阑人动于其诗，因有千八百三十年之举[85]；馀忆所及，而六十三年大变[86]，亦因之起矣。即在今兹，精神未忘，难亦未已也。

注释

〔1〕勃阑兑思　详见本书第七篇注〔23〕。

〔2〕罗曼派　详见本书第一篇注〔1〕。

〔3〕密克威支　通译密茨凯维支，波兰诗人、革命家。详见原文第八篇及本篇有关注释。

〔4〕斯洛伐支奇　通译斯洛瓦茨基，详见下注〔48〕。

〔5〕克拉旬斯奇　通译克拉辛斯基,详见下注〔84〕。

〔6〕以千七百九十八年生于札希亚小村之故家　札希亚,今译萨沃西亚(Zaosia),密茨凯维支于一七九八年十二月二十四日生于在俄国沙皇统治下的立陶宛(Lithuania,当时是白俄罗斯的一部分)古城诺伏格罗德克(Novogrodek)附近的村镇萨沃西亚。

〔7〕列图尼亚　通译立陶宛。立陶宛在欧洲东北,波罗的海东部。在第一次世界大战前,地处俄国、波兰、德国和拉特维亚之间。中世纪时,立陶宛是一个独立的大公国,一三八六年归并入波兰。一七九五年,为俄国所吞并,成为俄罗斯帝国统辖下波罗的海的一个省。第一次世界大战后,根据《凡尔赛和约》,立陶宛建立了共和国,首都是维尔尼厄斯(Vilnius)。一九四〇年,成为苏联的加盟共和国之一。

〔8〕维尔那大学　维尔那,即立陶宛首都,波兰语称为维尔诺(Wilno),俄语称为维尔那(Вилна),在立陶宛东南角。维尔那是当时的文化中心,维尔那大学是波兰最著名的大学。密茨凯维支于一八一五年入这个大学读书,学习语言学,一八一九年毕业,获哲学学士学位。

〔9〕马理维来苏萨加　密茨凯维支在一八二〇年认识的贵族名门姑娘玛丽拉·维莱士萨柯夫娜(Maryla Wereszczakowna),他的初恋对象。这是一次"不幸的恋爱"。这个姑娘后来爱上了别人,他深受刺激,十分苦闷,这段感情对他当时的一些作品产生了较大的影响(他在作品里以"玛丽尔卡"的

名字称他那个初恋的姑娘)。

〔10〕《死人之祭》 通译《先人祭》(Dziady),英译本名《祖先的前夕》(Forefather's Eve),德译本是《死人的祭典》(Die Totenfeier)。《先人祭》是密茨凯维支的代表作之一,重要的诗剧。第二卷和第四卷作于一八二三年,出版于维尔那,是他的《歌谣与传奇》第二部中的长诗之一;第三卷一八二四年四月完成于德国德累斯顿,同年十一月出版。第一卷现仅存断片。在《先人祭》第二卷和第四卷中,诗人描述了立陶宛的古老风俗,民间祭祀仪式,万灵节(十一月二日)那天在教堂墓园用食品和饮料祭祀先人的亡魂的情景。在许多亡魂中,有一个因失恋而自杀的人(即古斯塔夫,Gustav),每逢这一天,要重新经历一次他精神上的痛苦。诗剧反映了农民对地主残酷剥削和压迫的抗议和报复,喊出了人民的呼声,指出人民的痛苦和幸福高于一切。《先人祭》第三卷是精华所在,充分表达了密茨凯维支的民主爱国主义的思想感情,揭露和控诉了波兰被瓜分时期沙皇俄国对波兰人民的野蛮统治和对爱国青年的残暴迫害;同时也描述了一八三〇年华沙起义失败后,沙皇俄国对波兰人民群众的镇压。《先人祭》第三卷的主人公不再是陷入个人痛苦之中的古斯达夫,而是变成热爱祖国、英勇反抗强敌的康拉德(Conrad),燃烧着波兰人民的复仇和渴望自由解放的烈火。《先人祭》不但在波兰文学史上,而且在世界文学史上也享有崇高的声望,是革命浪漫主义的杰作。

〔11〕加夫诺 通译科甫诺(Kowno),立陶宛的重要城市,

现称高纳斯(Kaunas)，在立陶宛东南，尼门河上，一九一八年至一九四〇年之间，曾是立陶宛共和国首都。密茨凯维支在大学毕业后，一八一九年九月到科甫诺一个中学当教师，讲授历史、文学和法律，共四年。在这里他继续创作，一八二二年，出版了他的《歌谣与抒情诗》(Ballads and Lyrics)第一卷。

〔12〕递千八百二十二年，捕于俄吏 "千八百二十二年"，应作"千八百二十三年"。从一八二二年起，沙皇政府严密侦察反抗俄国的地下组织，密茨凯维支所参与的几个青年秘密社团（如"学友社"，Philomaths）先后被沙皇政府发现。一八二三年十月二十三日，诗人跟其他一百零七个革命者一起被逮捕，拘禁于巴西尔修道院(Basilian Monastery)牢狱里。一八二四年十月二十五日，他被判决，遣送到俄国，从此永远离开了他的祖国。

〔13〕乃送圣彼得堡 圣彼得堡(St. Petersburg)在现苏联西北芬兰湾涅瓦河三角洲。一七〇三年为沙皇彼得大帝(1672—1725)所建，一七一三年，俄国首都从莫斯科迁到这里，直到一九一八年。一九一四年，曾重新命名为彼得格勒(Petrograd)。"十月革命"后，一九二四年，定名为列宁格勒(Leningrad)。一八二四年十一月，密茨凯维支被送到圣彼得堡，又与波兰爱国人士，以及俄国革命者联系，参与十二月党人(Octobrists，源自俄语)活动，再度被捕入狱。

〔14〕阿兑塞 通译敖德萨(Odessa)，俄国著名的港口和旅游胜地，在乌克兰黑海北岸，现为苏联乌克兰共和国重要城

市。一八二五年,密茨凯维支带着给南俄秘密组织的介绍信,离开圣彼得堡到了敖德萨。

〔15〕克利米亚　即克里米亚半岛(Crimea Peninsula),在现苏联乌克兰共和国西南部、黑海和亚速海之间。克里米亚风景优美,是旅游胜地。密茨凯维支于一八二五年曾到这里旅行。

〔16〕后成《克利米亚诗集》一卷　克里米亚之游使密茨凯维支写了两组十四行诗,一是《爱情十四行诗》("Sonnets of Love"),二是《克思米亚十四行诗》("Crimean Sonnets"),一八二六年十二月两组合编一集出版。后者是密茨凯维支重要的作品,优美动人的抒情诗,抒写了诗人对于生活的沉思与未来热烈的向往,他民主进步的思想,其中包括对大自然精美的描绘。乔治·勃兰兑斯说,克里米亚之行,使密茨凯维支"生平第一次看到了山峦景致和南方风光,使他对大自然的鉴赏力更为锐敏,这情况正和其他许多最优秀的斯拉夫诗人一样"。(见勃兰兑斯《波兰印象记》)

〔17〕已而返墨斯科　墨斯科,通译莫斯科。一八二五年冬天,密茨凯维支到了莫斯科,不久即得到沙皇政府镇压十二月党人运动的不幸消息,他极为悲愤。他与普希金会见订交,为《莫斯科电讯报》写稿,并计划出版一种波兰文报纸《采虹》(Iris),未成功。在这期间,他认识了波兰著名的女钢琴家玛丽亚·舒曼诺夫斯卡娅(Maria Szymanowska,1790—1831),后来他与她的女儿茜丽娜(Celina)结婚。

〔18〕《格罗苏那》 现译《格拉席娜》("Grazyna"),作于一八二一至一八二二年间,编入一八二三年出版的《歌谣与传奇》第二卷,密茨凯维支早年重要作品之一,历史叙事诗。长诗反映了立陶宛人跟日耳曼人之间的一次战争,塑造了一个美丽而英勇保卫祖国、号召人民向日耳曼十字武士(又名"条顿教团",一种武装僧侣,全部是日耳曼人)作战而以身殉国的妇女形象,格拉席娜。乔治·勃兰兑斯指出,这个作品"以清新的诗句叙述了立陶宛的一个洋溢着爱国热情的勇敢女性的古老传说,其中毫无晦涩或伤感之处;形式是清新的,精神上的冲击力量是强大的"(见勃兰兑斯《波兰印象记》)。

〔19〕烈泰威尔 现译李塔沃尔。

〔20〕域多勒特 现译维托尔特。

〔21〕诺华格罗迭克 现译诺伏格罗德克(Novogrodek)。

〔22〕擐甲 擐(huán),穿,套。甲,古代战士的护身物,以皮革或金属制成。《左传·成公十三年》:"文公躬擐甲胄。"《三国演义》第三回:"擐甲持戈,立于阁下。"

〔23〕《华连洛德》 现译《康拉德·华伦洛德》(*Konrad Wallenrod*),副题是《立陶宛与普鲁士的历史故事》,始作于一八二五年,至一八二七年完稿,出版于一八二八年。诗人的代表作之一,也是根据立陶宛异教时代的各公爵同日耳曼十字武士的战斗的史实,加上他自己丰富的想象和精致的艺术创造所完成的一部叙事诗。长诗塑造了康拉德·华伦洛德这个为了人民的自由解放而不顾生命和名誉的英雄形象,表达

了密茨凯维支一贯的爱国复仇的坚毅博大的精神,回响着诗人反抗沙皇专制主义的强烈的声音。

〔24〕陈　古汉语通"阵"。敌陈,即敌营或敌方。

〔25〕摩契阿威黎　通译马基雅弗利,全名是尼可洛·马基雅弗利(Niccolo Machiavelli,1469—1527)文艺复兴时期意大利佛罗伦萨政治家,著名的思想家和作家。代表作是《君主论》(*Il Principe*,或译《霸术》,1513),鼓吹君主专制,认为君主为了达到统治目的,可以不择手段,运用权术;统治者的恶行可以从被统治者的恶行中得到辩解。他这种政治理论,后来被称为马基雅弗利主义(Machiavellianism)。密茨凯维支《康拉德·华伦洛德》的献辞之前引了马基雅弗利的名言:"所以,你们必须知道,要实行斗争,有两个方法:一个人必须又是狐狸又是狮子。"(Dovete adunque sapere, come sono due generazioni de combattere-bisogna essere volpe e leone),语见《君主》第十八章。

〔26〕因至德国,见其文人瞿提　瞿提(歌德),详见本书第一篇注〔26〕。密茨凯维支于一八二九年五月,坐船离开了圣彼得堡,到德国,经过汉堡、柏林,同年八月十七日特地到魏玛(Weimar),访问歌德(当时密茨凯维支三十一岁,歌德正好八十岁)并参加了八月二十六日举行的歌德八十寿辰庆祝活动。陪同密茨凯维支去拜访歌德的波兰朋友奥狄涅茨(Odyniec)曾指出:"亚当(即密茨凯维支)的诗句是烧得通红的钢块,歌德的诗句则是明晃晃的冰冷的银币。"关于密茨凯维

支在歌德家作客的情况,可参考乔治·勃兰兑斯《波兰印象记》第四部分《密茨凯维支与歌德》一节,其中有动人的引人深思的描写。

〔27〕《佗兑支氏》 近译《塔杜施先生》(Pan Tadeusz),原书全名是《塔杜施先生,或称在立陶宛的最后一次袭击》,共十二卷,作于巴黎,一八三二年十二月至一八三四年二月间,出版于同年六月,是密茨凯维支代表作之一,是他最后影响深远的将近一万行的长篇叙事诗。长诗通过立陶宛两个有世仇的贵族大家庭的年轻一辈——塔杜施和佐西亚(Zosia)的恋爱和婚姻故事,反映了波兰小贵族阶级逐渐走向没落,旧时代的结束和新的资本主义社会的开始。密茨凯维支特意把一八一二年夏,拿破仑率领六十万大军进攻俄罗斯这一大事件作为长诗的历史背景;描述了波兰人民反对俄国沙皇的艰苦斗争,洋溢着强烈的爱国主义的精神。《塔杜施先生》的主题是较复杂、多样的,有爱情、有争夺古堡而引起的武装斗争;有以杰契克·索甫利卡(Jacek Soplica)为代表的策划立陶宛起义活动的主题等。其中的主角也很难说是哪一个。真正的主角大概就是波兰的灵魂——波兰人民的性格、思想感情、风俗习惯、山川风物以及波兰人民的苦难和希望等等。总之,它是波兰民族的一部光辉史诗,浪漫主义和现实主义相结合的杰作,是密茨凯维支从他怀念祖国的心灵深处诞生出来的绝唱。在本书第一章《田庄》的开头,诗人就这样深情地歌唱着:"立陶宛,我的国家,你就像健康一样;只有已经失掉了你的

人,才会认识到你是多么值得珍惜!如今我望见并且描绘你光芒四射的美丽,因为我在怀念你啊!"(根据乔治·拉帕尔·诺伊斯〔George Rapall Noyes〕的英译本,一九五五年联合国教科文组织出版的《亚当·密茨凯维支逝世一百周年纪念文集》),从这里就可看出《塔杜施先生》一书的旨意。

〔28〕苏宇烈加　今译索甫利卡(Soplica)。

〔29〕诃什支珂　今译考希楚施柯(Kosciuszko)。

〔30〕约舍克　现译杰契克(Jacek),《塔杜施先生》中的人物。

〔31〕华伊斯奇　今译沃伊斯基,波兰文 Wojski 的音译,意思是大管家,或译总管。

〔32〕榆　榆树。德译本作 Die Buche,英译本作 Beech,应译山毛榉或椈树。

〔33〕槲　槲树。德译本作 Die Eiche,英译本作 Oak,应译橡树或栎树;也可译为槲树。

〔34〕有名华伊斯奇者吹角,……合于一角　这里所引一段有关吹号角的描述,见《塔杜施先生》第四卷《策略与围猎》。

〔35〕弘厉　宏大雄厉。

〔36〕畔　通"叛",叛逆,背叛。《史记·淮阴侯列传》:"天下已集,乃谋畔逆,夷灭宗族,不亦宜乎!"

〔37〕铩羽　铩(shā),伤残。铩羽,羽毛挫落,引申为受挫折,失意。鲍照《拜侍郎上疏》:"铩羽暴鳞,复见翻跃。"

〔38〕且感帝意,愿为之臣　指一八三一年秋,普希金从皇

村迁至圣彼得堡,正式到沙皇尼古拉一世政府外交部任职,当九等文官,年俸为每年五千卢布。一八三四年,又被任命为官廷近侍。

〔39〕洎　洎(jì),到;及。

〔40〕普式庚有《铜马》一诗,密克威支则有《大彼得象》一诗为其记念　普希金的叙事诗《铜马》,现译《青铜骑士》(Медный Всадник),作于一八三三年十月,歌颂彼得一世(即彼得大帝)的伟大业绩,塑造了这个"他的前额上显出多么深刻的思想,他的身上聚集了多么丰富的力量"的彼得大帝的英雄形象。在《青铜骑士》的注解中,普希金有两次提到密茨凯维支,其中一处引用了密茨凯维支关于彼得大帝铜像的描写。密茨凯维支的《彼得大帝的塑像》,现译《彼得大帝纪念碑》,作于一八三二年,描述了他跟普希金在一八二九年的一天,在圣彼得堡一次亲切谈话的情景。当时两人一同披着一件斗篷,站在矗立在彼得堡参政院广场上的彼得大帝骑马的铜像——这座铜像是一七八二年由法国雕刻家法尔贡涅(Falconet,1716—1791)及其女弟子玛丽亚·卡洛(Maria Caro)所造——下一起躲雷雨。

〔41〕寒沍　沍(hù),本作"冱",冻结。《庄子·齐物论》:"大泽焚而不能热,河汉沍而不能寒。"这里,寒沍,即沍寒、酷寒,冰天雪地。

〔42〕马足已虚……暴政将何如也　这里所引的一段均见密茨凯维支的《彼得大帝纪念碑》一诗。

〔43〕波阑破后　指一八三〇年十一月波兰起义失败。一八三一年九月八日,俄国沙皇政府派遣军队占领首都华沙,进行残酷镇压、大屠杀,吞并了波兰。

〔44〕普式庚有诗怀之　普希金于一八三四年八月十日写了一首诗,赠密茨凯维支,题名《给M.》("M."指密茨凯维支)。原诗直到一八四一年,普希金逝世后四年才正式发表。

〔45〕普式庚伤死,密克威支亦念之至切　一八三七年二月十日,普希金决斗受伤逝世,密茨凯维支得悉噩耗时,就写了一篇文章,表示哀悼,发表在巴黎空想社会主义的报纸《世界报》(Globe)上。

〔46〕稔　稔(rěn),熟悉。

〔47〕疑贰　怀疑,不相信。

〔48〕斯洛伐支奇　斯洛瓦茨基,全名是尤利乌斯·斯洛瓦茨基(Juliusz Slowacki,1809—1849),十九世纪波兰杰出的浪漫派诗人,与密茨凯维支、克拉辛斯基齐名。出身于知识分子家庭,一个文学教授的儿子。幼年丧父,母改嫁。他从小喜爱诗歌,倾向浪漫主义,强调想象力。后入维尔诺大学读书。一八二九年,他到华沙,在财政部工作。一八三〇年的华沙起义打动了他的心灵,他创作抒情诗,表达了强烈的爱国主义的革命精神,如《自由颂》《颂歌》等。在《颂歌》一诗里,他这样歌唱道:"……骑士们,高声歌唱吧,好让自由的歌声,一直传到莫斯科的城墙!我要用自由的颂歌,把涅瓦河上的坚冰摧毁。……我们要生活在自己的国土上,我们也要在自己的坟

墓里长眠。……"一八三一年,革命失败后,他离开波兰,后转至德国、法国。一八三二年,他在巴黎出版了第一部诗集。一八三五年,他离开法国,到意大利、希腊、埃及等地旅行,写了著名的诗篇《沙漠中的瘟疫》和《阿拉伯人》等作品。一八三七至一八三八年,他又到中东一带旅行,写了一本《到圣土的旅行》(A Voyage to the Holy Land,他死后才出版),这是他深受拜伦的《恰尔德·哈洛尔德游记》影响的作品。一八四八年波兰波兹南人民举行起义时,斯洛瓦茨基抱病赶回祖国,参加战斗,写了《波兹南人万岁!》一诗。起义失败后,他重返巴黎,第二年逝世于异乡。斯洛瓦茨基作品中反复出现的主题是复仇,反映了波兰人民所长期遭受的深重苦难,富于爱国主义的激情。他同密茨凯维支一样,深受拜伦的影响,拜伦的思想特色和拜伦式的英雄形象在他们的诗篇中都可以找到鲜明的影子。

〔49〕克尔舍密涅克　今译克列梅涅茨(Kremieniec),现在苏联乌克兰共和国的特尔诺波尔省。

〔50〕二十一岁入华骚户部为书记　二十一岁,应为二十二岁。华骚,今译华沙(Warszawa),波兰首都。户部,掌管土地、户籍、财政等事务的官署。书记,即文书。斯洛瓦茨基于一八二九年在华沙入政府财政部任职员。

〔51〕时密克威支亦来相见,未几而连　连,逆,背叛。这里是不和、闹翻的意思。一八三二年,斯洛瓦茨基在巴黎与密茨凯维支见面,并加入以密茨凯维支为首的波兰文艺团体。

但他们两人的友谊关系很快就破裂了。主要是两人性格不同,观点、文艺倾向不一样,特别因为密茨凯维支在他的《先人祭》第三部中,把斯洛瓦茨基的继父贝库写成诺沃西尔佐夫的走狗。(按当时贝库是维尔诺大学的教授,充当沙皇特务头子诺沃西佐夫的帮凶)。

〔52〕易尔爱列须 今译埃尔·阿里须(El Arish),在非洲东北角,阿拉伯半岛北部靠地中海岸的港口。

〔53〕阻疫 疫,瘟疫,这里指鼠疫(plague,俗称黑死病),因细菌(Pasteurella Pestis)引起。十四至十八世纪流行于欧洲。阻疫,因瘟疫流行,道路被阻,不能通行。

〔54〕《大漠中之疫》今译《沙漠中的瘟疫》,斯洛瓦茨基于一八三七年写的叙事诗。

〔55〕亚剌伯 今译阿拉伯(Arabia)。

〔56〕尼阿孛 今译尼沃勃(Niobe,英语读为〔ˈnaibi〕,"耐厄比")。根据古代希腊神话,尼沃勃是古希腊底比斯(Thebes)王阿姆非翁(Amphion)的妻子,唐塔鲁斯(Tantalus)的女儿。她夸口生了许多儿女,有六男六女,说她至少可以跟只生了两个孩子(即日神阿波罗〔Apollo〕和月神阿尔泰米斯〔Artemis〕)的泰坦族女神列托(Leto)比赛。于是,阿波罗和阿尔泰米斯把列托的孩子都杀了。根据《荷马史诗》,后来主神宙斯把尼沃勃变成一块外形像妇女的大石头,罚她永远悲痛。

〔57〕《克垒勒度克》 波兰文原书名是 *Król Duch*(意思是"精神之王"),今译《克洛尔·杜赫》,英文译本书名作《精神

的国王》(The Spirit King)。斯洛瓦茨基的长篇哲理诗。一八四七年,部分发表,直到一九二五年才全文印行。

〔58〕伊凡四世　伊凡·瓦西里耶维奇(Ivan Vasilievich,1530—1584),俗称"可怕的伊凡"或称"伊凡雷帝",莫斯科大公(1533—1584),他于一五四七年起用"俄罗斯沙皇"的称号。在位期间,杀人如麻,残酷异常,摧毁自由市如诺沃高罗德(Novogorod,1570)等,征服喀山(Kazan,1552)等以及西伯利亚,加强中央专制制度,创立了一个统一的俄罗斯。他甚至在暴怒中杀死了自己的儿子(1581)。

〔59〕契珂夫斯奇　今译乞霍夫斯基(Adolf Cichowski,1794—1854),波兰爱国志士。有关乞霍夫斯基的故事,见密茨凯维支的《先人祭》第三部第一幕第七场"华沙沙龙"(Warszawa Salon)。其中,根据阿道尔夫·雅努茨凯维支(Adolf Januszkiewicz,1803—1857,维尔那大学生,因参加波兰起义,1831年,被放逐西伯利亚)的描述,乞霍夫斯基原来是一个朝气蓬勃的青年,在新婚不久后他被秘密逮捕,关入牢狱好些年,受尽折磨,身心遭受极大的摧残。后来他由军官和宪兵送回家,已认不得亲友,"一重可怕的阴翳遮掩了他的痛苦,他的眼珠像牢狱铁窗上的玻璃,颜色灰暗,有如蛛网,但从侧面看,他的眼里闪耀着虹彩,从中可以辨认出斑斑点点的血锈……"有一个朋友问他话时,他还以为自己仍在牢中,只说:"我不知道,我不知道,我不能说什么!"(见乔治·勃兰兑斯的《波兰印象记》第六章,并参照《先人祭》德译本)。

〔60〕娑波卢夫斯奇　今译索勃列夫斯基(Jan Sobolewski, ?—1829)，密茨凯维支的《先人祭》第三部中的人物，原为立陶宛学者，一八二四年沙皇政府强迫他入军队服役，一八二九年秋去世。关于索勃列夫斯基所目睹的一批从日姆兹(Zmudz)地方来的青年学生坐着二十辆雪橇被押送西伯利亚流放的故事，见《先人祭》第三部第一幕第一场。"可怜的孩子，你们的头颅全部被剃得光光的，好像新兵一般，脚上都戴着铁镣。他们全是孩子！年纪最小的一个不过十岁，他哭泣着，因为他的铁链太重了，让人看他的滴血的光脚。然后扬契夫斯基(Janczewski)被押出来……，一年前他还是一个最快乐最漂亮小伙子，现在被折磨得又丑又瘦又黑。……雪橇疾驰而去，他挥动他的帽子，高声地叫喊了三次：'波兰还没有灭亡！'……"（见乔治·勃兰兑斯的《波兰印象记》第六章，并参照《先人祭》德译本）。

〔61〕央珂夫斯奇　今译扬可夫斯基(Jankowski)，密茨凯维支的同学，参加地下革命活动，被捕入狱。后出卖战友，仍被判决。

〔62〕耶稣马理　马理，今译玛丽(Mary)，或称"圣母玛丽"(Mary, the Virgin)，中文《圣经》中，旧译作"马利亚"。传说中耶稣基督(Jesus Christ)的母亲，拿撒勒(Nazareth)地方的木匠约瑟(Joseph)的妻子。根据传说，玛丽是在未嫁前因圣灵感应怀孕而生耶稣的。事见《新约全书》第一福音书《马太福音》。

〔63〕加罗珂夫斯奇　今译科拉可夫斯基（Felix Kolakowski），密茨凯维支的维尔那大学同学与难友，参加地下革命活动。被捕后放逐俄国，一八三一年死于圣彼得堡。

〔64〕缧绁　亦作累绁（léi xiè）。缧，拘系犯人的粗大绳索；绁，牵畜生的绳子。缧绁，引申为囚禁。陈基《乌夜啼引》："冤狱平反解缧绁，已死得生诬得雪。"

〔65〕靳　音jìn，吝惜。

〔66〕苍铁　黑铁。

〔67〕鞑靼　鞑靼（Tatar，或Tartar）是古代波斯语Tātār的音译。古代民族名，原是蒙古游牧部落的一支，中世纪时在亚洲和欧洲一部分地区流徙。

〔68〕巴棱　今译巴伦。彼得·巴伦伯爵（Peter Pahlen，1746—1826），沙皇保罗一世（1754—1801）的宠臣，一八〇一年三月，利用阴谋，杀死沙皇。

〔69〕植民地　今作殖民地。

〔70〕阿尔洛夫　今译奥洛夫（1734—1783）。策划了一七六二年俄国宫廷政变，杀死沙皇彼得三世。女皇叶卡捷琳娜二世继位后，他成为宠臣。

〔71〕噭　噭（jiào），呼喊声，同"叫"。《礼记·曲礼上》："毋噭应。"

〔72〕血蝠　马札儿（Magyar）语Vampir（法语作Vampire）的意译，或译"吸血鬼"。在欧洲中部、东部民间迷信传说中，鬼魂或邪恶的精灵夜间从坟墓中跃出，去吸睡眠中的

人们的鲜血。按"Vampire"一词也是南美洲各种吸其他动物血的小蝙蝠(学名 Desmodes，Diaemus 或 Diphylla)。因此，这里不宜译为"血蝠"，根据传说，夜间从死尸中飞出来的鬼魂，与蝙蝠毫无关系。

〔73〕有囚人所歌者：……亦报尔　这里所引的扬可夫斯奇、科拉可夫斯奇及康拉德三人所唱的歌词，均见密茨凯维支的《先人祭》第三部第一幕第一场。

〔74〕诗华　诗歌的精华，或可作"诗歌的花朵"解。

〔75〕罪愆　愆(qiān)，过失罪过。罪愆，即错误、罪行。

〔76〕《阿勒普耶罗斯》　今译"阿尔普哈拉"(Alpuhara)，亦称 Alpuharras，西班牙南部格拉那达(Granada)丘陵地带。

〔77〕摩亚　今译摩尔(Moor)，阿拉伯人和勃勃(Berber)人的混血民族，伊斯兰教民族的一支，居住在非洲西北部，公元八世纪初(711)征服了西班牙，建立格拉那达王国。十五世纪被西班牙人击败退走。

〔78〕阿勒曼若　今译阿尔曼索(Almansor)。密茨凯维支所虚构刻画的人物，并不是历史上的摩尔国王阿尔曼索(939—1002)。

〔79〕格拉那陀　今译格拉那达(Granada)，西班牙南部安达鲁西亚(Andalusia)地区一个省，曾经是在西班牙建立的伊斯兰王国最后一个王朝(1232—1492)的首都。

〔80〕这里所说的"摩亚之王阿勒曼若"的复仇故事，见密茨凯维支的《康拉德·华伦洛德》第四部分"宴会"中康拉德所

唱的歌谣"阿尔普哈拉"。

〔81〕《阑勃罗》　今译《拉姆勃罗》("Lambro")。

〔82〕《珂尔强》　今译《可尔狄安》("Kordjan", 1834)，斯洛瓦茨基的诗剧，反映了波兰人民反对沙皇俄国的斗争生活，鼓吹复仇，热情歌颂了波兰独立。诗人的革命浪漫主义精神和色彩在这部作品中得到充分的表现。

〔83〕尼可拉一世　通译尼古拉一世(Николай Ⅰ,1796—1855)，保罗一世的儿子，俄国的沙皇(1825—1855)异常残酷反动，对内镇压革命运动，一八二五年，血腥绞杀十二月党人；对外侵略他国，压迫人民，一八三〇至一八三一年，他镇压了波兰起义。一八四八年欧洲革命时，俄国充当国际宪兵，积极实行对外扩张主义，首先于一八四八年，镇压了匈牙利人民的革命斗争。后来，俄国对中近东地区扩张势力，引起英、法和土耳其的利害冲突，一八五三年爆发了俄、土战争。后来，英、法两国也直接参战，战事集中在克里米亚半岛，俄国终于战败。这次战争史称"克里米亚战争"(Crimean War)。一八五六年，战争双方在巴黎签订了和约，尼古拉一世已在前一年死去。

〔84〕克拉旬斯奇　通译克拉辛斯基(Zygmunt Krasinski, 1812—1859)，十九世纪著名的波兰浪漫主义诗人，与密茨凯维支、斯洛瓦茨基齐名。诞生于一个有名的贵族家庭，继承了伯爵爵位。他青年时先入华沙大学学习法律，后至瑞士日内瓦读书。他一生大部分时间在国外侨居，作品也多以假名发表。他的父亲思想顽固反动，任俄国将军，拥护沙皇统治，诗

人自己则倾向于激进的民主政治，反对专制的农奴制度。因此，父子之间经常处于剧烈冲突的状态中，这对他的生活和作品都有着较深刻的影响。克拉辛斯基除了抒情诗外，还写了两个悲剧，这是他文学创作上最大的成就。第一个悲剧是《不是神圣的喜剧》(*Nieboska Komedja*,1835,英译本是 *The Undivine Comedy*)。剧本主角是亨利伯爵，是作者所同情的人物，体现了他自己的思想感情。这个悲剧反映了平民群众同贵族特权阶级之间的矛盾和斗争，这是西方文学史上描写这类主题的最早的作品之一。第二个悲剧是《伊利蒂恩》(*Irydion*,1836),写的是一个希腊人向罗马皇帝复仇的故事。在这部作品里，克拉辛斯基表明了他不赞成复仇的行为，认为复仇不是正义应取的手段。

〔85〕千八百三十年之举　指一八三〇年波兰起义，参见上注〔43〕。

〔86〕六十三年大变　指一八六三年波兰人民的一月起义。

九

若匈加利当沉默蜷伏之顷[1],则兴者有裴彖飞[2](A.Petöfi),沽肉者子也，以千八百二十三年生于吉思珂罗[3](Kiskörös)。其区为匈之低地，有广漠之普斯多[4](Puszta,此翻平原),道周之小旅以及村舍，种种物色，感之至深。盖普斯多之在匈，犹俄之有斯第孛[5](Steppo,此亦翻平原),善能起诗人焉。父虽贾人,而殊有学,能解腊丁文[6]。裴彖飞十岁出学于科勒多[7],既而至阿琐特[8],治文法[9]三年。然生有殊禀,挚爱自繇,愿为俳优[10];天性又长于吟咏。比至舍勒美支[11],入高等学校三月,其父闻裴彖飞与优人伍,令止读,遂徒步至菩特沛思德[12],入国民剧场为杂役。后为亲故所得,留养之,乃始为诗咏邻女,时方十六龄。顾亲属谓其无成,仅能为剧,遂任之去。裴彖飞忽投军为兵,虽性恶压制而爱自由,顾亦居军中者十八月,以病疟罢。又入巴波大学[13],时亦为优,生计极艰,译英法小说自度。千八百四十四年访伟罗思摩谛[14](M. Vörösmarty),伟为梓其诗[15],自是遂专力于文,不复为优。此其半生之转点,名亦陡起,众目为匈加利之大诗人矣,次年春,其所爱之女死,因旅行北方自遣,及秋始归。洎四十七年,乃访诗人阿阑尼[16](J. Arany)于萨伦多[17],而阿阑尼杰作《约尔提》[18]("Joldi")适竣,读之叹赏,订交焉。四十八年以始,裴彖飞诗渐倾于政事,盖知革命将兴,不期而感,犹野禽之识地震也。是年三月,墺大利人革命[19]报至沛思德,裴彖飞感之,作《兴矣摩迦人》[20](Tolpra Magyar)一诗,次日诵以徇众,至解末叠句云,誓将不复为奴[21]!则众皆和,持至检文之局,逐其吏而自印之,立俟其毕,各持之行。文之脱检,实自此始[22]。裴彖飞亦尝自言曰,吾琴一音,吾笔一下,不为利役也。居吾心者,爱有天神,使吾歌且吟。天神非他,即自由耳[23]。顾所为文章,时多过情,或与众忤;尝作《致诸帝》[24]一诗,人多责之。裴彖飞自记曰,去三月十五数日而后,吾忽为众恶之人矣,褫夺花冠,独研深谷之中,顾吾终幸不屈也[25]。比国事渐急,诗人知战争死亡且近,极思赴之。自曰,天不生我于孤寂,将召赴战场矣。吾今得闻角声召战,吾魂几欲骤前,不及待令矣[26]。遂投国民军[27](Honvéd)中,四十九年转隶贝谟[28]将军麾下。贝谟者，波阑武人，千八百三十年之役，力战俄人者也。时轲苏士[29]招之来，使当脱阑希勒伐尼亚[30]一面，甚爱裴彖飞，如家人父子然。裴彖飞三去其地，而不久即返，似或引之。是年七月三十一日舍俱思跋[31]之战，遂殁于军。平日所谓为爱而歌，为国而死者，盖至今日而践矣。裴彖飞幼时，尝治裴伦暨修黎之诗[32]，所作率纵言自由，诞放激烈，性情亦仿佛如二人。曾自言曰，吾心如反响之森林，受一呼声，应以百响者也[33]。又善体物色，著之诗歌，妙绝人世，自称为无边自然之野花[34]。所著长诗，有《英雄约诺斯》[35]（*János Vitéz*）一篇，取材于古传，述其人悲欢畸迹。又小说一卷曰《缢吏之缥》[36]（*A Hóhér Kötele*），记以眷爱起争，肇生孽障，提尔尼阿遂终陷安陀罗奇之子于法。安陀罗奇失爱绝欢，庐其子垅[37]上，一日得提尔尼阿，将杀之。而从者止之曰，敢问死与生之忧患孰大？曰，生哉！乃纵之使去；终诱其孙令自经[38]，而其为绳，即昔日缢安陀罗奇子之颈者也。观其首引耶和华[39]言，意盖云厥祖罪愆，亦可报诸其苗裔，受施必复，且不嫌加甚焉。至于诗人一生，亦至殊异，浪游变易，殆无宁时。虽少逸豫[40]者一时，而其静亦非真静，殆犹大海漩洑[41]中心之静点而已。设有孤舟，卷于旋风，当有一瞬间忽尔都寂，如风云已息，水波不兴，水色青如微笑，顾漩洑偏急，舟复入卷，乃至破没矣。彼诗人之暂静，盖亦犹是焉耳。

上述诸人，其为品性言行思惟，虽以种族有殊，外缘多别，因现种种状，而实统于一宗：无不刚健不挠，抱诚守真；不取媚于群，以随顺旧俗；发为雄声，以起其国人之新生，而大其国于天下。求之华土，孰比之哉？夫中国之立于亚洲也，文明先进，四邻莫之与伦，蹇视高步[42]，因益为特别之发达；及今日虽凋苓，而犹与西欧对立，此其幸也。顾使往昔以来,不事闭关,能与世界大势相接,思想为作[43],日趣于新,则今日方卓立宇内,无所愧逊于他邦,荣光俨然,可无苍黄[44]变革之事,又从可知尔。故一为相度其位置,稽考其邂逅[45],则震旦为国,得失滋不云微。得者以文化不受影响于异邦,自具特异之光采,近虽中衰,亦世希有。失者则以孤立自是,不遇校雠[46],终至堕落而之实利;为时既久,精神沦亡,逮蒙新力一击,即霍然冰泮[47],莫有起而与之抗。加以旧染既深,辄以习惯之目光,观察一切,凡所然否,谬解为多,此所为呼维新既二十年,而新声迄不起于中国也。夫如是,则精神界之战士贵矣。英当十八世纪时,社会习于伪,宗教安于陋,其为文章,亦摹故旧而事涂饰,不能闻真之心声。于是哲人洛克[48]首出,力排政治宗教之积弊,唱思想言议之自由,转轮之兴,此其播种[49]。而在文界,则有农人朋思[50]生苏格阑,举全力以抗社会,宣众生平等之音,不惧权威,不跽金帛[51],洒其热血,注诸韵言[52];然精神界之伟人,非遂即人群之骄子,辗轲[53]流落,终以夭亡。而裴伦修黎继起,转战反抗,具如前陈。其力如巨涛,直薄旧社会之柱石。余波流衍,入俄则起国民诗人普式庚,至波阑则作报复诗人密克威支,入匈加利则觉爱国诗人裴彖飞;其他宗徒,不胜具道。顾裴伦修黎,虽蒙摩罗之谥,亦第人焉而已。凡其同人,实亦不必曰摩罗宗,苟在人间,必有如是。此盖聆热诚之声而顿觉者也,此盖同怀热诚而互契者也。故其平生,亦甚神肖,大都执兵流血,如角剑[54]之士,转辗于众之目前,使抱战栗与愉快而观其鏖扑[55]。故无流血于众之目前者,其群祸矣;虽有而众不之视,或且进而杀之,斯其为群,乃愈益祸而不可救也!

今索诸中国,为精神界之战士者安在?有作至诚之声,致吾人于善美刚健者乎?有作温煦之声,援吾人出于荒寒者乎?家国荒矣,而赋最末哀歌，以诉天下贻后人之耶利米，且未之有也。非彼不生，即生而贼于众，居其一或兼其二，则中国遂以萧条。劳劳独躯壳之事是图，而精神日就于荒落；新潮来袭，遂以不支。众皆曰维新，此即自白其历来罪恶之声也，犹云改悔焉尔。顾既维新矣，而希望亦与偕始，吾人所待，则有介绍新文化之士人。特十余年来，介绍无已，而究其所携将以来归者；乃又舍治饼饵守囹圄之术[56]而外，无他有也。则中国尔后，且永续其萧条，而第二维新之声，亦将再举，盖可准前事而无疑者矣。俄文人凯罗连珂[57]（V. Korolenko）作《末光》[58]一书，有记老人教童子读书于鲜卑者，曰，书中述樱花黄鸟，而鲜卑冱寒[59]，不有此也。翁则解之曰，此鸟即止于樱木，引吭为好音者耳。少年乃沉思[60]。然夫，少年处萧条之中，即不诚闻其好音，亦当得先觉之诠解[61]；而先觉之声，乃又不来破中国之萧条也。然则吾人，其亦沉思而已夫，其亦惟沉思而已夫[62]！

一九〇七年作

注释

〔1〕若匈加利当沉默蜷伏之顷　匈加利，参见本书第一篇注〔76〕。裴多菲生活的时代，匈牙利正处于奥地利哈布斯堡（Habsbury）王朝的残酷统治之下，人民生活异常艰苦，外受奥地利帝国的侵略蹂躏，内受大地主贵族、封建势力的剥削压迫；民族矛盾和阶级矛盾十分尖锐。同时，在拿破仑战争时期，匈牙利的工农业方面，资本主义经济也在缓慢地发展中。一八四八年，巴黎"二月革命"和维也纳"三月革命"推动了匈牙利人民争取独立解放和反对封建专制主义的革命运动。

一八四八年三月十二日，匈牙利首都佩斯（Pest）的人民群众召开大会，举行示威游行，揭起了起义斗争的旗子。哈布斯堡王朝于同年九月开始武装镇压匈牙利革命。匈牙利人民在科苏特（Kossuth,1802—1894）的领导下，曾于一八四九年四月击败奥地利侵略军，宣布匈牙利独立。匈牙利人民的胜利引起了奥、俄、普、英等国反动派的震惊，同年五月，俄国沙皇尼古拉一世派兵十四万人进攻匈牙利。同时，匈牙利国内的反动势力也乘机而起，出卖革命。在俄国军队猛烈凶残的打击下，匈牙利人民军队于八月全部投降，科苏特逃亡土耳其，匈牙利革命遂告失败。匈牙利人民的歌手、伟大的自由战士裴多菲就在这次革命抗战中，英勇牺牲。

〔2〕裴彖飞　通译裴多菲，原名是山陀尔·裴特洛维斯（Sándor Petrovics），后改名为山陀尔·裴多菲（Sándor Petöfi）。按匈牙利人的习惯，姓在前、名在后，同汉族一样。所以，匈牙利原文作 Petöfi Sándor（裴多菲·山陀尔）。一八二三年诗人诞生于匈牙利佩斯乡间一个穷苦的平民家庭里，父亲是屠户，母亲是洗衣妇；他的童年和少年时代都在饥寒交迫的境况中度过。一八二八年，他入初级学校读书，一八三五年，入阿斯佐德（Aszód）中学，开始写诗。一八四四年，裴多菲到了佩斯城，任一个文艺刊物的编辑，出版了他的第一本诗集，其中包括他早期写的爱情诗、讽刺诗和民歌，并且创作了他著名的叙事长诗《勇敢的约翰》（*János Vitez*，出版于一八四五年）。一八四五年，他的第二本诗集出版。一八四六年，他刊

印了组诗《云》，同时写了一个剧本《老虎和土狼》、一篇小说《绞吏之绳》(A Hóhér Kötele)。这一年秋天，裴多菲认识了裘丽亚·森德莱(Julia Szendrey, 1828—1868)，为她写了许多美丽的爱情诗。过了一年，他们结婚了。一八四七年三月，《裴多菲全集》出版。当一八四八年欧洲资产阶级民主革命浪潮掀起时，匈牙利民主激进派青年在裴多菲的领导下，一八四八年三月十五日，在佩斯参加了由无产阶级和小资产阶级发动的起义，裴多菲写了有名的《民族之歌》(Nemzeti dal)，集中地表达了匈牙利人民坚强的革命意志，吹起了争取自由解放的号角。这个时期，裴多菲写了许多战斗的政治诗和讽刺诗，配合当时的民族解放运动。一八四九年夏，奥地利向俄国求援，沙皇进军匈牙利，形势非常危急。裴多菲毅然亲自参加了保卫祖国的战斗。同年七月三十一日，他在战场受伤失踪，为祖国、为自由流尽了他最后一滴血。他在作于一八四九年春《作战》一诗的最后一段中，曾写道："奋勇作战的狂热在我的心头沸腾，我沉醉地吸入了烟熏血污的气味，我向着死亡前进，率领着我的军队！跟着我，战士们，跟着我，匈牙利人！"这首诗可以看作裴多菲英勇阵亡前对他的祖国和人民的豪迈的誓言。裴多菲只活了二十六岁，他勤奋创作，一生写了八百多首抒情诗(其中包括政治诗和讽刺诗)，以及九首长篇叙事诗。在抒情诗方面，他的代表作有《我的歌》《我是匈牙利人》《蒂萨河》《致自由》《民族之歌》《又是秋天了》《把国王吊死！》等。在叙事诗方面，他的代表作有《农村的大锤》《勇敢的约翰》和《使徒》等。裴多菲是鲁迅所最敬爱的外国诗人之一,除在《摩罗诗力说》中介绍外,鲁迅在一九〇八年三月《河南》第三期上,发表了他翻译的《裴彖飞诗论》一文。后来又多次在其杂文、散文、日记、书信等中提到裴多菲,例如在《希望》(见《野草》)一文中,鲁迅说:"这伟大的抒情诗人,匈牙利的爱国者,为了祖国而死在可萨克兵的矛尖上,已经七十五年了。悲哉死也,然而更可悲的是他的诗至今没有死。"

〔3〕吉思珂罗 今译吉斯科罗斯(Kiskörös)匈牙利首都佩斯附近的一个小市镇。

〔4〕普斯多 匈牙利语"puszta"一词的音译,意思是草原。匈牙利有很多的地方莽草丛生,大部分在低地。裴多菲有一首描写冬天的草原的诗,可供参考。

〔5〕斯第孛 俄语"степь"的音译(根据原文发音,如译为"斯捷帕"似较相近),意思是草原或平原。

〔6〕腊丁文 通译拉丁文(Latin)。拉丁语言(Latin Language),古代拉丁乌姆(Latium)和罗马使用的语言,属于印欧语系,它本身又是多种罗曼斯语言(Romance Languages)的基础。在罗马帝国古典文学时期(约公元前100至公元后175年),文艺昌盛,产生了许多优秀的诗人、作家(如维吉尔〔Virgil〕,贺拉斯〔Horace〕等),因此拉丁文得到了最高的发展和表达。这种拉丁文被称为古典拉丁(Classical Latin)。由于罗马帝国的强盛,拉丁文的使用几乎遍及欧洲。后来在中世纪,又成为教会通用的国际语言。在文艺复兴时期及以后,拉丁文的使

用虽逐渐为欧洲各国的语言所代替,但仍为教会和学术团体所重视,有不少人继续学习。这种拉丁文被称为近代拉丁(Modern Latin)。

〔7〕科勒多　原文待查。不过,根据德文等有关资料,裴多菲十岁时,他的父亲送他到佩斯城,在基督新教办的一个中学读书。

〔8〕阿琐特　匈牙利语"Aszód"的音译,现改译为阿斯佐特。

〔9〕治文法　指在中学读书。原文是gymnasium,欧洲(特别是德国)的一种中等学校,在英国叫作secondary school,在美国名elementary school。英国亦称文法学校(grammar school),十六世纪开始创办,学生以学习拉丁文为主,后来相当于一般中等学校。在校学生并不是专门学习文法(语法)的。

〔10〕俳优　俳(pái),杂剧,滑稽戏。俳优,古代称乐舞谐戏的艺人。《韩非子·难三》:"俳优侏儒,固人主之所与燕也。"这里指演员。一八三五年,裴多菲在中学读书时,很想去当戏剧演员。

〔11〕舍勒美支　现译舍尔美斯(Selmec)。根据匈牙利原文,应是舍尔美斯邦雅(Selmecbánya),匈牙利城市名。

〔12〕菩特沛思德　通译布达佩斯(Budapest),匈牙利的首都。在多瑙河(Danube)的右岸是布达(Buda),左岸的叫佩斯(Pest)。布达,原是马札儿(Magyar)的古都,一八六七年,成为匈牙利王国的首都。一八七二年,布达和佩斯合并,称为

布达佩斯。在裴多菲生活的时代,佩斯是匈牙利政治、工商业和文化的中心。

〔13〕巴波大学　巴波,根据匈牙利原文 Pápa,应音译为"巴巴";大学应为中学。一八四一年,裴多菲曾一度入巴巴中学读书。巴巴是匈牙利西部维斯普莱姆(Veszprém)州的一个城市。

〔14〕伟罗思摩谛　今译伏罗斯马尔蒂(Mihály Vörösmarty,1800—1855)十九世纪匈牙利浪漫主义大诗人,自由战士,参加一八四八年匈牙利民族解放运动。著有抒情诗、政治诗、史诗、剧本和短篇小说等。

〔15〕伟为梓其诗　梓(zǐ),原是一种落叶乔木,古代多用梓木制造器具,后泛称雕制印书的木板,引申为印刷。这里指诗人伏罗斯马尔蒂帮助裴多菲出版他的诗集。一八四四年,裴多菲到佩斯后,认识了伏罗斯马尔蒂,出版了他的第一本诗集。

〔16〕阿阑尼　现译阿兰尼·雅诺什(Arany János,1817—1882),十九世纪匈牙利著名的浪漫主义诗人,著有抒情诗、政治诗、史诗和歌谣体的作品。曾参加一八四八年匈牙利革命,写了不少表达匈牙利人民的思想感情和爱国主义的诗篇。代表作有长篇叙事诗《多尔蒂》("Toldi",1846)三部曲,描写了十四世纪英勇的大力士多尔蒂·米克洛什的英雄事迹,抒写了匈牙利人民受压迫的生活境况,反对封建主义的斗争意志。

〔17〕萨伦多　现译萨伦塔(Szolonta)，匈牙利东部一个小镇名，诗人阿兰尼的诞生地。一八四七年二月，裴多菲读到了阿兰尼的长诗《多尔蒂》，十分钦佩，立即写信给他，并附《献给阿兰尼·雅诺什》诗一首。六月，裴多菲到萨伦塔拜访阿兰尼。

〔18〕《约尔提》　现译多尔蒂。这里原文为"Joldi"，应改为"Toldi"。诗人阿兰尼·雅诺什的主要作品，参见注〔16〕。

〔19〕墺大利人革命　墺大利，通译奥地利。奥地利人革命，指一八四八年奥地利首都维也纳的三月革命和五月起义。当时奥地利帝国在宰相梅特涅(Metternick)的治理下，依靠大地主、金融资本家、官僚集团，实行极端专制主义的黑暗统治。哈布斯堡王朝对内压迫剥削广大劳动群众，对外不断侵略意大利、匈牙利、捷克斯洛伐克、波兰等国。奥地利帝国是一个民族监狱，同时也是一个火山口。在一八四八年巴黎"二月革命"的影响下，奥地利的自由资产阶级联合维也纳各阶层人民向皇帝斐迪南一世(FerdinandⅠ)请愿，要求实行宪政，罢黜梅特涅。同年三月十三日，维也纳的青年学生、工人和其他市民举行反对政府的示威游行，提出"打倒梅特涅""实行宪政"等口号。奥皇迫于形势，不得不改组内阁，同意召开国民议会，制定宪法等。维也纳"三月革命"获得初步胜利。但是，"三月革命"并未消除国内外种种尖锐的矛盾，解决重大社会问题，奥皇仍然掌握军政大权。之后，奥国人民虽经过五月和十月两次武装起义，但都失败了，哈布斯堡王朝继续其反动统治。

〔20〕裴象飞感之，作《兴矣摩迦人》，即《起来，马札儿

人!》,原诗题目是《民族之歌》(Nemzeti dal)。一八四八年三月十五日匈牙利人民举行革命起义(参见本篇注〔2〕及注〔19〕),裴多菲立即积极投入战斗,写了一首号召匈牙利起来革命的充满爱国激情的诗,题为《民族之歌》,共六节,第一节开头是:"起来,马札儿人啊,祖国在呼唤!"(Tolpta Magyar, hiáhaza!)这首诗先以手抄本、传单形式在群众中间流传。裴多菲在佩斯国家博物馆前群众大会上,朗诵了这首诗,"虽然大雨滂沱,有一万群众在博物馆前面集合"(见裴多菲一八四八年三月十七日日记)。这首诗鼓舞士气、振奋人心,充分表达了匈牙利人民反对敌人、保卫祖国的强烈意志。

〔21〕至解末叠句云,誓将不复为奴　这首诗每节最后三行都是"我们宣誓,我们宣誓,我们永不做奴隶!"("Esküszünk, Esküszünk, hogy rabok tovább nem lezünk!")

〔22〕文之脱检,实自此始　当时匈牙利革命群众占领了一家印刷厂,宣布废除了书刊检查制度,立即把裴多菲的《民族之歌》和一份向反动政府要求民主改革的宣言印刷出来,散布各处。在印好了这首诗的一张传单最后,裴多菲写了这么一句话:"一八四八年三月十五日争取了出版自由以后第一次印成的印刷品,就这样成了匈牙利自由的第一个吼声。"

〔23〕裴象飞亦尝自言曰,吾琴一音,……即自由耳　裴多菲这句话见一八四八年四月十九日的日记。现根据匈牙利原文,重译于下:

我的七弦琴的任何一个声音,我的鹅毛笔的任何一个笔触,我对任何人都不能作为供租之用。我所写的和我所唱的,都是我心灵中的上帝让我做,而我心灵中的上帝——就是自由。

〔24〕《致诸帝》 《致诸帝》,现译《给国王们》,共五节,作于一八四八年三月二十七至三十日之间。裴多菲在这首诗里指出:"爱情……啊,这美丽的花朵,早已被你们连根拔掉,远远地抛弃在大路上,……人民只得忍受着你们,正如忍受着必然的灾难,但是并不爱你们……在天上,已经把你们的日子结算。你们快要听到全世界的法官——上帝的最伟大的审判……"

〔25〕裴象飞自记曰,……顾吾终幸不屈也 裴多菲这一段话,出自一八四八年五月二十七日在佩斯写的一篇政论文第三、第五两段(裴多菲的原文发表于一八四八年六月十一日出版的《生活景象》杂志上),现根据德译本试译于下:

其实,我热在三月的日子里是民族的宠儿,……可是,过了几个星期,我已经成了一个最被痛恨的人了。谁从我身旁走过,就向我掷来一块石头,认为这是他对祖国的义务。许多报纸不惜变成耻辱柱,仅仅为了能把我的名字贴在那上头。

我是很清楚的,在这些欢呼着的群众随我达到峭壁顶上之前,向我抛来的花冠的香味并未使我陶醉;我清醒而安静地等待着那个把我推下去的时刻。我应该感谢,我并没有头朝地倒下去,而是双脚仍站在那里。

〔26〕自曰,天不生我于孤寂,……不及待令矣　裴多菲这一段话,前两句"天不生我于孤寂,将召赴战场矣",出自裴多菲作于一八四七年的抒情诗《在阿兰尼·雅诺什的家里》中的两行。现据匈牙利原文,重译如下：

　　上帝不会让我生活在寂寞之中,
　　我要向战场上冲去了。

鲁迅引文的后几句"吾今得闻角声召战,吾魂几欲骤前,不及待令矣",出自裴多菲作于一八四六年《我梦见流血的日子》一诗的第二节。现据匈牙利原文,重译如下：

　　已经响了,已经响了,
　　战争的高叫的军号!
　　我喧嚣的心灵等待着
　　那信号,战斗的信号!

〔27〕国民军　亦译为"国民自卫军"或"民族独立自卫军",匈牙利文称为 Honvéd。

〔28〕贝谟　今译贝姆(Joseph Bem,1794—1850),波兰将军,一八三〇、一八三一年波兰起义的领导人物之一。一八四八年十月,曾参加维也纳起义斗争。一八四九年,任匈牙利民族独立自卫军一支军队的司令,为抗击俄国沙皇军队,做出很大的贡献。后在塞格斯伐尔(Segesvár)和特姆斯伐尔(Temesvar)战役中,受奥、俄大军围攻失败后,逃亡土耳其。

〔29〕轲苏士　今译科苏特(Lajos Kossuth,1802—1894),

匈牙利杰出的政治家、政论家和自由战士,一八四八年匈牙利人民解放运动的领导人物。一八四九年四月,领导匈牙利军队,反击奥地利军队,取得胜利,宣布匈牙利独立,任国家元首。同年八月,匈牙利革命失败,科苏特逃亡土耳其。

〔30〕脱阑希勒伐尼亚　今译特兰斯瓦尼亚,匈牙利语称为爱尔德利(Erdély),匈牙利东南部一个地区。从前属于匈牙利,现归入罗马尼亚版图。

〔31〕舍俱思跋　今译塞格斯伐尔(Segesvár),在匈牙利西本堡(Siebenburg)州,古古罗(Küküllö)河畔一个小城。裴多菲于一八四九年七月三十一日,到达此地,投入贝姆将军率领下的一支军队,在抗击俄军的激战中,当天下午失踪,后牺牲。

〔32〕尝治裴伦暨修黎之诗　裴多菲从小就喜欢拜伦和雪莱的诗歌创作,并深受这两位英国浪漫主义诗人的影响,特别在爱情诗的写作方面。

〔33〕曾自言曰,吾心如反响之森林,受一呼声,应以百响者也　裴多菲这句话出自他的政论文《一八四八年九月十七日,佩斯》,原文发表在一八四八年九月十八日《三月十五日》报刊上。现根据匈牙利原文,重译于下,以便参阅:

> 有谁相信,人的心——像我的这样的心能够连续不断地承担着这一切。我的心好像放大镜一般,不管是好的,还是坏的,都以巨大的形象映照出来;正如在大森林里,一个呼声,应以一百个回音。

〔34〕自称为无边自然之野花　出处待查。

〔35〕《英雄约诺斯》　今译《雅诺什勇士》,又译为《勇敢的约翰》,匈牙利语原书名是 *János Vitéz*。德译本作《英雄雅诺斯》(*Held János*)。裴多菲的代表作,著名的长篇叙事诗。鲁迅在一九三一年四月为《勇敢的约翰》中译本写的《校后记》中说:"我向来原是很爱 Petöfi Sándor 的人和诗的,……他的擅长之处,自然是在抒情的诗;但这一篇民间故事诗,虽说事迹简朴,却充满着儿童的天真,所以即使你已经做过九十大寿,只要还有些'赤子之心',也可以高高兴兴的看到卷末。"

〔36〕《缢吏之缳》　今译《绞吏之绳》(*A Hóhér Kötele*),裴多菲的代表作之一。

〔37〕垅　同"垄",坟墓。

〔38〕自经　经,缢死;上吊。《公羊传·昭公十三年》:"灵王经而死。"自经,自己上吊死。

〔39〕耶和华　希伯来语"Jehovah"的汉语音译。《圣经·旧约》中对上帝的称呼。参见本书第一篇注〔31〕。

〔40〕逸豫　安闲,舒适。

〔41〕漩洑　即漩涡。

〔42〕謇视高步　謇视,参见本书第五篇注〔8〕。这里高步,即高蹈。《左传·哀公二十一年》:"使我高蹈。"孔颖达疏:"高蹈,高举足而蹈地,故言犹远行也。"这里,謇视高步,就是傲慢、高视阔步的意思。

〔43〕为作　作为;行动。

〔44〕苍黄　同"仓皇"。慌张,匆忙。杜甫《新婚别》:"誓欲随君去,形势反苍黄。"

〔45〕邂逅　不期而会,偶然碰到。这里是遭遇、遭受的意思。

〔46〕校雠　雠(chóu),亦作讐。校雠,校勘、校对。这里是相比、比较的意思。

〔47〕砉然冰泮　砉(xū,又读 huā),拟声词,原是形容皮骨相离的声音。《庄子·养生主》:"砉然向然,奏刀騞然。"泮,融解。《诗·邶风·匏有冰泮》:"迨冰未泮。"砉然冰泮,这里是说好像"哗啦"一声,冰块破裂解体了一样。

〔48〕洛克　约翰·洛克(John Locke,1632—1704),英国著名的哲学家,感觉论者和经验论者。代表作有《人类理智论》,一译《人类理解力论》(*An Essay Concerning Human Understanding*,1690)和《政府论》(*Two Treatises of Government*,1690)。洛克是十七世纪英国唯物主义哲学家(培根和霍布士)的继承者,主张事物是客观存在的,反对唯心论的先验论。他批判了十七世纪法国哲学家笛卡儿的"天赋观念",深入研究认识能力和人类知识的起源。马克思与恩格斯指出:"霍布士把培根的学说系统化了,但他没有更详尽地论证培根关于知识和观念起源于感性世界的基本原则。洛克在他论人类理性的起源的著作中,论证了培根和霍布士的原则。"(《神圣家族》)。总之,洛克坚持了唯物论的观点,论证了人类知识来自经验这一原理,这是他的最大的贡献。

〔49〕力排政治宗教之积弊,唱思想言议之自由,转轮之兴,此其播种　洛克在他的《政府论》一书中,为一六八八年英国革命辩护,倡导人类"天然权利"(nature rights),捍护生命和自由,反对国王的神圣权利,反对专制制度。因此,洛克的哲学思想对于十八世纪欧洲资产阶级革命运动、启蒙思想的发展,尤其对法国和北美的政治斗争起了深刻影响,也因此有助于推动浪漫主义运动的兴起。

〔50〕朋思　今译彭斯,详见本书第五篇注〔34〕。

〔51〕不跽金帛　跽,双膝着地,上身挺直。这里指彭斯不崇拜金钱,不屈服于财力之前。

〔52〕韵言　即韵文,指诗歌创作。

〔53〕轗轲　同"坎坷"。原意是道路不平坦,行走困难,引申为潦倒、不得志。《古诗十九首》:"轗轲长苦辛。"

〔54〕角剑　比武,决斗。

〔55〕鏖扑　鏖(áo),通"熬",战斗猛烈。鏖扑,这里就是拼死搏斗的意思。

〔56〕治饼饵守囹圄之术　饼饵,糕饼的总称;囹圄,牢狱。这里指晚清时某些留学日本的人介绍、翻译家政和有关监狱一类的书刊。

〔57〕凯罗连珂　通译柯罗连科,全名是符拉季米尔·加拉克齐昂诺维奇·柯罗连科(Владимир Галактионович Короленко, 1853—1921),俄国杰出的革命民主主义作家,与契诃夫同时代的小说家和文艺评论家。早年深受民粹派运动的影响,憎

恨沙皇政府的黑暗统治,反对农奴制度。一八七六年,因参加青年学生运动被捕,释放后,继续支持革命斗争。一八七九年,再度被捕后,流放西伯利亚雅库茨克州,在列那河边度过艰苦的岁月,达六年之久。柯罗连科追随伯林斯基和车尔尼雪夫斯基等革命民主主义者的道路,十九世纪八十年代开始创作。作品主要反映农民受压迫、受奴役的生活景象,也描写了他们逐渐觉醒的过程。他写过许多中、短篇小说和文艺评论,代表作有富于哲理意味的中篇小说《盲音乐家》(Слепой Музыкант,1889)和《我的同时代人的故事》(История Моего Современника,1905—1921)等。前者写一个有音乐才华的双目失明的孩子,从痛苦折磨中走向民间,同群众结合,终于找到了幸福的故事。后者是柯罗连科晚年写的具有回忆录性质的长篇小说,共四卷,反映了十九世纪六十至八十年代俄国的社会生活和重大的历史事件,是欧洲后期批判现实主义的重要著作。这部书具有高度的思想性和艺术性,高尔基曾经指出:"在每一页上,流露着一个深思熟虑、经历过许多苦难的伟大灵魂的温暖的微笑。"鲁迅也说过:"Korolenko 的小说,我觉得做得很好,……"(见《鲁迅书信集》744 页"致孟十还")。

〔58〕《末光》今译《最后的光芒》(Последний Лун,1900)。一八九九年至一九〇四年间,柯罗连科连续写了好几篇以西伯利亚为背景的小说,描述那里冰天雪地、莽莽丛林的景色,刻画人们辛苦奋斗着的生活,深刻揭露了农奴制度、专制主义的罪恶,等等,《最后的光芒》就是其中著名的一篇。柯罗连科

在另一篇小说《火光》(Огнъки)里特别指出："但生活之依然在那阴沉的两岸之间奔流,可是火光还很辽远。于是还得再使劲划那双桨……可是究竟……究竟前面——是——火光!……"这就是柯罗连科作品的积极的思想意义,表达了作家的乐观主义精神,对革命前途的信念。

〔59〕洭寒　即寒洭,见本书第八篇注〔41〕。

〔60〕有记老人教童子读书于鲜卑者,……少年乃沉思　鲁迅在这里所引的《最后的光芒》篇中的故事,见柯罗连科俄文原作第一部分(该作共有三部分)第六段。现根据原文,试将这一段全文翻译如下:

他身旁坐着一个大约八岁的男孩子,我只看见他低垂着的头部,上面长着细软的像亚麻似的黄发。老人戴着眼镜,眯着一双昏花的眼睛,用一根小棍子指着放在桌子上的书本,一行一行地往下移动。男孩子聚精会神地一个音节一个音节生硬地顺着读下去。当他读不出来的时候,老人就温和地耐心地指教他。

——留吉—恩……洛……,维吉—耶斯季,伊克拉特科耶……

男孩子停止了,显然是个认不得的字,读不下去了……老人把眼睛眯起来,看了看,然后帮助他:

——夜莺,——他读了一遍。

——夜莺,——学生认真地重复了一遍,随着便抬起了眼睛,莫名其妙地望着老师问道:——夜莺……是什么东西?

——鸟，——老人说。

——鸟……——他接着读下去，——"斯洛沃一伊热，西，多勃罗一雅季一留吉，捷尔……夜莺栖在稠李……稠李上……"

——是什么东西？男孩子又发出了似乎是一种呆板的淡漠的声音。

——在稠李上。稠李么，是一种树。它就栖在那上面。

——栖在树上……为什么栖着？是一只大鸟吗？

——是一只小鸟，唱得很好听。

根据原作，文中所提到的鸟是"夜莺"（Словей），不是"黄鸟"（即黄莺，俄语是 Иволга）。樱花，或樱木，原作中是"稠李"（Черемуха）。按稠李，拉丁文学名叫 prunus padus，与樱花、樱桃，同属蔷薇科（rosaceae）。落叶乔木，春开花，花白色。分布于北方各地，多生于山坡杂木林中。稠李，英文叫 bird cherry，或 hog cherry，与樱花不同。樱花，俄语是 Вишня。

〔61〕诠解　诠，详细说明；诠解，即阐明、解说。

〔62〕然则吾人，其亦沉思而已夫，其亦惟沉思而已夫　这是《摩罗诗力说》最后的一句话。对这句话的理解和翻译是有些分歧的。有的同志把这句译为"这样，难道我们也要沉思下去，也只能这样沉思下去吗！"另一种译法是"既然这样，难道我们也沉思下去吗！难道我们只能沉思下去吗！"我自己的译文则是："既然如此，我们也就沉思罢了，也只有沉思罢了！"到底应该怎么解说好，我想首先须从这个文言句子本身来分

析一下。(一)这一句不是问句,而是感叹句,因此不能用"难道……吗"的句型来译它。(二)"然则",是个常用的连词,即"既然""若然"的意思,可用"既然如此,那就……"的句型来表达。(三)"其"字在这里是语助词,有测度、拟议或悬想的语气,不是称代词。《摩罗诗力说》开头,鲁迅引尼采的话"新泉之涌于渊深,其非远矣。"(文言译文)一句中的"其"字,用法相同。(四)"而已夫","而已",助词,即现代汉语"罢了"(或直接用"而已");"夫",句末语气词,表示感叹。(五)"惟",同"唯",加重语气,"只有"的意思。现在总起来说,"然则吾人,其亦沉思而已夫,其亦惟沉思而已夫"这一句,根据上下文的意思和语气,似应译为"既然如此,我们也就沉思罢了,也只有沉思罢了!"另外,原句的标点,也可改为:"然则,吾人其亦沉思而已夫,其亦惟沉思而已夫!"

鲁迅痛感当时中国的萧条状态,又没有"先觉之声"来破其萧条,现实的黑暗重压在他的心上,他感到异常悲愤,无比郁闷,"举天下无违言,寂寞为政,天地闭矣"(《文化偏至论》),所以,在本文最后才有这么深沉的感慨。当然,其中也含有"来破中国之萧条"的希望存在,试图冲破"如磐风雨暗故园"悲凉境况的意思。总之,这一结语,含意邃远,引人深思,韵味无穷。《文化偏至论》最后一句"呜呼,眷念方来,亦已焉哉!"也表达了深沉的悲叹,对当时"中国之沉沦"非常愤慨。可参考。

今译

鲁迅《摩罗诗力说》今译

> 探求那古老的已经穷尽了的源泉,将要去追寻未来的源泉,那新的起源。兄弟们呵,新生命的兴起,新的泉水,从深渊中喷涌出来,那日子不会遥远了。
>
> ——尼采

一

人们读古代国家的文化史,随着时代往下读,直到最后一页,一定会感到有些凄凉,仿佛脱离了春天的温馨,而坠入了秋天的萧瑟;一切萌芽生机都消逝了,眼前只显得一片枯萎凋零。这种状态我不知道该叫什么,就姑且说它是萧条吧。人类流传到后代的文化,最有力量的大概要算语言文学了。古代人民的想象,奔驰于大自然那神秘的领域,同万物暗暗地相吻合,在心灵上沟通,表达他们所能表达的,于是就成了诗歌。他们的歌声,经历过无数年代,而深入人心,不但没有同他们的民族一起沉默而消失,反而比他们的民族更加发展了。等到文化衰落了,那民族的命运也随着终止了;人民群众停止了歌唱,光辉也就消失了。这样,读历史的人那种萧条的感觉,就会突然涌现出来,而这些古代国家的文明史,也就渐渐地接近最后一页了。凡是在历史开头时期享有盛誉美名,曾经闪烁着人类文化的曙光,而如今早已灭亡了的古代国家,没有一个不是这样的。

如果要举一个我们中国人所熟悉的例子，最恰当的就算是印度。印度古代有经典《吠陀》四种，奇丽而深远，被称为世界上的伟大作品。他们的《摩诃婆罗多》和《罗摩衍那》两大史诗，也是非常美妙的。后来产生了诗人迦梨陀娑（Kalidasa），以戏剧创作著称于世，有时还写些抒情的诗篇。德国大诗人歌德（W. Von Goethe）甚至推崇其为天地间的绝唱。等到印度民族逐渐失去了活力，文化也一起衰颓了，雄伟的歌声慢慢地再也不能从他们国家人民的心灵中产生出来，就好像逃亡者一样流传到别的国土去了。其次是希伯来，他们的文学虽然大都涉及宗教信仰，但以深沉而庄严著称，成为宗教文化的源泉；对于人们精神的影响，直到今天还未停止。而在以色列民族，也只有耶利米（Jeremiah）的歌声。以色列历代帝王昏愦无能，上帝极愤怒，于是耶路撒冷被毁灭了，这个民族从此也就寂然无声了。当他们流亡异乡时，虽然没有忘记他们的祖国，而且还念念不忘祖国的语言和信仰，但是耶利米的《哀歌》以后，就没有继起的作品了。再其次是伊朗和埃及。这两个古国都是半途衰落下来的，就好像割断了的汲井的绳索，在古代是光辉灿烂的，如今却都萧条了。而我们中国竟能逃出这样的行列，那么人世间的最大幸福，没有超过这个的了。这是为什么呢？英国人卡莱尔（T. Carlyle）说过："能够发出清晰的声音，而豪迈地抒唱民族的心志而生存的，乃是国民头等意义的事。意大利虽然四分五裂了，但是实际上是统一的，因为她产生了但丁（Dante Alighieri），她有意大利语言。庞大的俄罗斯的沙皇，有兵刀炮火，在政治上能统辖广大地区，创立了宏大的事业，但是为什么寂然无声呢？他们内部也许有什么伟大的东西吧，但这个庞然大物，其实是哑巴。……等到兵刀炮火都摧毁了，而但丁的歌声仍然存在。有了但丁，国家就会统一，而没有声音迹象的俄国,却终于只能支离破碎了。"

尼采(Fr. Nietzsche)不厌恶野蛮人,认为他们中间有着新的力量。这种说法也的确是有推不翻的道理的,因为文明的萌芽本来就孕育在野蛮之中,在野蛮人那种未开化的形状中,就蕴藏着隐隐约约的光辉。文明仿佛是花朵,野蛮好比蓓蕾;文明犹如果实,野蛮则有似花朵。人类就这样往前发展,希望也正在这里。然而,文化发展已经停滞的古代民族却不是这样,他们的发展已经停顿了,衰败就跟着来了。更何况长期以来,依靠老祖宗的光荣,曾经高高地处在周围落后的邻国之上,暮气发作,往往自己不知道,却自以为是而又愚昧无知,污浊得仿佛死海一样。他们在历史的开端有辉煌的地位,而终于在历史的末页衰亡消隐了,大概就是这个缘故吧。

俄国虽然是无声的,却潜伏着激越的声响。俄国好像是孩子,但不是哑巴;俄国仿佛是一条暗藏在地下的河流,而不是一口枯竭的古井。十九世纪初叶,果然产生了果戈理(N. Gogol),以他看不见的泪痕和悲愤,使他的祖国人民振奋起来。有人将他比作英国的莎士比亚(W. Shakespeare),就是卡莱尔所赞扬和崇拜的那个人物。我们放眼看看全世界,新的声音争先竞起,没有不是以自己独特的雄伟而优美的语言,振作他们民族的精神,把伟大而优秀的东西介绍到全世界去的。至于沉默无闻而没有什么作为的,只有前面所列举的印度以下那几个古代国家罢了。

唉,那些古代人民的文艺创造,未尝不庄严,未尝不崇高伟大,但是他们的声气不能与现代的相通。那么,除了供给怀古的人们玩赏咏叹之外,还有什么东西可以遗留给后代子孙呢?要不然,也只是诉说自己民族从前的光荣,以衬托今天的寂寞,反而不如那些新兴的国家

185

足以令人崇敬,即使他们的文化还未昌盛,可是未来却是大有希望的。所以,所谓"文明古国",只是一个悲凉的名称、讽刺的话语罢了。那些破落人家子弟,家业已经衰败,却偏要啰啰嗦嗦地告诉别人,说他们的祖宗在世时,才智与声威是如何了不起;有过什么样的高楼大厦、珠宝珍宝以及猎狗骏马,如何比一般人高贵显赫。听到这些话的人,哪一个不哈哈大笑呢?谈到民族的发展,虽然对于古代历史的怀念也会起一定的作用,但是,这种怀念,思想必须明朗,就像照镜子一样,时时向前迈进,时时回顾过去;时时奔向光明的前程,时时也怀念光辉的旧有文化。这样,新的东西就可一天天地新起来,同时古老的东西也不会死亡。如果不了解这个道理,只是一味夸耀、自我陶醉,那么,黑暗的长夜就在这个时候开始了。

现在请到我们中国的大街上走一走吧,就可以看到有些军人徘徊往来,张开嘴巴,高唱军歌,痛骂印度和波兰的奴性。还有随意作"国歌"的人,也是这个调子。这是因为今天的中国,也很想一一夸耀以前的光彩,不过不能说出来,于是只能说什么左边的邻国已成了亡国奴,右边的邻国也快要灭亡了;同那些已灭亡了的国家来相比,试图显示自己的优胜。至于印度和波兰这两个国家,同中国相比较,究竟哪个差些,现在暂且不去说它。如果说这是赞美的篇章、国民的声音,那么,世界上歌颂的人虽然很多,却实在还没有见过有像我们这样的做法啊。一个国家没有了诗人,这事看起来极为细小,但是那种萧条的感觉,往往就会随之而来,侵袭人心。我认为,如果要发扬祖国真正伟大的精神,首先在于认识自己,同时也要了解别人;有了周详的比较,才能产生自觉。自觉的声音一旦发出来,每一个声响一定能打动人心,那声音显得清楚而明彻,不同于一般的声响。假如不是这样,大家都哑口结舌、沉默无言,那么,我们便会比以前更加感到沉寂了。正在昏沉做梦的民族,怎能发出声音?即使受到外来的震动,自己勉强振奋起来,不但不能强大,而且只能更加悲叹罢了。所以说,民族精神的发扬,同世界见识的广博是很有关系的。

如今暂且放下古代的事情不去谈它,另外到国外去追求新声吧,而这个起因就是对古代的怀念所激发的。新声类别很多,不能详细地去研究。但其中最能振奋人心,而且语言较有深长意味的,实在没有比得上"摩罗诗派"的了。"摩罗"这一名称,是从印度借来的,原来是指天上的恶魔,欧洲人称为撒旦,人们本来是用来称呼拜伦(G. Byron)的。现在把那些立志要反抗、目的在行动,并且为世人所不大喜欢的诗人统统归并到这一派里;叙述他们的生平事迹和思想,以及他们的流派和影响,从这一诗派的领袖拜伦开始,最后谈到马扎尔(匈牙利)诗人。这些诗人外表很不一样,各以本民族的特色发出光辉,但是他们的大方向却都是趋于一致的。他们大都不愿唱那种随波逐流、和平欢乐之歌。他们放声呐喊,使听到的人们奋起,与天斗争,反抗世俗,而他们的精神又深深地打动后代人们的心灵,流传下去,永远不止。除非那些还未出世的,或者已死了的人们,才会认为他们的歌声是不值得听的。如果让那些生活在这个世界上,处身在自然界的束缚之中,流离颠沛,而又无法摆脱的人们,听到了这种声音,就会感到这是最雄壮、最伟大、最美丽的歌声了。但是,把这些告诉喜欢和平的人们,他们就会更感到恐惧了。

二

和平这种事,在世界上是不存在的。勉强可以叫作"和平"的东西,不过是战争才停止,或者尚未开始以前那段时间罢了。外表上仿佛是一片平静,暗中的激流却早已潜伏着,时机一到,动荡就开始了。且看那大自然吧,和煦的风吹拂着树林,及时的雨滋润着万物,看起来似乎没有一样不是为人间造福的。但是,烈火藏在地下,一旦火山喷发,万物都被毁灭了。所以那时时降临的和风细雨,只是暂时存在的现象,世界并不能永远安逸,好像亚当的老家那样。人类社会的情况也是这样,衣食、家庭和国家之间的斗争,都表现得很明显,已是不能掩盖的事了。甚至两个人同住在一个房间里,一起呼吸空气,就发生争吸空气的斗争,肺量强的人就会得胜。所以说,残杀的动机,是随着生命开始的;所谓和平这东西,根本就是不存在的。在人类开始的时候,原始人都以英勇、顽强、猛烈的精神,进行着反抗战斗,逐渐地发展到文明社会了;他们有了教化,风俗也变迁了,便开始变得懦弱起来。他们知道前途是那么艰险,就索性保守,想逃避斗争了。但是,战场就在眼前,又明知斗争是不可避免的,于是就运用他们的想象力,创造出一个理想国来。他们或者把这种理想寄托在人们所不能到的地域,或者把这种理想推迟到不知多少年代以后。从柏拉图(Platon)的《理想国》开始,西方的哲学家们抱着这种想法的,不知有多少人。虽然从古代到现在,绝对没有这种和平的征象,但是他们仍然伸长头颈,遥望将来,心神奔驰到所向往的目标上去,成天追求,不肯放弃,这也许是人类社会进化的一个因素吧?

我们中国的哲学家们,却根本不同于西方。他们的心神所向往的,是在唐尧虞舜那么遥远的时代,或者索性进入太古时代,神游于那个人兽杂居的世界之中。他们以为那时候什么祸害也没有,人们都可以顺从自然,不像现在这个世界这么污浊而艰险,使人无法生活下去。

这种说法，同人类社会进化的历史事实对照起来，恰恰是背道而驰的。因为远古人民在发展和迁移中，进行着的抗争和辛勤劳动，即使不比现在更为艰苦，也决不会比今天稍微轻松些，只是因为年代久远，历史记载没有遗留下来，他们流血流汗的痕迹，都已统统消灭了，因而后人追想起来，好像那时代是非常快乐似的。如果叫这些哲学家们生活在那个时候，跟古代人民一起同患难，他们便会感到颓唐失望，进而追念盘古氏还没有出生，天地还没有开辟的世界，这又是必然会发生的事了。所以，凡是有着这种念头的人，必定是没有什么希望，不想前进、不肯努力，这同西方的思想比较起来，就有如水火不能相容。如果不是自杀去追随古人，就必定一辈子毫无希望、无所作为，使大家奔向所信仰的主要目标，只好束手无策、长声哀叹，精神和肉体一起堕落罢了。

如果更进一步分析他们的论调，还可以看出我们古代那些思想家，他们决不认为中国是一片乐土，好像现代人所宣扬的那样；他们只感到自己十分懦弱，无所作为，于是只希求超脱尘世，神往于远古，让人类堕落到爬虫、野兽的地步，而他们自己可以隐居山林、了此一生。哲学家是这样，而社会上却吹捧他们，说他们是超脱清高的人，而他们自己则说："我是禽兽虫豸，我是禽兽虫豸啊！"也有些想法不同的人，就著书立说，想把人们一齐带到那遥远的古代，像老子这种人，就是最杰出的代表。老子写了五千字的著作，主要的意旨就在于不触犯人心。出于不触犯人心的缘故，就得首先使自己做到心如槁木，提出"无为而治"的办法，用"无为"的"为"来改造社会，于是世界就会太平了。这方法真是好得很呵。然而，可惜自从星云凝固、人类出现之后，无论什么时候、什么事物无不存在着拼死的斗争，就算自然界进化也许会停止吧,但是生物决不可能回到原来的样子了。如果阻止它向前发展,那就势必走向衰落。像这样的具体例子,世界上是很多的,看一看那些古代国家,都是可靠的例证。如果真能逐渐使人类社会回到禽兽、爬虫、草木以及原生物的状态,又逐渐变成无生命的东西,那么,虽然宇宙还是那么广大,有生命的东西却都已不存在了,一切都成了虚无,那岂不是最清净了吗?但是,不幸的是进化犹如飞奔着的箭,除非掉下来,否则是不可能停止的;除非落到物体上面,否则是不会打住的。祈求飞箭倒过头来,飞回原来的弦上,这是情理上不会有的事。这就是人世之所以可悲,而"摩罗诗派"之所以伟大的道理。人类得到这种力量,就可以生存,就可以发展,就可以进步,就可以达到人类所能达到的最高境界。

中国的政治理想在于不触犯,这同上面所说的观点不一样。如果有人触犯别人,或者有人受到别人触犯,这是皇帝所严厉禁止的,他们的意图就在于保护统治地位,使子孙万代,永远做帝王,没有止境。所以,天才(Genius)一出来,他们就竭尽全力把他毁灭了。如果有人能触犯我,或者有能触犯别人的人,这是人民所严厉禁止的。他们的意图就在于平安地生活着,宁愿蜷伏着,堕落下去,而厌恶进取。所以,天才一出来,他们也要竭尽全力把他毁灭掉。柏拉图创立一个理想国,认为诗人会扰乱统治,因此必须把他们流放到理想国外面去。尽管国家有好有坏,见解有高低不同,但是两者的统治手段实际是一致的。

诗人,就是那些能触犯人们心灵的人。所有人的心中,本来都是有诗的。如果诗人写诗,诗决不是诗人所独有的。人们一读他所写的诗,便能领会,这就是说,人们心中本来就有诗人的诗,否则,他们怎么能够理解呢？只是人们心中有诗而不能说出来，诗人代为表达出来，仿佛拿起拨子把琴一弹，心弦立即受到感应。那琴音震荡在心灵深处，使一切蕴藏着感情的人都抬起头来，好像望见朝阳一样，使美丽、雄伟、坚强以及高尚的精神更加发扬起来。于是，污浊的和平状态，就会被打破了；和平一被破坏，人道就发扬了。然而，从最高的上帝，到最下层的奴隶们，也就不能不因此改变他们以前的生活状态了，于是他们便同心协力，加以摧残，希望永远保持老样子，这也许是人之常情吧。一直保存着老样子，这就是所谓古老的国家。可是，诗歌毕竟是不可能消灭完的，于是，他们又造出种种清规戒律来束缚它。比如我们中国的诗歌吧，虞舜说"诗言志"，后来的圣贤著书立说，则认为诗歌能约束人的性情，《诗经》三百篇的基本精神，概括起来就是"无邪"二字。但是，既然说诗是言志的，为什么加以约束呢？如果强加以"无邪"，那就不是言志了。这样的事情，难道不等于在牢笼和鞭子的抽打下，还说什么给你自由吗？不过后代的文学，颠来倒去，果然都超脱不出这个界限。那些颂扬统治阶级、讨好豪门权贵的作品，不用说了；就是那些有感于鸣虫飞鸟、山林泉壑，从而产生的诗篇，往往也受到种种无形的拘束，不能抒写天地间真正的美妙东西。要不然，就只有那些悲痛愤慨世事，怀念从前的圣贤，可有可无的作品，勉强在世上流行。如果他们在吞吞吐吐的言辞中，偶尔流露出一点男女情爱的东西，那些儒家门徒便纷纷加以责备，更何况那些大反世俗的作品呢？只有屈原在临死之前，心里涌起波涛，想投入汨罗江中；他回望那家乡的高山，悲叹着祖国没有贤人，于是抒发哀怨，写成了瑰奇的诗篇。他面对着江水，一切顾虑都抛弃了；他怨恨世俗的混浊，歌唱自己的美好的才能。从太古时代开始，一直到万物中最细微的东西，他都提出了种种疑问。他大胆抒怀,无所忌惮,说出了从前人们所不敢说的话。但是,他的作品中还有很多艳丽的词藻、凄凉的音调,而反抗和挑战的声音,却始终没有呈现出来。因此,他的诗对后代人的感动力量不怎么强大。刘勰说:"才能高的人,就从中吸取宏伟的体裁;内心灵巧的人,就猎取些美艳的词藻;一般欣赏的人,喜欢其中山水的描绘;初学的人,只效法美人香草的比喻。"总之,人们都只是注重屈原作品的外表,没有接触到它的本质。因此,这位孤独的伟大诗人死了,社会还是那个老样子,在刘勰所说的这四句话里,包含着多么深沉的悲哀啊!所以,那些雄伟壮美的声音不能震动我们的耳膜,也不是今天才如此的。这大都是诗人们唱唱自己的歌,一般人民是不喜爱的。

试看自从有了文字记载以来,直到如今,那些诗家词客能够运用他们美妙的语言,表达他们的感受,以陶冶我们的性情,提高我们的思想境界的,到底有多少呢?从古到今,到处寻觅,几乎找不到一个。但是,这也不能只是责备他们,因为人们心中都刻着"实利"这两个大字。没有得到实利的人,就成天劳劳碌碌;一旦得到了,就昏沉入睡了。即使有激昂的声响,又怎么能触动他们呢?他们的心灵即不被触动,不是枯死,就是萎缩罢了。况且实利的念头,又好像火一般在胸中燃烧,而且所谓实利,又是那么卑劣、微不足道的东西。这样,他们就逐渐地变成卑鄙、懦弱、吝啬,以及保守而畏惧了。他们没有古代人民的纯朴粗犷,却有末代人世的势利刻薄,那又是必然的趋势了。这也是古代那些哲学家们所没有料到的吧。至于说到要用诗歌改变人的性情,使人们达到真诚、善良、美好、雄伟、刚强而敢作敢为的境界,听到的人也许会讥笑这种想法是很迂腐的吧。何况这种事本来是无形的,它的效果也不会在顷刻之间就能显示出来。如果要举一个明确的反证,恐怕没有比那些古代国家被外来敌人所灭亡的事更恰当的了。凡是这样的国家,不但对它们加以鞭打、拘禁,比对野兽还容易些,而且也没有人发出沉痛而响亮的声音,触动后代人,使他们振奋起来。即使有时产生这样的歌声,听到的人也不会受到什么感动。当他们的创伤痛苦稍稍减轻时,他们就又要营营碌碌忙于谋生,只求活命,不管什么是卑鄙龌龊的了。外国敌人再来,他们就跟着被摧毁了。所以,那些不斗争的民族,他们遭受战争的机会,常常比好斗争的民族要多;而胆小怕死的民族,他们的衰落灭亡,也往往比那些强硬不怕死的民众为多啊。

一八〇六年八月,拿破仑大败普鲁士军队。第二年七月,普鲁士求和,成为法国的附庸国。但是,当时德意志民族虽遭到战败的屈辱,但古代的精神的光辉,还仍然保存着,没有消逝。于是产生了阿恩特(E. M. Arndt),写出了《时代的精神》(Geist der Zeit)一篇,以雄伟壮丽的笔调,宣扬独立自由的呼声;德国人民读了以后,同仇敌忾的心情大大炽烈起来。不久,他被敌人察觉,追捕很紧,就逃到瑞士去了。到了一八一二年,拿破仑在莫斯科的严寒和大火之中被打败了,逃回巴黎,整个欧洲因此风起云涌,纷纷组织兵力,进行反抗。第二年,普鲁士国王威廉三世下令征召人民,建立军队,宣告为三件事而战斗,那就是:自由、正义、祖国。青年学生、诗人和艺术家都争先恐后地投笔从戎。这时,阿恩特也回国了,写了《什么是国民军?》和《莱茵河是德国的大河,而不是她的边界》两首诗,以鼓舞青年们的斗志。当时在义勇军里,还有一个人名叫特沃多·柯尔纳(Theodor Körner),他毅然放弃笔墨生涯,辞去维也纳国立剧院诗人的职位,离别了父母和爱人,拿起武器就走了。他写信给他的父母亲说:"普鲁士的雄鹰,已经以它的翅膀的拍击和赤诚的心胸,唤醒德意志民族伟大的希望了。我的歌唱,都是向往我的祖国的。我要抛弃一切幸福和欢乐,为祖国而战死!啊,我依靠上帝的力量,已经彻底觉悟了;为了祖国人民的自由和人生的美好意义,还有什么比这更大的牺牲吗?无限的热力在我的心中汹涌着,我站起来了!"后来他的《琴与剑》(Leier and Schwert)诗集,也都是以这种精神凝结成激昂的歌声。只要阅读他的诗集,热血就会沸腾。不过,当时像这样胸怀热情而觉醒起来的,并非只有柯尔纳一个人,整个德国青年,都是如此。柯尔纳的声音,就是全德国人的声音,柯尔纳的热血,就是全德国人的热血啊。所以,推广来说,打败拿破仑的,不是什么国家,不是什么皇帝,也不是什么武器,而是人民。人民都有诗,也就是有诗人的才能,于是德国终于没有灭亡。这难道是那些死抱着功利、排斥诗歌,或者依靠外国的破烂武器、图谋保卫自己的衣食和家室的人们,所能意料得到的吗?不过,这只是把诗歌的力量同米和盐相比较,借以震醒那些崇拜实利的人们,使他们知道黄金和黑铁,绝对不能振兴国家;而且德、法这两个国家的外表,也不是我们中国所能生吞活剥的。这里我揭示他们的实质,只希望我们有所理解罢了。这篇文章的本意,还不在这里呢。

三

从纯文学的观点说来,一切艺术的本质,都在于使观众和听众能感到振奋和喜悦。文学是艺术的一种,本质也应该是这样。它同个人和国家的存亡,没有什么联系。它完全脱离实际利益,也不是穷究什么哲理。所以,从它的功用上来看,在增进知识方面,不及历史书册;在劝诫人类上,不如格言;在使人发家致富方面,不及工商业;在获取功名上,不如毕业文凭。不过,世界上自从有了文学,人们便因而接近满足了。英国道登(E. Dowden)曾经说过:"世界上杰出的文学艺术作品,我们观看、诵读以后,对于人世似乎没有什么裨益,这种情况是常常有的。但是,我们却喜欢观赏和阅读,就好像在大海中游泳,面前是茫茫一片,我们在波涛间浮游。当我们游泳完了,就会感到身心有了变化。而那大海本身,实际上只是波涌涛飞,没有什么思想感情,也始终没有给予我们什么教训和格言。但是游泳者的元气和体力,却因此而突然增强了。"所以,文学对于人生,它的功用决不在衣食、房屋,以及宗教、道德等之下,这是因为人生活于天地间,必定有时自觉勤奋劳动,有时也会精神颓唐而迷惘;有时必须努力去谋生计,有时也会忘记谋生的事情而去寻欢作乐;有时活动在现实世界,有时神驰于理想的境界。如果只是偏在一个方面努力,这就是不完满了。严寒的冬天永远存在,春天的生气就不会降临;虽然躯壳活着,灵魂却死了。这种人虽然活着,但是人生的意义丧失了。文学这种没有用的有用,那道理就在这种地方吧? 约翰·密勒说:"近代文明,没有不以科学为手段,以合理为准绳,以功利为目的。"世界潮流是这样,因此文学的作用更加突出了。为什么会这样呢? 这是因为文学能培育我们理想。培育人们的理想,就是文学的任务和作用。

此外,与文学的功能有联系的,还有一种特殊的作用,因为世界上伟大的文学作品,都能够启发人生的奥秘,并能直接揭示人生的实质和规律,这是科学所不能做到的。所谓奥秘,也就是人生的真理。这种真理,是很微妙而深奥的,一般学生都无法说出来。就好像热带地方的人在没有看到冰以前,你同他谈冰,虽然用物理学、生理学加以说明,但是他们仍然不知道水能够凝固,冰是寒冷的。只有直接给他们看看冰块,叫他们用手摸一下,你即使不说什么冰的性质和能力,冰这东西,明明白白地摆在眼前,就可以直接了解,再不会有什么疑惑了。文学也是这样,虽然分析判断方面,不如科学那么严密,但是,人生的真理,却直接蕴藏在言词之中,使听到那声音的人们,心灵便豁然开朗,立刻与现实人生结合起来。犹如热带人在看到冰以后,以前竭力思索和研究而不能明白的道理,如今完全清楚了。从前安诺德(M. Arnold)认为"诗是生活的批判",正是这个意思。所以人们如果读荷马(Homeros)以来的伟大的文学作品,就不仅仅接触了诗歌,而且就与人生相联系,从而清清楚楚地看到人生中所存在的优点和缺陷,便会更加努力,以实现那美满的理想。文学的这种功效,就是教育意义了。既有教育意义,才能有益于人生。而且文学的教育又不是一般的教育,它能实际启发自觉、勇猛、力求进步的精神。凡是衰落、颓败的国家,没有一个不是由于不愿听取这种教育而开始的。

　　但是,也有人根据社会学的观点来研究诗歌的,那就又有不同的见解了。他们的要旨在于,认为文学与道德有密切的关系。他们说,诗歌有主要因素,这就是表达观念的真实。这真实是什么呢?他们说,这就是诗人的思想感情,同人类的普遍观念的统一。怎么样才能得到真实?他们又说,在于掌握最广泛的经验。所以,掌握人类的经验愈是广泛,诗歌的意义也就愈广泛。所谓道德,不外是人类的普遍观念所形成的。因此,诗歌与道德的联系,就因为都出于自然。诗歌与道德相一致,就是观念的真实,诗歌的生命在这里,不朽的精神也在这里。如果不是这样,就一定与社会的法则背道而驰。由于违背了社会法则,就一定会违反人类的普遍观念;而违反了人类的普遍观念,必定得不到观念的真实。观念的真实一旦丧失,这种诗歌也就应该消亡了。因此,诗歌的消亡,往往是由于违反了道德的缘故。不过,诗歌也有违反了道德而居然能存在的,这又是为什么呢?他们说,这是暂时的现象罢了。我国所谓"无邪"之说,正好与这种理论符合。如果将来中国文学事业有一天真会复兴起来,我担心主张这种学说,并且竭力摧毁文学新苗的,必将大有人在。而欧洲那些批评家们,也有不少是抱着这种见解来评论文学的。

十九世纪初年,全世界为法国大革命的浪潮所震动,德国、西班牙、意大利以及希腊等国,都振奋起来了。往日的沉梦,都一下子苏醒过来了,只有英国比较没有什么变动。但是上层社会与下层社会发生冲突,时常产生不平的现象,诗人拜伦,正好生活在这个时代。在他之前,有司各特(W. Scott)等人,他们的作品大都是平稳妥帖、详尽切实的,同旧的宗教道德极为融洽。等到拜伦起来,才摆脱了陈旧的传统,直接抒写他所信仰的东西,而且他的作品都充满了刚强、反抗、破坏和挑战的声音。和平的人们,怎能不害怕呢?于是人们就叫他撒旦,这个称呼是骚赛(R. Southey)开始用的,大家就随声附和。后来,又有人扩展到称呼雪莱(P. B. Shelley)以下几个人,直到今天还是这样。骚赛也是诗人,由于他的作品能够得到当时人们普遍的同情,于是获得了"桂冠诗人"的称号。他竭力攻击拜伦,拜伦也进行反击,痛骂他是诗商。他的著作有《纳尔逊传》(*The Life of Lord Nelson*),现在世上还很流行。

《旧约》记载上帝用七天创造了天地,最后用泥团捏成一个男子,取名为亚当。后来上帝担心他一个人太寂寞了,又把亚当的肋骨抽出,造个女人,名叫夏娃,他们两个都住在伊甸园里。接着还增添些鸟兽和花木,开出了四条河流。那伊甸园中有两棵树,一棵叫作"生命",

另一棵叫作"知识"。上帝禁止人类去吃树上的果子,魔鬼就化成一条蛇来引诱夏娃,叫她吃了果子,于是她就获得生命和知识了。上帝大怒,立即把人赶出来,而且诅咒这条蛇。从此,蛇只能在地上爬行而吃泥土,人则既要劳苦谋生,又要老死,子孙后代一直在遭受着这种惩罚。英国诗人弥尔顿(J. Milton)曾采用这个故事,写成《失乐园》(*Paradise Lost*),描述上帝与撒旦的战斗,以象征光明与黑暗的斗争。撒旦的形状是非常狰狞可怕的。自从这首诗问世以后,人们就更加憎恶撒旦了。可是,从信仰不同的我们中国人看来,亚当住在伊甸园中,同笼子里的鸟雀,实在没有什么差别。他无知无识,只知道信奉上帝,如果没有魔鬼的诱惑,人类将不会产生出来。这样说来,世界人类无不有着魔鬼的血统;对人类社会有好处的,撒旦是第一个了。但是,作为基督教徒,身上背着"魔鬼"这个恶名,正如中国所谓"离经叛道"一样,人们就会一起鄙弃他,使他在社会上站不住脚。不是顽强、善于斗争、胸襟开朗而长于思考的人们,那是经受不住的。亚当和夏娃离开乐园后,生了两个儿子,大的叫亚伯,小的叫该隐。亚伯放羊,该隐种地,他们俩都曾拿出自己所有的东西献给上帝。上帝是喜欢吃荤腥的东西,而厌恶果子的,就拒绝了该隐所献东西。由此,该隐逐渐同亚伯争吵,终于把亚伯杀死了。上帝便诅咒该隐,使他的地里长不出东西来,他只好流亡到异乡去了。拜伦采用这个故事,写了一部诗剧,对上帝大加指责。于是,那些基督教徒都被激怒了,说这是亵渎神圣、败坏风俗,宣扬灵魂有尽的诗篇,对拜伦竭力进行攻击。直到现在,有些评论家,还拿这个理由责难拜伦。当时只有摩尔(Th. Moore)与雪莱两个人,极力称赞拜伦的诗篇的壮美伟大。德国大诗人歌德也认为这是千古绝唱。在英国文学中,这是最杰出的作品。后来他劝艾克曼(J.

P. Eckermann)学习英国语言,就是希望他能直接读这部作品。

《旧约》上还记载该隐流亡以后,亚当又生了一个儿子。经过无数年代,人类繁衍更多了,于是,人们心中所想的,经常涉及坏事情,上帝又因此后悔了,便想毁灭人类。有一个人叫挪亚,只有他信奉上帝最虔诚,上帝便吩咐他用歌斐木造一只方舟,把他的家属,以及动物植物,分门别类,各选出一种,搬到方舟上去住。随后,下大雨四十昼夜,洪水泛滥,一切生物完全消灭了,只有挪亚的家族保存下来。洪水退后,他们回到陆地上居住,又生了许多子孙,直到今天,绵绵不绝。我们叙述这个故事,讲到这里,一定会觉得上帝也会后悔,这件事未免太离奇了吧。而人们憎恶撒旦,这个道理是毫不奇怪的。因为既然是挪亚的后代子孙,必定要竭力斥责那些反抗者,战战兢兢地敬奉上帝,继承祖宗的事业,希望洪水再次泛滥的时候,还能得到上帝的密令,而在方舟上保存自己呵。不过,我曾经听到生物学家说过,有"反祖遗传"这种现象,这就是在生物界中常常有奇异的品种出现,同它的老祖宗很相似,有如人们所养的马,往往生出野马来,好像斑马(Zebra)一样。这是那未被驯服以前的形状,现在又重现了出来的。撒旦诗人的诞生,大概也是这样吧,也并不是什么奇怪的事。只是群马对这一匹不服驾驭的野马感到愤怒,一起用蹄来踢它,这才是可悲可叹的啊!

四

拜伦名叫乔治·戈登(George Gordon),出身于斯堪的那维亚半岛的海盗勃朗(Burun)族。这个家族后来移居诺曼底,追随威廉王到了英国,直到查理二世时,才开始改用现在这个姓氏。拜伦于一七八八年一月二十二日诞生在伦敦,十二岁便写诗了。成年后,入剑桥大学读书,没有读完,不久就决定离开英国,作广泛的游历。他先到葡萄牙,后又东到希腊、土耳其和小亚细亚,饱览了这些地方的美丽的自然风光和奇异的民族风俗,写成《恰尔德·哈洛尔德游记》(*Childe Harold's Pilgrimage*)两卷,内容瑰奇变幻,仿佛波光云影一般,令人惊叹叫绝。以后,他又写了《异教徒》("The Giaour")和《阿拜多斯的新娘》("The Bride of Abydos")两篇叙事诗,都取材于土耳其。前一篇描述一个异教徒(这是对回教而说的)同哈桑的妻子通奸,哈桑把他的妻子扔到水里溺死,异教徒也逃走了。但是后来他终于回来,杀死哈桑,进寺院忏悔。绝望悲痛的情调洋溢在笔墨之间,引起了读者的同情。后一篇描写女子楚来加爱上西里姆,而她的父亲却要将她嫁给别人,她和西里姆一起逃走,不久被抓了回来;西里姆搏斗而死,她也自杀了。诗中充满着反抗的声音。到了一八一四年一月,拜伦创作了长诗《海盗》("The Corsair"),诗中的英雄名叫康拉德,他在世界上已经没有什么可以留恋的了,并且蔑视一切道德,只依靠他那坚强的意志,当了海盗的首领,率领他的部下在海上建立了一个大国。他只凭着孤独的船与利剑,随心所至,所向无敌。他家里除了爱妻外,没有其他的东西。康拉德从前虽然信奉过上帝,但是他老早把上帝抛弃,上帝也已经抛弃康拉德了。因此,一把剑的威力,就是他的权势。什么国家的法律、社会的道德,他都加以轻蔑。只要掌握了权力,他就可以靠它来实现他的意志,别人怎么样,上帝有什么命意,他都不考虑。如果问他命运是怎么一回事,他就回答:"命运就在剑鞘里。一旦拔剑出鞘,光芒外射,连彗星也会失去光彩,如此而已。"不过,康拉德这个人,并不是天生的大恶人,他内心具有高尚而纯洁的思想,并且曾经打算尽他的力量,为人间谋福利。只是后来他看到小人得势,混淆黑白,颠倒是非;而且芸芸众生之中,大都具有猜忌、中伤别人的品性,于是他对人世就逐渐冷淡了。他这种看法逐渐坚定,对社会也就逐渐变为厌恶,终于用他自己受某些人的损害而产生的怨恨向整个社会进行报复了。他驾着轻舟,挥着利剑,不论是对人还是对神,他都进行反抗挑战。原来只有复仇这件事一股脑儿贯注在他精神之中了。有一次,他攻打塞特城失败了,被囚禁起来。塞特的一个妃子,爱他的英勇,帮助他越狱,然后跟他一起坐船逃走。他在海上遇到了部下,就大喊道:"那是我的船哪,那是我血红色的旗帜呵!我的命运还未在海上结束呵!"但是,当他回到老家时,银灯暗淡,爱妻已经死了。不久,康拉德自己也失踪了,他的党羽在海上到处找他,毫无踪迹。只有他那无边的罪恶、仗义的名声,永远留在世界上罢了。拜伦的祖父约翰,曾经想到自己的祖先是"海盗之王",便参加海军,以后当了统帅。拜伦写这首诗的起因似乎也一样。有人甚至就称拜伦为海盗,他听到后,私下很高兴。可见诗中康拉德的为人,实际上就是诗人自己的化身,这大概没有什么可以怀疑的了。

三个月以后,拜伦又写了《莱拉》("Lara")一诗,描写莱拉曾经跟海盗一样地杀人。后来策划起义,战败受伤,被一支飞过来的箭穿过胸膛而死。诗中叙述了这位富于自尊心的好汉,竭力反抗不可逃避的命运,情景非常惨烈,简直无与伦比。此外,拜伦还有其他的创作,不过都不是什么杰作。他的诗歌风格大都学习司各特,司各特从此专心从事小说创作,不再写诗了,是为了避开拜伦的缘故。不久,拜伦同他的妻子离婚,社会上虽然不知道离婚的原因,却纷纷责难他。每次拜伦出席议会时,嘲笑和谩骂他的声音便到处传来,甚至不许他到剧场去。他的朋友摩尔为拜伦写了一本传记,评论这件事说:"社会上对待拜伦,就像他的母亲对待他一样,一会儿爱,一会儿恨,没有一定的判断。"其实,迫害天才乃是人间常事,到处一样,难道只是英国如此吗？中国从汉朝、晋朝以来,凡是享有盛名的文人,大都受到诽谤。刘勰曾经为他们辩护说:"上天赋予人的五种才能,长短不同,而各有所用；如果不是什么圣贤,很难求全责备。但是,将相由于地位而显赫,而文人则因职位卑下而常常遇到讥讽。这就是江河为什么汹涌奔腾,而那些细小的流泉只能曲曲折折地流着的缘故啊。"东方的恶习,在这寥寥数语中已经说尽了。但是,拜伦的灾祸,起因却不像上面所说的那样。相反地,倒是由于他的名气太大了。社会上仇人是那么顽固而愚蠢,在他的身边窥伺,一抓住时机,便立刻进行攻击,而那些群众不了解情况,竟也随便附和。至于那些对高官显宦歌功颂德,而对穷迫的文人压制打击的人,那就更加卑劣了。而拜伦从此就不能在英国住下去了。他自己说过:"如果世人对我的批评是正确的,我在英国已毫无价值；如果那些批评是错误的,那么,英国对于我也是毫无价值了,我还是走吧？不过,事情还没有完,我即使到外国去,他们还要追踪我来的。"不久,他终于离开了英国,一八一六年十月,到了意大利。从此以后,拜伦的创作就更加雄伟了。

拜伦在国外所写的作品,有《恰尔德·哈洛尔德游记》的续集,长诗《唐璜》(*Don Juan*),以及三个诗剧最为雄伟,都是宣扬撒旦而反抗上帝的,说了别人所不能说的话。第一个诗剧是《曼弗雷特》(*Manfred*),描述曼弗雷特因为失恋绝望,陷入了深沉的痛苦之中,想忘记悲痛而不可能。魔鬼看到这种情况,问他有什么要求。曼弗雷特说:"只希望能忘记一切。"魔鬼告诉他,死了才能忘记。他就回答:"死,果真能使人忘记吗?"他心中又很怀疑,就不相信这种话了。后来有个魔鬼要曼弗雷特屈服,但是曼弗雷特忽然用意志控制了痛苦,毅然斥责魔鬼说:"你们绝对不能诱惑我,使我灭亡!……我呀,我是一个自我毁灭的人,滚开吧,魔鬼们!死神的手掌确实已抓住我了,但是这决不是你们的手掌!"他的意思是说,一个人自己做好事做坏事,褒贬赏罚也完全在自己,天神魔鬼都不可能欺压他,何况其他的东西?曼弗雷特的意志是如此坚强,拜伦也是这样。所以,有的评论家就把这个诗剧同歌德的诗剧《浮士德》(*Faust*)相提并论了。

第二个诗剧是《该隐》(*Cain*),它所根据的典故已经在上面讲过了。其中有一个魔鬼叫路西弗,带领该隐遨游太空,跟他谈论善恶生死的道理,该隐觉悟了,于是拜这个恶魔为师。这部作品出版后,受到教徒们猛烈的攻击,于是拜伦又写了《天和地》(*Heaven and Earth*)作为答复。这诗中的英雄是杰非特,他博爱而厌世,也抨击宗教,揭露了宗教中不合理的地方。撒旦是怎样产生的呢?根据基督教说来,撒旦原是天使长,只是他忽然有了一个大希望,生了反叛上帝的心,他被打败而坠落到地狱中去,于是便称为魔鬼了。这样看来,魔鬼也是上帝亲手造的了。后来,魔鬼偷偷溜进乐园,由于他的一句话,那个极美好而安乐的伊甸园就立即被毁灭了。假如不是他有那强大的力量,怎能如此呢?伊甸园,原是上帝所保护的地方,而魔鬼竟能摧毁它,这怎能说上帝是全能的呢?而且上帝自己造出那个邪恶的东西,又因此惩罚他,甚至牵连到全人类,那么上帝的仁慈又在哪里呢?所以该隐说:"上帝,是一切不幸的根源。上帝自己也是不幸的,亲手制造被毁灭的不幸者,这还有什么幸福可说呢?而我的父亲却说,上帝是全能的。我问他:'既然上帝是善良的,怎么又做恶事呢?'他回答说:'做恶事,就是行善之道呵!'"上帝的行善,正如他所说的那样:先使人受冻挨饿,然后再给人衣服、食物;先使人得了瘟疫,然后才给他们救济。上帝亲手造罪人,又说:"我饶恕你了。"而人们却说:"神恩浩荡啊!神恩浩荡啊!"人们奔波忙碌,还造起礼拜堂来呢。但是,路西弗不是这样。他说:"我对天地发誓,胜过我的强者是确实有的,但决没有驾临于我之上的统治者。上帝战胜了我,就说我恶,如果我战胜了,恶就在上帝了,善和恶的位置就颠倒过来了。"这种善恶论,同尼采所说的正相反。尼采认为,由于强者胜过弱者的缘故,弱者就把他所做的事叫作恶。所以,"恶"实在是强者的代名词。而这里,却是把恶作为弱者的一种冤枉的称呼。所以尼采主张自强,且歌颂强者;这里魔鬼也要自强,却竭力反抗强者。他们的所谓好恶很不相同,不过都想自强,这点是一致的罢了。人们说上帝是强者;因此也是最善者。但是,善者却不喜欢美果,特别爱吃腥膻的东西。该隐所供献的,纯洁无比,上帝却刮起旋风,把它们吹落。人类的祖先是上帝创造的,一旦违反了他的心意,就发洪水,连同无辜的鸟兽、花木等都被毁灭了。人们却说:"这是为了消灭罪恶,神恩浩荡啊!"而杰非特则说:"你们这些得救了的小子们呵!你们以为自己从狂暴的波涛中逃生了,就能得到上帝的恩赐吗?你们苟且偷生,追求饮食男女,眼看世界灭亡,而不感到怜悯可叹;你们又没有勇气,敢于抵抗狂涛巨浪,跟你们的同胞共命运。你们只跟着父亲逃避到方舟上面,而在世界的坟墓上建立城市,难道一点惭愧都没有吗?"但是,人们居然毫不惭愧。他们正趴在地上,大唱颂歌,永无休止。正出于这个缘故,上帝也就强大了。如果大家都走开,不理睬他,那么,他还能有什么威力呢?人们既然把威力给了上帝,又借上帝的力量来压制撒旦,而这种人,就是上帝过去所毁灭的同类。从撒旦的观点看来，他们如此顽固愚蠢而恶劣，还有什么可说的呢？假如要去启发他们，可是话还没有说出来，大家都赶快跑开了；内容究竟怎么样，他们是不去考虑的。如果随他们去吧，这不合撒旦的心意，所以撒旦又在世界上使用他的权力了。上帝，是一种权力；撒旦，也是一种权力，只是撒旦的力量，是从上帝那里产生出来的，如果上帝的力量消灭了，撒旦也不会取而代之。撒旦对上用力反抗上帝，对下用力压制人群，行为的矛盾，实在没有比这更大了。但是，他之所以要压制人群，正是为了反抗的缘故。如果大家一起反抗，还压制他们做什么呢？拜伦也是这样。他自己一定要站在人群的前面，而对于那些落后于大众的人们，他感到很愤怒。如果他自己不站在别人前面，就不能使别人不落后于大众。但是让别人跟在后头，而自己却站在别人之前，这又是撒旦认为奇耻大辱的事情。所以，拜伦既宣扬威力、歌颂强者，又说："我爱亚美利加，那自由的乡土，上帝的绿洲，不受压迫的地方啊！"这样看来，拜伦既喜欢拿破仑的毁灭世界，也敬爱华盛顿的为自由而斗争；既向往于海盗的横行，也独自去援助希腊的独立运动。压制与反抗，一个人都兼而有之了。然而，自由就在这里，人道也就在这里。

五

凡是非常自尊的人，常常感到不平；他愤世嫉俗，发出响亮的吼声，同对手相争高下。因为这种人既然特别自尊，当然不会退让，也不会有调和余地，意志所向，非达到目的不可。由于这样，他逐渐同社会发生冲突，对于人世逐渐感到有所厌倦。拜伦就是这种人中的一个。他说："贫瘠不毛的地方，我们能从中收获到什么东西呢？……世界上一切事物,没有不用最荒谬的习俗作为衡量的标准;所谓舆论,的确具有很大的势力,而舆论正是用黑暗来蒙蔽全世界。"他所说的话,与近代挪威文学家易卜生(H. Ibsen)的看法是一致的。易卜生生于近代,对世俗的昏黑迷惑,感到很愤慨,他悲痛真理的光辉已经隐没。他通过《人民公敌》一剧,表达自己的见解,把斯托克曼医生作为全剧的主角。斯托克曼医生坚持真理,反抗庸俗愚昧,终于得到了"社会之敌"的称号,他自己既被房东赶出来,他的女儿又为学校所排斥。但是,他始终奋斗到底,毫不动摇。在剧本的最后,他说:"我又望见真理了,地球上最坚强的人,就是最孤独的人呵。"这就是易卜生的处世哲学。但是,拜伦同他不完全一样。凡是拜伦所描绘的人物都抱着各种不同的思想,有着各种不同的行为。有的是因愤愤不平而厌世,远远地离开群众,宁愿与大自然作侣伴,比如哈洛尔特;有的厌世到了极点,甚至希望自我毁灭,比如曼弗雷特;有的受到人与神的残酷的迫害,于是恨之入骨,都希望加以破坏,用这样的手段来复仇,比如康拉德和路西弗;有的蔑视道德正义,狂放不羁,浪迹漫游,嘲笑社会,使自己稍感痛快,比如唐璜。要不然,便崇拜侠义的行为,帮助弱者,而打抱不平,鞭挞有势力的愚蠢人,即使得罪了整个社会,也无所畏惧,这就是拜伦一生最后时期的情况。拜伦前期的经历完全像上面所提到的作品中那许多人物,只是还没有悲叹绝望,自愿远离人间,像曼弗雷特所做的那样罢了。所以,拜伦心中怀着不平之气,奔突而出,总是傲慢放纵,不怕舆论,进行破坏复仇,毫无顾虑,而他那种侠义的性格,也就潜伏在这样的烈火之中。他珍惜独立而热爱自由,如果有奴隶站在他的前面,他一定会深深地感到悲哀而怒目而视。他心中悲伤,是因为哀其不幸;怒目而视,是因为怒其不争。这就是诗人为什么要去援助希腊的独立,而终于死在希腊军中的道理啊。

拜伦本来是一个自由主义者,他曾经说过:"为了争取自由,如果不可能在本国战斗,便应当在别的国家从事战斗。"当时,意大利正为奥地利所统治,失去了自由,有一个秘密政党组织起来,策划意大利独立。拜伦便秘密参与了此事,把鼓吹自由的精神作为自己的使命。虽然有凶手密探在他周围追踪,他始终没有停止过散步和骑马等活动。后来,这个秘密政党被奥地利人所破获,独立的希望消失了,但是他的精神始终没有丧失。拜伦对于意大利的督促与鼓舞的力量,一直影响到后来,激发了马志尼、激发了加富尔,意大利的独立终于实现了。所以,马志尼说:"意大利的独立,实在依靠拜伦。他是复兴我祖国的人啊!"这话说得很对。

拜伦平时对于希腊极抱同情,心神所向,就好像磁针指南一样。只是希腊当时完全失去了自由,被并入了土耳其的版图,受到土耳其的压迫蹂躏,不敢起来反抗。诗人对希腊的惋惜和悲愤,常常在他作品中流露出来。他追怀希腊昔日的光荣,哀叹后代的衰落,有时加以斥责,有时给予激励。他希望能使希腊奋起,驱逐土耳其而复兴起来,能重新看见那个灿烂庄严的希腊。正如他在《异教徒》和《唐璜》两首诗中所写的那样,他的怨愤与指责之深切,以及希望之诚挚,都是可以明显地看出来的。一八二三年,伦敦的希腊协会写信给拜伦,请他援助希腊的独立。拜伦平日对当时的希腊人极为不满,曾经称他们为"世袭的奴隶"和"自由民族后代的奴隶",因此没有立即答应,但出于义愤的缘故,终于答应,就到希腊去了。但是,希腊人民的堕落,正如他所说的那样,要想把他们再振作起来,这任务实在很困难,因此拜伦停留在西法洛尼亚岛五个月后,才到米索伦基去。那时候海军和陆军正遭到极大的困难,听说拜伦来到,大家高兴得发狂,便集会欢迎他,仿佛得到一位天使似的。第二年一月,希腊独立政府任命拜伦为总督,并且给他军政大权。而希腊当时的政府非常匮乏,军队里没有隔宿之粮,大势几乎已去。再加上苏里沃特雇佣兵看见拜伦政策那么宽大,又提出许多要求,稍微不满足,就想逃跑。同时,那些堕落的希腊人,又引诱他们难为拜伦。拜伦感到十分愤怒,极力指责希腊国民性的卑劣。他以前所说的"世袭的奴隶",果然已到了这样不可救药的地步了。不过,拜伦还没有灰心失望,他自己屹立在革命的中心,面对着周围的艰险,遇到将士们发生内讧,便去为他们调解。他以自己作为榜样,用人道精神去教育他们。还设法借债,以解除穷困,又建立印刷出版制度,并且加固堡垒,做好战备。正当希腊内部斗争激烈的时候,土耳其果然向米索伦基进攻了。同时苏里沃特雇佣兵三百人,又趁混乱时机占领要害地区。拜伦正在生病,听到这些消息后,处之泰然,竭力把党派间的斗争平息下来,使他们一心一意对付敌人。但是,由于内外交迫,使他身心异常劳顿。时间一久,病情也就逐渐危急了。临终时,他的随从人员拿来纸笔,要把他的遗嘱记录下来,拜伦说:"不必了,时间已太晚了!"就不再跟他们说话了。过了一会儿,他以微弱的声音唤着人名,终于又说:"我的话已说完了。"随从人员说:"我不懂您说什么啊。"拜伦说:"唉,不懂吗?唉,太晚了!"样子仿佛很痛苦。停了一会儿,他又说道:"我已经把我的所有,和我的健康,统统都交给希腊了,现在又要把我的生命献出了!还有什么别的吗?"说完就死了。这时是一八二四年四月十八日下午六点钟。现在回顾一下以前的情况吧。拜伦是抱着很大的希望而来的,他本来想以他的天赋的才能,使希腊恢复昔日的荣誉。他自以为振臂一呼,人们就一定会统统追随他的,因为一个外国人还能出于义愤为希腊努力奋斗,而他们祖国的人,即使堕落腐败已年深日久,究竟还有旧日的传统存在,人心未死,怎能对祖国毫无感情了呢?只是到了这个时候,他才明白以前所期望的,都好像是梦境一般,那自由民族后代的奴隶的确不可救药到了如此地步。拜伦逝世后的第二天,希腊独立政府为他举行国葬,商店都关了门,炮台鸣炮三十七响,与拜伦的岁数相符。

现在我们根据他的行为和思想,探索一下诗人一生心灵的秘密吧。他常常反抗所遭遇到的一切,致力于他所向往的理想;他珍视力量而崇拜刚强,尊重自己,而喜欢战斗。它的战斗并不像猛兽那样,而是为了独立、自由和人道。关于这些,上文已经简要地叙述过了。所以拜伦的一生,仿佛是猛烈的波涛、急骤的风暴,一切虚伪的粉饰和陈腐的风尚,他都给以扫荡;他从来不知道什么瞻前顾后。他那种充沛蓬勃的精神,简直压制不住,即使奋力战死,也要保持他的精神;不挫败他的敌人,战斗决不停止。同时他又坦率而真诚,毫无忌讳掩饰。他认为人世的毁誉、褒贬、是非和善恶等等东西,都来自习俗,不是出于真诚,因此一概置之不理。因为当时英国社会上充满了虚伪,把繁文缛节当作真正的道德,凡是有所探索追求的人,他们就认为是恶人。拜伦喜欢反抗,性格又很直率,自然不能沉默,所以借该隐而说道:"恶魔,就是说真理的。"于是他不怕跟人群为敌,社会上那些道德家们,便因此纷纷攻击他了。艾克曼也曾问歌德,拜伦的作品是否有教育意义。歌德回答说:"拜伦作品是刚强雄伟的,那教育意义就在其中了。假如能理解这一点,可以得到教育。至于什么纯洁呀、道德呀,我们何必要去问这些呢?"这样看来,了解伟大人物的,也只有伟大人物吧。

拜伦曾经评论过彭斯(R. Burns),他说:"这个诗人,心灵很矛盾,柔弱而刚强,粗疏而细密,空灵而质朴,高尚而卑俗;有神圣的东西,也有污浊的东西。这些都是融合在一起的。"拜伦自己也正是这样。他很自尊,而又怜悯别人当奴隶;他压制别人,而又去援助人家的独立;他不怕狂风怒涛,而骑马又异常警惕;他热爱战斗,崇拜力量,遇到敌人,决不宽恕,而对于囚徒的痛苦,又寄予同情。我想恶魔的性格,就是这样的吧。况且这不仅只是恶魔如此,所有伟大人物,大概也都是这样的。就是在一切人中,如果把他们的假面具撕下来,真心诚意地思索一下,那么完全具备着人世所谓善性而无邪恶因素的人,到底有多少人呢?就是在大众中一一去观察,必定几乎也没有一个吧。这样说来,拜伦虽然背着"恶魔"的称号,但他本来也是人,这有什么奇怪呢!不过,他之所以不能为英国社会所容忍,终于流离颠沛、死于异国,正是假面具对他的迫害。这也就是拜伦所要反抗、破坏的,而直到今天还在不断地摧残真正的人的东西呵。唉,虚伪的毒害,居然达到如此程度!

拜伦平日写诗非常严肃认真。他曾说过:"英国人的批评,我都不放在心上。如果他们把批评我的诗当作乐事,那就随它去吧。我又怎能去投合他们的胃口呢?我拿起笔来创作,不是为了妇女、小孩和那些庸俗的人们,而是用我自己整个心灵、满腔激情、全部意志,以及充沛的精神来写诗的,决不是想听取他们那种人的柔靡的赞美声而写作的!"正因为这样,拜伦诗中的一字一句,都是他的呼吸和精神的体现,打动人们的心灵,就好像神奇的琴弦一拨,立刻得到感应一样。他的力量在整个欧洲扩展,这在英国诗人中是找不到另外一个例子的,只有司各特所写的小说,勉强可以同他相比而已。如果要问拜伦的力量究竟怎样?意大利和希腊两国的情况,已在上面叙述过了,无须多说。

其他如西班牙、德意志等国,也都受到他的影响。另外,又传入斯拉夫民族而使他们的精神振奋起来,其影响之深远,那就无法说明了。至于在他本国,还有雪莱(Percy Bysshe Shelley)一人。济慈(John Keats)虽然也得到"恶魔诗人"的称号,但他和拜伦不是一个派别,所以这里就不说了。

六

雪莱活了三十年就死了,他这三十年完全是奇迹,也可以说是没有韵律的诗篇。他那个时代既很艰难危险,而他的性格又很耿直;社会不喜欢他,他也不喜欢社会;人们不能容忍他,他也不能容忍别人。后来他客居意大利南方,竟在壮年时便夭折了。说他的一生是悲剧的体现,这也许不是夸张的吧。

雪莱于一七九二年诞生在英国一个有名望的世家里,容貌秀丽、举止端庄,他从小就爱好沉思默想。中学时,同学和老师都很不喜欢他,所遭遇的虐待是不堪忍受的,因此诗人心中早就滋生着反抗的萌芽了。后来他写了一本小说,用所得的稿费邀请八个朋友来吃饭喝酒,因此人家就叫他疯子了。后来他到牛津大学攻读哲学,经常写信给一些名流求教。当时宗教大权都掌握在那些顽固不化的牧师手里,因此妨碍了人们对自由的信仰。雪莱挺身而出,写了一篇《论无神论的必然性》的文章,扼要地指出,只有仁慈、博爱与平等这三者才是使世界成为乐园的要素。至于宗教,对于这些毫无用处,完全可以不要它。这篇文章印行后,校长看见了大为震动,终于把他开除了。他的父亲也异常震惊,便叫他回校认罪,但是雪莱不肯,又被逐出家门。世界虽大,可是雪莱连故乡也不能回去了,于是他到了伦敦,那时他才十八岁,却已独立在天地之间,断绝一切欢乐,不得不同社会作战了。后来,他认识了葛德文(W. Godwin),读到他的著作,从此他的博爱精神更为发扬了。第二年,他到爱尔兰,号召爱尔兰人起来,在政治和宗教方面都想进行改革,但是终于没有成功。到了一八一五年,他的诗篇《阿拉斯特》(Alastor)才出版问世。诗中描述了一个抱着理想的人,追求美好的东西,而到处找不到,最后死在旷野之中,这很像他自己的写照。第二年,在瑞士,雪莱认识了拜伦。拜伦对他十分称赞,说他像狮子似的矫健;又很欣赏他的诗,但当时世界上还没有别人注意到他。再一年,他写成《伊斯兰的起义》(The Revolt of Islam)。雪莱一生的抱负,大都抒写在这里面了。诗篇中的英雄,名叫莱昂,他以热烈的心胸、雄辩的才能,使他的祖国人民觉醒起来;他鼓吹自由,反对压迫。但是,正义的事业终于失败了,而压迫的势力却得到胜利,莱昂便这样为正义而死了。这篇诗的内容,有着无限的希望和信仰,以及无穷的热爱。莱昂顽强地追求而不放弃,但最终牺牲了。莱昂实际上就是启示诗人的先觉者,也就是雪莱自己的化身。

至于他的杰作,特别表现在诗剧方面,最伟大的作品有两种:一是《解放了的普罗米修斯》(Prometheus Unbound),一是《钦契》(The Cenci)。前者的故事出自希腊神话,它的主题同拜伦的《该隐》很相近。这首诗把普罗米修斯作为人类精神的化身。普罗米修斯为了博爱、正义和自由,不怕艰苦,竭力反抗压迫者主神丘比特,把天上的火种偷来送给人间,因此被囚禁在山顶上,凶猛的老鹰每天啄食他的肉。但是他始终不屈服,竟把丘比特吓退了。于是普罗米修斯追求女子阿细亚,得到了她的爱情,故事就结束了。阿细亚,就是理想的化身。《钦契》

这一篇故事来自意大利,描述女子钦契的父亲暴虐残忍,无恶不作,最后钦契把他杀死了。后来,她和她的后母以及兄弟,一起在集市上被绞杀。评论者认为这是大逆不道的。但是像这样不平常的事情,世界上不是没有的。就拿我们中国的《春秋》来说吧,那是圣人亲手编撰的,其中像这一类的事情就有好多起,而且大都是直截了当地写下来,未加掩饰。为什么单单对于雪莱的作品,我们却要附和大家,一起加以责难呢?上面所说的两篇创作,诗人都是用全部力量来抒写的,他自己曾经说过:"我的诗是为大众而创作的,读者将会很多。"他又说:"这是可以在剧场上演的。"但是诗剧完成后,实际上不是这样的。社会舆论以为不值一读,演员们也认为不能上演。雪莱是为了反抗虚伪腐朽的习俗而写诗的,而他的诗篇也就因此受到虚伪腐朽的习俗的摧残。这是十九世纪前期,那些精神界的战士之所以大都为了正义而同归于尽的原因吧。

虽然这样,旧时代已经过去了,也就由它过去吧。至于雪莱的真正价值,却到了今天才大为显著了。在革新的潮流之中,这一流派是最大的。葛德文著作的发表,是这个流派的开端,再加上诗人雪莱的声音,就越发深入人心。从此那正义、自由、真理,乃至博爱和希望等观念,都酝酿成熟了。有的成为莱昂,有的化为普罗米修斯,或者成为伊斯兰的勇士,一一在人们面前出现,同陈旧的习俗相对立;革新与破坏,毫不妥协。陈腐的习俗既已破除了,还有什么东西存在着呢?那只有改革的新精神了。十九世纪的新的转机确实依靠这一精神,彭斯倡导于前,拜伦和雪莱继于其后,攻击着、排斥着,人们因此逐渐感到惊慌了。在这种惊慌的状态之中,也就推动社会的改革了。所以世界上那些反对破坏,而给破坏者加上种种恶名的人们,只是见到一点而没有全面理解罢了。如果考察了他们的真实情况,那么就可知道光明和希望确实潜伏在破坏之中。丑恶的东西都摧毁了,这对于大众有什么害处呢?所谓"破坏"的罪名,只可从顽固不化的牧师口中说出来,决不可出于广大群众之口。如果他们能听到这些呼声,那么"破坏"这件事便更加宝贵了。况且雪莱本来是一个富于理想的人,他不断追求,没有止境;勇猛前进,决不后退。那些浅薄的人们实在不可能看到他的深刻。如果能够真正认识他这个人,就会发现他有卓越的品质,仿佛来自云天;他热情激荡,是无法阻挡的。他凭借着自己的想象,而奔向那神奇的境界,这神奇的境界便存在着美的本体。奥古斯丁说:"我未得到爱,而我渴望爱,因此我抱着希望去追求那值得爱的事物。"雪莱也是这样。所以他终于能摆脱人间而作精神上的遨游,希望自己能达到他所信仰的那个境界。同时他还以美妙的歌声,启发一切尚未觉醒的人们,使他们明白人类社会发展的大道理,以及人生价值何在。他发扬同情的精神,并且鼓吹他热切信仰着的进步思想,使人们怀抱着伟大的希望而奋勇前进,跟着时代永远向前。但世人却骂他是恶魔,于是雪莱便因此而孤立了。人们又排挤他,使他不能久留人间。于是压迫的势力取得胜利,雪莱就这样被害死了,正如阿拉斯特死在大沙漠上一样。

尽管如此,那特别能安慰诗人的心灵的,还有大自然。人生不可知,社会不可靠,于是就把无限的温情寄托在那纯朴的自然风物之中了。一切人心,没有不是这样的。但是由于所受的影响不同,所得到的体会便不一样了。所以,一个人的眼睛如果为实利所蒙蔽,那就想驱使自然,以求得金银财富;如果把智力集中在科学上面,那就想控制自然,而发现它的规律。至于那些等而下之的人们,从春天到冬天,对于天地之间种种崇高、伟大、美妙的景象,心中毫无感应,使自己的精神才智沉陷在深渊之中,即使能活上一百岁,也一直不知道光明是什么,他们又怎能领悟所谓投身到大自然的怀抱之中,现出婴儿的微笑的境界呢?

雪莱小时候,就亲近自然风物,他曾经说过:"我从小就喜爱山河和林壑的清幽寂静,在断岩绝壁上嬉游,而把这种危险看作我自己的侣伴。"考察一下他的生平事迹,的确正如他自己所说的那样。当他还是一个儿童时,他就在密林幽谷之中盘旋了。早晨,他眺望朝阳;晚上,观看繁星。有时低头看看大城市中人事的盛衰变化,有时思索着过去人们的压迫和反抗的历史遗迹。那些荒芜的城池、古老的城市,或者破屋中贫苦人家啼饥号寒的惨状,也时常一一映入他的眼帘。他那高洁的想象,既然同平常人很不一样,他放眼观察自然界,自会感到神秘的力量。眼前的宇宙万物,似乎都具有感情,并且大可留恋。所以他心弦一动,便与天然的音乐合拍共鸣,从而创作出那些抒情诗篇来,都很超脱美妙,简直无法比拟,只有莎士比亚以及斯宾塞的作品,才能和他媲美。

一八一九年春天,雪莱在罗马住下来,第二年迁居比萨。拜伦也到了那里,还有其他许多朋友在一起,这是他一生中最快乐的时刻。一八二二年七月八日,他同朋友一起乘船渡海,海上突起风暴,闪电迅雷,相续而来;一会儿波涛平息下来,那条孤单的小船却无踪影了。拜伦听到这个消息大为震惊,便派人四处寻找,最后在一处水边找到了诗人的遗体,就葬在罗马了。雪莱生前,早就打算在生死问题上能得到一个解答,他自己说:"关于未来的事情,我觉得柏拉图和培根所说的已经满意了;我的心里非常安静,无所畏惧而满怀希望。人们束缚在今天的躯壳里面，人的能力都给阴霾的云雾遮住了，只有死亡来解脱我们，生命的秘密才能阐明。"他又说："我一无所知，也不能证明什么。心灵中最深奥的思想，无法用语言表达出来，像这种事情，我们连一辈子也不能理解呵。"唉，生死问题的确是一件大事，并且道理极为微妙，把这个问题摆着不去解决，诗人又做不到，而解答的方法，又只有一死而已。所以，曾经雪莱有一次坐船掉在海里，他非常高兴地喊道："今天使我可以解答生死的秘密了！"可是他并没有死成。又有一天，他在海上洗澡，伏在水里不起来，他的朋友把他拉了出来，抢救后才苏醒过来，他说："我常常想钻到水井里去探索，别人说真理就藏在那里面。不过，我望见真理时，你却看见我已死了。"可是，到了这一天，雪莱真的死了，那人生的秘密，也可以得到真正的解答了吧。不过，懂得这个道理的，也只能是雪莱自己了。

七

至于斯拉夫民族，他们的思想同西欧是非常不同的，但是，拜伦的诗歌，却也很快地流传过去，没有遇到什么阻隔。十九世纪初年，俄罗斯文学才开始革新，慢慢地独立起来，并且越来越显著了，到现在已经有同那些先进的国家并驾齐驱的气势，就连西欧人士也都惊叹它的壮丽和伟大了。不过，考察一下它的开端，实际上只依赖于三位作家，这就是普希金、莱蒙托夫和果戈理。前面两人以诗歌著名于世，他们都受过拜伦的影响；而果戈理则以描绘人生社会的黑暗现象著称，同前面两位作家作风不一样，所以不属于本文讨论的范围。

普希金（A. Pushkin）于一七九九年生于莫斯科，小时候就能作诗，他在文坛上首先创立了浪漫派,因而名声远扬。但是,当时俄国国内时常发生暴乱,形势危急,普希金诗中常有所讽谕,因此人们便借口排斥他,要把他流放到西伯利亚去。有几个前辈名流竭力替他辩护,才得赦免,而被贬谪到南方居住。这时候,他开始阅读拜伦的诗,深深地感到拜伦的伟大,于是他的思想内容和艺术形式,都起了变化,抒情短诗也常常模仿拜伦,最著名的有《高加索的囚徒》,同拜伦的《恰尔德·哈洛尔德游记》非常相似。这首诗描述了俄国有一个绝望的青年,被囚禁在异乡,有一位姑娘救了他,把他放走了。那个青年恢复了热情,爱上了她,但后来他还是孤独地走开了。他的《吉卜赛》("Gypsy")一诗也是如此。吉卜赛,是欧洲的流浪民族,过着游牧生活。有一个厌世的人,名叫阿乐哥,爱上吉卜赛人中一个非常美丽的女郎,因此加入了这个民族,并且与这个女郎结了婚。但是,他这个人非常嫉忌,逐渐觉察到女郎另有所欢,终于把她杀死了。女郎的父亲没有复仇,只是命令他离开,不许再跟他们住在一起。这两篇诗歌,虽然都具有拜伦的特色,可是又很不相同,因为普希金诗中的英雄们,虽然同样是被世人所鄙弃放逐的,但是又离不开亚历山大时代俄国社会的某些特质。他们容易失望,也容易奋起,都有厌世的倾向,意志都很不坚强。普希金对于这些人物并不同情,他对于那些热衷于复仇而思想并不高明的人们的过失,都加以斥责,不为他们掩饰。这样,社会的伪善现象,既然在人们面前被明显地揭露出来,相形之下,吉卜赛人的粗犷和纯朴,反而更加突出了。评论家们说,普希金所喜欢的人物,逐渐摆脱拜伦式的英雄,转向他的祖国纯朴的人民,实际上就是从这时期开始的。

普希金后来的伟大创作,是《叶甫盖尼·奥涅金》(*Eugiene On-*

ieguine)。这诗的题材很简单,而文采却特别富丽,当时俄国的社会风貌,在这诗里被简明地表现出来了。不过,他写这诗推敲了八年,其间所受的影响很不一致,所以人物的性格变化,前后有很大差异。开头两章,还受到拜伦的影响,主人公奥涅金的性格,是竭力反抗社会,对于人世也是绝望的,具有拜伦式的英雄气概,只是已经不凭借想象,逐渐接近于现实,与当时俄国青年的性格很相似了。后来,由于客观环境起了变化,诗人自己的性格也随之改变,于是逐渐摆脱了拜伦的影响,他的创作也一天比一天地有了独特的风格。于是诗篇更加精彩,创作也更加丰富了。至于普希金与拜伦分道扬镳的原因,则有种种不同的说法。有人说,拜伦由于悲观失望,发奋与社会战斗,意志所向,高傲卓绝,实在与普希金的性格是不相容的。他以前之所以崇拜拜伦,乃是出于一时的激动,等到社会风涛平息了,他自己就抛开拜伦,回到他本来的面貌。有人说,国民性的不同应当是这事的关键,因为西欧的思想和俄国相差很远,普希金之所以离开拜伦,实在是由于个性的关系,个性不合,拜伦影响当然很难长期存在了。上面这两种说法,都有它的道理。不过就普希金个人方面来说,他仅仅模仿拜伦的外表,等到他的放浪生活一结束,便立刻回到他本来的样子,不像莱蒙托夫那样始终抱着消极思想不放。所以,当普希金回到莫斯科以后,他的言论更是力求和平,凡与社会可能发生冲突的,他都竭力避开不谈,而且还唱了不少赞歌,颂扬他祖国的武功。一千八百三十一年,波兰反抗俄国,西欧各国支持波兰,对于俄国十分憎恶。于是,普希金写了《给俄罗斯的诽谤者》及《波罗金诺纪念日》两首诗,以表明他的爱国。丹麦批评家勃兰兑斯(G. Brandes)对于这一点是有意见的,他认为对只靠武力践踏其他民族自由的国家,即使说是爱国,其实只是禽

兽之爱。不过,这不仅仅普希金是这样,就是现在那些先生们,天天叫嚷着爱国的,对于国家大事,真正表现出人类之爱,而不陷入禽兽之爱的,也是很少见的。普希金晚年,和荷兰公使的儿子丹特士不和,以致两人决斗,他被打中腹部,两天后便去世了。这时是一八三七年。俄国自从有了普希金,文学界才开始独立,所以文学史家佩平说,真正的俄罗斯文学,的确是随着普希金一起发展起来的。而拜伦的恶魔派的思想,却又通过普希金,传给了莱蒙托夫。

莱蒙托夫(M. Lermontov)生于一八一四年,与普希金差不多同时。他的祖先莱尔蒙特(T. Learmont)原是英国苏格兰人,所以每当他遇到什么不平的时候,他就说要离开俄罗斯这片冰天雪地和警察统治的国土,回到他的故乡去。但是他的性格同俄罗斯人完全一样,想象丰富、多愁善感,常常惆怅不已。他小时候就能用德文写诗,后来上大学,被开除了,于是入陆军学校学习两年。毕业后当了军官,却像个普通士兵一样。他自己曾说过:"我仅仅是在香槟酒中,加上一些诗味而已。"当他当了沙皇禁卫军骑兵少校后,才模仿拜伦的诗歌,描写东方的故事,并且非常爱慕拜伦的为人。他在日记中说:"今天我读了《拜伦传》,知道他的生平跟我自己有相同的地方。这种偶然的相同,使我大为惊讶。"又说:"拜伦还有一件事与我是相同的,这就是拜伦在苏格兰时,有个保姆对他的母亲说:'这孩子将来必定是个伟大的人物,并且将会结婚两次。'而我在高加索时,也有个老妇人对我的祖母讲过同样的话,即使我的不幸和拜伦一样,我也愿意像那个保姆所说的那样。"不过,莱蒙托夫的为人,也很接近雪莱。雪莱写的《解放了的普罗米修斯》使他非常感动,对于人生的善恶、竞争等问题,使他深深地感到不安,但是他的诗没有模仿雪莱。开始时,他虽然模仿拜伦和普希金，但是后来他自己也独立创作了。

至于他的思想，又很接近德国哲学家叔本华，他认为风俗习惯的道德根源都应该改革。他便把这个见解寄托在两首诗中：一首叫《恶魔》(Demon)，另一首是《童僧》(Mtsyri)。前一首诗假托一个巨灵，来表达他的思想主题。这个巨灵是被上帝从天堂放逐出来，同时又是憎恨人间道德的人物，他摆脱了世俗的情欲，心里极为憎恨，于是就同天地搏斗。如果他看见芸芸众生为世俗的情欲所激动，他就加以鄙视。后一首诗，是一个少年追求自由的呼声。写的是一个孩子，一直在深山寺院里长大；寺院里的长老原以为他已经同尘世斩断了情思和希望。但是，这孩子的梦魂，却没有离开过他的家乡。一天夜里，正当雨横风狂的时候，他趁长老正在祈祷，便悄悄地逃出寺院，在密林里彷徨了三天。他感受到无限的自由，这是他有生以来没有享受过的。他后来说："那时候，我感到自己像野兽一样，拼命同风雨、雷电、猛虎搏斗。"但是，那个少年在林子里迷失了路，无法回来。几天之后，才被人找到。不过由于他同豹子搏斗已经受伤，竟因此死了。他曾经同看护他的老和尚说："坟墓，我是不怕的。我听人说过，一生忧患将因此沉入睡眠之中，永远寂静了。不过，我只是惋惜将同我的生命永别了……我还是一个少年……你还记得你少年时代的美梦吗？或者你已经忘记以前人间的爱憎了吧？如果真是如此，那么，对于你，这世界已失去美妙的东西了。你年老体弱，一切希望都已消逝了。"少年又为他描述了林中所见，他所体会到的自由的感觉，以及他同豹子搏斗的情况。他说："你想知道我获得自由的时候，我有什么感想吗？我得到生命了！老人家呵，我得到生命了！如果我这一生没有这三天，那么，将要惨淡无光，一片昏暗，比起你的晚年更不如了。"

当普希金决斗而死时,莱蒙托夫又写了首诗,表达他的悲愤。诗的最后一节这样写道:"你们这些官老爷呀,你们是天才与自由的刽子手!你们现在有法律保护,法官对你们毫无办法。但是还有尊严的上帝在天上,你们不能用金钱去贿赂他!……用你们的污血也洗不净我们诗人身上的血痕啊!"这首诗发表后,全国传诵,而莱蒙托夫也因此获罪,被判决流放到西伯利亚。后来有人营救他,改为充军高加索。他看到了那地方的风光物色,他的诗篇更加雄伟壮美了。当他还是青年时,由于不满人世的思想极为深广,所以写了《恶魔》一诗。这个恶魔,正如撒旦一样,憎恨人间种种卑劣的行径,就极力跟它们进行斗争。这就好像一个勇猛的人,如果遇到的只是些庸碌懦弱的人,那他就被激怒了。这种人生来就有爱慕美好事物的感情,但是看到茫茫人世熙熙攘攘,不能互相了解,于是就产生了厌倦,便憎恨世界了。不过到后来,莱蒙托夫逐渐趋向实际,他所感到不满的,已不是天地人间,而转到同时代的人们中间了。后来他的思想又起了变化,竟突然死于决斗。决斗的原因,就是莱蒙托夫所写的《当代英雄》一书。当初大家以为书中的主人公,就是作者自己。到了这本书再版时,他作了答辩。他说:"主人公并非一人,实际上是我们同代所憎恶的对象。"因为这本书所描写的,的确就是当时人们的实况。于是有个朋友叫马尔登诺夫的,便说莱蒙托夫把他的事情写进书中,因此要求跟他决斗。莱蒙托夫不愿意杀害自己的朋友,只是举枪对空中放,但是马尔登诺夫却对准他射击,他就被打死了。他死时只有二十七岁。

前面说的两位诗人,都同样从拜伦那里吸取了源泉,而又各有差别,普希金得到的是拜伦的厌世主义的外表,而莱蒙托夫得到的却纯然是消极的观念。所以普希金终于屈服于沙皇的势力,走向和平的道路,而莱蒙托夫则奋斗反抗,丝毫没有退缩。波登斯得特评论道:"莱蒙托夫虽然无法战胜袭来的命运,而当命运要他屈服时,他却是非常勇猛而骄傲的。他所写的诗之所以都有着强烈、不妥协、精神振奋与反抗的声响,主要就是出于这个原因。"莱蒙托夫也很爱国,但与普希金根本上不同。因为他不以武力如何,来描写祖国的强大。他所爱恋的,乃是乡村大野,以及乡村中人们的生活,并且推而广之,他也热爱高加索土著人民。那些土著人民就是为了争取自由,竭力反抗俄国统治的。莱蒙托夫虽然随着军队,两次参加战役,但也始终热爱高加索人民。他所写的《伊斯梅尔·贝》(*Ismail-Bey*)一诗就是描述这件事的。莱蒙托夫对于拿破仑,也跟拜伦稍微不同。拜伦起初曾谴责拿破仑对于革命思想的错误态度。到了拿破仑失败后,他痛恨那些像野狗争食死狮一样的人们,而崇拜拿破仑。莱蒙托夫则一心责备那些法国人,说他们毁灭了自己的英雄。说到自信,莱蒙托夫也和拜伦一样,他说:"我的好朋友,只有一个人,那就是我自己。"他又怀着雄心壮志,希望自己所走过的道路一定会留下一些痕迹。不过,像拜伦所说的,他不是憎恨人世,只是想抛开人世,或者说,我不是爱人爱得太少,而是我更爱自然罢了,这样的思想是不能从莱蒙托夫的身上找到的。在莱蒙托夫一生中,常常以人生的憎恨者自命。一切自然风物之美,凡足以使英国诗人感到欢乐的,在这位俄国英雄的心目中,却总是暗淡失色,仿佛浓云密布、雷电急骤,而看不见雨后晴朗的天空。这两国人民的差别,也可以从这里稍微得到一些认识吧。

八

丹麦人勃兰兑斯,对于波兰的浪漫派,举出密茨凯维支(A. Mickiewicz)、斯洛伐斯基(J. Slowacki)和克拉辛斯基(S. Krasinski)三大诗人。

密茨凯维支,是俄国文学家普希金的同代人。一七九八年生在扎希亚小村庄的老家。这个村子在立陶宛境内,与波兰邻近。他十八岁时,到维尔那大学读书,学习语言学。起初他爱上了邻家姑娘玛丽亚·维里茨·萨珂夫娜,而玛丽亚到外地去了,密茨凯维支因此感到很不愉快。后来他逐渐读到拜伦的诗,也写了题名《先人祭》(*Dziady*)的诗篇。诗中有几个部分描述了立陶宛的旧风俗:每年十一月二日,那里的人们一定要在坟头摆上酒和果子,祭祀死者;聚集着村民,牧人和巫师一人,以及许多扮演鬼魂的人。其中有失恋自杀的,虽然在阴间已经宣判过了,但是每逢这一天,仍然要把从前的痛苦再经历一番。不过这首诗只是一些片段,没有写完。密茨凯维支后来住在柯夫诺(Kowno)当教师,两三年后回到维尔那。一八二二年,他被俄国官方逮捕,在牢里关了十多个月。牢狱的窗子都是木头做的,分不清昼夜。后来他被送到圣彼得堡,又迁到敖德萨,那里不需要教师,于是他就到了克里米亚,饱览了当地的风光景色,促使他放怀歌咏,后来写成《克里米亚十四行诗》一卷。不久,他回到莫斯科,在总督府中供职,写成叙事诗两部,其一名《格拉席娜》("Grazyna"),叙述李塔沃尔王子,同他的岳父维托尔特不和,企图乞求外国军队来援助。他的妻子格拉席娜知道此事后,无法劝阻王子反叛,只好命令守城军队,不许日耳曼派兵进入诺沃格罗德克城。于是援军大怒,不去攻打维托尔特,反而率领军队进袭李塔沃尔。格拉席娜便亲自披甲上阵,假装是王子,投入战斗。不久王子回来了,虽然侥幸打了胜仗,但是格拉席娜中了流弹,很快就死了。当举行葬礼时,王子把开炮打死他妻子的那个人绑来,一起投入烈火中烧死。李塔沃尔自己也殉葬了。这部诗的意义,在于通过这妇人来说明只要为了祖国的缘故,即使违背了丈夫的命令,拒绝援军,蒙蔽了士兵,而使国家陷于险境,并且引起一场战争,都不是什么过错。只要有这样崇高的目标,那一切事情都可以去做了。另一部叙事诗是《华伦洛德》("Wallenrod")。这部诗取材于古代历史,描写一位英雄在战败之后,企图为国复仇,因此诈降敌军,后来逐步地当了敌军的领袖,于是一下子就消灭了敌人。这大概采用了意大利作家马基雅维利(Machiavelli)的见解,加在拜伦式的英雄身上,所以初看也只不过是浪漫派谈情说爱的作品。检察官不了解它的用意,就准予付印出版,于是密茨凯维支的名气便大起来了。

过了不久,密茨凯维支得到机会,到了德国,访问了德国文学家歌德。此外,他还写了长诗《塔杜施先生》("Pan Tadeusz"),描写索甫利卡与考希楚施柯两个家族的故事,诗中对于自然景色的描绘,是世人所称赞的。其中虽以塔杜施为主角,而实际上,他的父亲杰契克改名出家,才是此诗的主题。诗篇开始时,描写这两个人去猎熊,有一个名叫华伊斯基的人,吹起号角来,开头低低地吹着,慢慢地发出洪亮的声响,从榆树飘过榆树,从檞树飞越檞树,逐渐就像千万种号角声,汇合在一起。这正如密茨凯维支所写的诗那样,把祖国的古代人和现代人的声音,一起都在这号角声中传达出来了。诗中所有的声响,清澈而洪亮,万感交集,直到波兰每个角落上的苍穹,都弥漫了歌声;甚至直到今天,还能影响波兰人民的心灵,它的力量真是无穷啊!这使人们回忆起诗中所描写的,虽然华伊斯基的号角声老早就停止了,而人们仿佛还听到号声正在吹奏着呢。密茨凯维支,就是生在那歌声的回荡之中,永垂不朽了。

密茨凯维支非常崇拜拿破仑,认为造就拜伦的人实际上是拿破仑。而拜伦的生活和他的光辉,在俄国启发了普希金,所以拿破仑也间接地造就了普希金。拿破仑的使命,就是在于解放人民,以致影响了整个世界,因此,他的一生,也就是最崇高的诗篇。至于拜伦,密茨凯维支也非常崇拜,曾说拜伦的作品,实则出于拿破仑。英国同时代的作家,虽然受到拜伦天才的影响,但终于没有一个人可以同他相比,自从诗人逝世后,英国文学又回到以前的状态了。而在俄国,密茨凯维支与普希金最为亲近。他们两个人都是斯拉夫文学的领袖人物,也属于拜伦的流派。不过,由于年龄慢慢大了,他们都逐渐地倾向于本国的文化传统。所不同的是,普希金年轻时曾企图反对沙皇的势力,一举不成,便羽毛摧折,消沉失意了。以后他甚至感激皇上的恩德,愿意做个臣仆,抛弃了年轻时代的信仰。而密茨凯维支则始终保持着他的信仰,一直到死。当他们两人相见时,普希金写了《青铜骑士》一诗,而密茨凯维支则写了《彼得大帝的塑像》一诗,作为纪念。一八二九年时,两人曾经在彼得大帝的铜像下面躲雨,密茨凯维支因而写了一首诗,叙述他们两人的谈话,并且假托普希金的口吻,在诗的最后写道:"马的腿已经腾在空中了,而彼得大帝不把它拉回,他还牵着马嘴里的衔铁,快要摔下来,粉身碎骨了。但是经过一百年,那匹马到今天还未倒下来。它就好像山泉喷出水来,遇到寒冷,结成冰柱,挂在悬崖的边上一样。但是,当自由思想像朝阳一般升起来,和暖的风从西方吹过来,严寒冰冻的地方,就会因此苏醒过来,那么,喷泉将会怎样呢?暴政将会怎样呢?"其实,这就是密茨凯维支自己的话,不过假托普希金来表达罢了。波兰灭亡以后,他们两人就没有再相见了。普希金写了首诗怀念他。普希金受伤死后,密茨凯维支也深为悼念。他们两个人虽然很熟悉,而且都同出于拜伦,但是两个人各有特色:如在普希金后期的创作中,他自己常常说,他少年时代热爱自由的梦想,已经离开他了。又说,他的前面已看不到什么目标了。但是密茨凯维支却始终坚持着理想的目标,毫无疑惑,决不动摇。

斯洛伐斯基于一八〇九年生于克列梅涅茨(Krzemieniec)。小时候父亲就去世了,为后父所抚养。后来曾入维尔那大学读书,他的性格与思想很像拜伦。二十一岁时,他到了华沙,在财政部当文书。过了两年,忽然因事故离开祖国,不能再回来了。他先到伦敦,随后又到了巴黎。这时期,他写成诗歌一卷,是模仿拜伦的诗歌体裁的。这时密茨凯维支也来到巴黎,与他会面,但不久两人闹翻了。他的作品大多是悲惨、痛苦的声音。一八三五年,他离开巴黎,到东方漫游,经过希腊、埃及和叙利亚。一八三七年他回到意大利,路经埃尔·阿里须时,因瘟疫流行,道路阻隔,他耽搁了很长的时间,写了《沙漠中的瘟疫》一诗。诗中叙述有个阿拉伯人,说他亲眼看见四个儿子、三个女儿与他的妻子相继死于瘟疫,悲哀的情绪涌现在笔墨之间,使人想起古希腊尼沃勃(Niobe)的故事。波兰亡国的哀痛,隐约地在这诗里流露出来。但这种苦难的诗并不是唯一的作品,当时描写凶残悲惨的作品相继产生,不过斯洛伐斯基的诗篇更为突出罢了。在他的诗歌中,都可以看到他亲身经历过的十分痛苦的印象,或是他的所见所闻。他的最著名的诗篇以历史事实为依据,比如《疯魔的皇帝》(*Król Duch*)一诗,描写俄国沙皇伊凡四世,用剑把一个使臣的脚钉在地上这一段,就是根据古代典故写成的。

波兰诗人经常描写牢狱及流放中的刑罚情景,比如密茨凯维支所作的《先人祭》第三卷中,就几乎都是描绘他所经历过的事情。如果读了他的《乞霍夫斯基》(*Cichowski*)一章,或者《索勃列夫斯基》(*Sobolewski*)的一节,描写他看到满载二十架雪橇的青年,被流放到西伯利亚去的情景,读后而不感到愤慨的人,大概是很少的吧。同时,当我们读到上面所说的两人的诗歌时,又往往会听到那种复仇的声音,例如,在《先人祭》第三卷中,就有囚徒们的歌唱。其中一个名叫扬可夫斯基的囚徒说:"要我当信徒,一定要先让我见到耶稣和玛丽亚,先惩办那个蹂躏我国土地的沙皇才可以。如果沙皇还在,就无法命令我呼喊耶稣的名字!"另一个囚徒叫科拉可夫斯基的说:"假如我被流放的话,在牢狱中干苦活,能为沙皇做工,我又有什么可吝惜的呢?我在服役中,一定会拼命干,但是我要对自己说:'我愿这块黑铁,有一天打成一把给沙皇准备着的斧头。'如果我出狱了,我要娶一个鞑靼女人,对她说:'为沙皇生一个巴伦(即杀保罗一世的人)吧!如果把我迁到殖民地住的话,我要在那里当个头头,把我所有的田地,统统为皇上种上麻,把麻打成一根粗大的青黑色的绳子,再编上些银丝,好让奥洛夫(即杀彼得三世的人)拿着这根大绳子,把沙皇的脖子套起来!"最后,他唱了一支康拉德之歌:"我的神灵已经死了,歌声已沉入坟墓里了!但是我的灵魂已经嗅到血腥气,我要呐喊而起,就像血蝠(Vampire)去喝人血了!喝血,喝血,复仇,复仇!我要向我的刽子手们报仇了!老天爷如果赞成,我固然一定要报仇,即使不同意,我也要报复!"复仇之诗的精华,已经集中在这里了。如果神明不来为他伸张正义,那么他就自己去复仇了。

上面所谈到的复仇故事,都写得很隐晦,出于人们意料之外,它们的用意是:凡是受到自然和人间迫害的人们,都可以采用种种手段去拯救祖国,这就是神圣的法则。所以格拉席娜虽然背着她的丈夫,而去抗拒敌人,但这是大义凛然的行动,并不是什么错误。华伦洛德也是这样,为了抗拒外族的军队,虽然采用了欺诈的手段,也不能说是非法的。华伦洛德伪降敌人,消灭了日耳曼军队,使祖国重新获得了自由,而他自己也忏悔死了。这样写的用意就是:如果一个人想报仇,就应当寻找报仇的机会。所以虽然伪降敌人,也不能算是罪过。比如在《阿尔普哈拉》("Alpujarras")一诗中更可以看出这种用意。诗中的摩尔国王阿尔曼索,因为城中瘟疫正在流行,同时又不得已把格拉那达一地割给西班牙,于是他在夜里出城。这时西班牙人正聚在一起饮酒作乐,忽报有一个人来要求会见。来的是一个阿拉伯人,他一进来就喊道:"西班牙人呵!我愿意尊奉你们的神灵,信仰你们的先哲,做你们的奴仆!"大家一看,这人就是阿尔曼索。西班牙人中的老人便把他拥抱起来,行接吻礼,那些首领们都对他行了接吻礼。不料阿尔曼索忽然扑倒在地上,一把抓住他的头巾,兴高采烈地嚷着:"我已得了瘟疫啦!"原来他是忍着耻辱有此一行,瘟疫也就传染到西班牙军队中了。

斯洛伐斯基所写的诗,也时常谴责那些欺诈自己国家的奸人,但是对用诈术消灭敌人的人,他就十分赞美,比如《拉姆勃罗》("Lambro")、《可尔狄安》("Kordjan")等诗都是如此。《拉姆勃罗》一诗写的是希腊人的故事,这个人背叛了自己的宗教,当了强盗,目的是获得自由,可以向土耳其人报仇。这个人性格的凶残在世界上是绝无仅有的,只有在拜伦的东方诗中才能找到。可尔狄安这个人,就是谋杀沙皇尼古拉一世的波兰人。这两首诗的主题,都只是复仇而已。

上面这两位诗人,绝望的缘故,就认为凡是可以用来摧毁敌人的办法,都可以采用,比如格拉席娜的诈骗、华伦洛德的假投降,又如阿尔曼索的引进瘟疫、可尔狄安的谋刺,都是这样。但是克拉辛斯基的见解,却同这些相反。前面二人主张以武力反抗,而他则主张以爱感化。但是他们三人所写的诗也都是追念断绝了的祖先的恩泽,悲痛祖国的苦难。波兰人民为他们的诗所感动,因此才爆发了一八三〇年的起义。记忆的余波所及,一八六三年的革命,也因此而掀起了。就是到现在,他们的精神仍然存在,而波兰人民的苦难也没有终止呵!

九

当匈牙利还正在沉默屈服的时候,裴多菲(A. Petöfi)就站起来了。他是一个卖肉者的儿子,一八二三年生于吉斯科罗斯(Kiskörös)。那个区域是匈牙利的低洼地带,有着辽阔无际的"普兹他"(Puszta,译为草原),道路两旁有小客店的村落,各种风光景色,非常动人。匈牙利的"普兹他",正如俄罗斯的"斯捷帕"(Steppe,也译为草原)一样,容易产生诗人。他父亲虽是商人,但很有学问,懂拉丁文。裴多菲十岁时,到科尔多上学,后来又到阿斯佐特,学习语法三年。他有特殊天赋,热爱自由,立志当演员,而他的生性又擅长作诗。后来到舍尔美斯,读了三个月的高等学校,他的父亲听说他同演员交朋友,便不准他读书了。于是,他便步行到了布达佩斯,在一家国民剧场当杂工。后来他被一个亲戚找到了,留他在家里教养,他便开始写诗,赞美邻家一位姑娘,这时他才十六岁。但是他的亲戚说他不会有什么成就,只能演演戏,便由他去了。忽然裴多菲参军当兵去了。虽说他生性憎恶压迫而热爱自由，但在军队里也待了十八个月，后因疟疾才退伍回来。接着他上了巴巴大学，有时也演演戏，生活非常艰苦，只靠翻译一些英国、法国的小说来维持生活。一八四四年，他去拜访伏罗斯马尔蒂（M. Vörösmarty），伏氏为他出版诗集。从此以后，他便专心致力于文艺创作，不再当演员了。这是他一生的转折点，也因此突然有了名声，大家都把他看作匈牙利的大诗人。第二年春天，他所爱的女子死了，他便到北方去旅行散散心，直到秋天才回来。一八四七年，他到萨伦多，访问了诗人阿兰尼（J. Arany），当时阿兰尼刚刚完成了杰作《多尔蒂》（"Toldi"），裴多菲读了赞叹不止，两人就结成知心朋友了。

一八四八年开始，裴多菲的诗逐渐倾向于政治，因为革命风暴即将掀起，他也不自觉地受到了感召，正如野禽能预感到地震一样。这一年三月，奥地利人民革命运动传到布达佩斯，裴多菲大为振奋，写了《起来，马扎尔人！》（*Talpra Magyar*）一诗。第二天，他当着群众朗诵了这首诗，这诗的每段最后用迭句写道："我们发誓不再做奴隶了！"听众都一起应和着，大家把这诗拿到书报检查所那里，把检察官赶走了，自己动手印刷。等着印好，大家纷纷拿着诗走了。文字摆脱检查，实在是从这个时候开始的。裴多菲自己也曾说："我的琴一拨，我的笔一挥，决不为势利所驱使。在我的心灵中，有一个天神，他叫我歌唱，这天神不是别的，就是自由呵！"不过，裴多菲的诗，也常有偏激的地方，或者有违背群众的情况，他写过《致国王们》一诗，受到很多读者的指责。裴多菲在日记中说："从三月十五日以后几天，我忽然变成群众所厌恶的人了。我的花冠被夺去了，我独自在深谷里探寻，但是我庆幸自己没有屈服！"不久，国家形势逐渐紧迫，诗人知道战争和死亡已经临近，急于想投笔从戎，他自己说："上天不要我生活在孤寂之中，将要号召我奔向战场了。如今我已听到号角声在召唤我参加战斗,我的灵魂几乎要冲向前面,来不及等候命令了!"于是,他就投身到国民军(Honvéd)中,一八四九年转到贝姆将军的部下。贝姆,是波兰军人,就是一八三〇年战役中,竭力同俄国作战的人。当时柯苏特请贝姆来,要他当特兰斯瓦尼亚地区方面的统帅。他很喜欢裴多菲,如同家人父子一样。裴多菲曾三次离开那片地区,但不久就回来,好像有什么把他吸引着似的。那一年七月三十一日,在塞格斯伐尔的战役中,裴多菲在军队中牺牲了。裴多菲平日所说的"为爱情而歌唱,为祖国而战死"的话,到这一天真的实现了。

裴多菲年幼时,曾学习拜伦和雪莱的诗歌,他的创作大都鼓吹自由,豪放而富于激情,他的性格也与拜伦和雪莱相似。他曾说:"我的心灵呵,好像那发出回声的森林,感到一声呼啸,就会应和着一百种回响啊。"他又善于刻画自然风物,反映到诗里,成为世上绝妙之作;他自己也称为那是无边的大自然的野花。他写的长篇叙事诗《勇敢的约翰》(János Vitéz)取材于古代传说,描写了主人公约翰的悲哀和欢乐,离奇的事迹。他又写了一本小说《绞吏的绳子》(A Hóhér Kötele),写的是因恋爱纠纷而引起冤孽的故事。提尔阿沃终于陷害了安陀罗奇的儿子。安陀罗奇因失去儿子而悲痛绝望,他在儿子的坟墓上盖了一座房子住着。一天,他捉到了提尔尼沃,将要杀死他。安陀罗奇的随从者劝阻他说:"请问生与死的忧患,究竟哪一个大些?"他回答说:"生的忧患呵!"便把提尔尼沃放走了。后来,安陀罗奇诱迫提尔尼沃的孙子自缢,那条绳子就是以前勒住安陀罗奇儿子头颈的绳子。我们从这部小说开头引用耶和华的话看来,那用意大概是说,祖宗的罪恶,也可以在他的后代子孙身上得到惩罚。谁受损害,谁必复仇,而且还不妨加重些。

至于诗人裴多菲的一生也十分奇特。他流浪漫游，变化不定，没有一刻的宁静。虽说他曾有过安闲的日子，但是他的安静也不是真正的安静，不过像大海上旋涡中心的静点罢了。比如有一只孤舟，被旋风所卷走，必会有一刹那的时间，忽然一切都显得寂静了，好像风暴已停止了，波涛不动了；那碧蓝的海水颜色仿佛向人微笑。但是那旋涡更加急转了，孤舟重新被卷入，终于船破沉没了。诗人裴多菲一生暂时的安静状态，大概也像这样的吧。

上面所论述的几位诗人，他们的性格、言行和思想虽然因民族不同，社会环境很不一致，因此出现各种不同的情况，但是他们实际上都统一于一个流派：他们都具有刚健、不屈不挠的精神，怀抱着真诚的心胸，不去献媚讨好人群，不与世俗旧风同流合污。他们发出雄伟的歌声，促进他们祖国人民的新生，而使他们的国家在世界上强盛起来。

请问我们的中国，谁能与他们相媲美呢？中国，立足于亚洲，原是一个文明先进的国家，四邻国家没有一个能跟我们相比的。因此高视阔步，显得更加突出。到了今天，我们虽然衰落了，但还能与西欧国家并立，这是一件幸事。如果从前不是闭关自守，而能适应世界潮流，思想作为，日趋革新，那么今天屹立在世界上，同其他国家比较，决不会因不如人家而感到惭愧，自有庄严的光辉，不会有什么突然的变故，这都是可以推想得到的。所以只要研究一下中国所处的地位，思考一下我们的遭遇，就可以明白中国的优点和缺点，都不是微不足道。从优点方面来看，因为我们的文化不受外国的影响，所以具有自己独特的光彩，即使近代已经中途衰落了，在世界上也是罕见的。从缺点方面来看，则由于我们孤立，又自以为是，不同人家比较，终于堕落到只追求实际的利益,年代一久,精神衰亡,一旦遭受新的力量的冲击,就好像冰块一样,"哗啦"一声,立即解体,竟没有人站起来反抗。加上我们积习很深,往往用旧的眼光来观察一切,不论赞成或者反对,往往都是谬论。这就是为什么维新已叫喊了二十年,而新的声音仍然没有在中国产生的原因。正因为这样,所以精神界的战士更加可贵了。

英国在十八世纪时,社会虚伪成风,宗教腐败,文学也只是模仿陈旧的东西,一味粉饰,听不到真正内心的声音。这时哲学家洛克首先出来,竭力攻击政治和宗教方面的积习痼弊,提倡思想言论自由,从而为变革的来到,播下了种子。在文学方面,则有苏格兰农民诗人彭斯,以他的全部力量反抗社会,宣扬人人平等的声音;他不怕权威,不屈服于金钱势力,以他的热血,灌注在诗篇中。但是这种精神界的伟大人物,并不就是人类社会的骄子,总是流离颠沛,一生坎坷,最终夭折了。后来,拜伦和雪莱相续而起,转战反抗,就像上面已叙述过的那样。他们的力量犹如巨波大浪,猛烈冲击旧社会的基础。余波流向四处,流入俄国,就鼓舞了人民诗人普希金;流入波兰,则有复仇诗人密茨凯维支奋起;到了匈牙利,就唤起了爱国诗人裴多菲。属于这个流派的其他诗人,举不胜举,无法一一介绍了。而拜伦与雪莱,虽然得到魔鬼的名声,但是他们也是人呵。凡是他们一派的,其实也不必称为恶魔派,因为只要在这个世界上,就必然会有这样的人。他们都是听到那热烈真诚的声音而猛然觉悟起来的人们,都是同样怀抱着热烈真诚的心胸而互相了解的人物呵。所以他们的生平事迹,都很相似,大都拿起武器,洒出热血。正如角斗比剑的人,奔走在大众面前,使大家一面战栗,一面愉快地看着他们激烈搏斗。如果没有在群众面前流血牺牲的人,那么群众就要受祸害了。有了流血牺牲的人,而群众不重视他们,或者甚至扼杀他们,那么这样的群众,就会更加受害而不可救药了。

如今请在我们中国寻找一下,作为精神界战士的人到底在哪里呢?有谁曾喊出真正诚挚的声音,把我们带领到那美好而刚健的境界中去?有谁曾抒发出温馨和煦的声音,把我们从荒凉而寒冷之中拯救出来?我们的家园是这么荒芜,连像耶利米那样能唱出最后的哀歌,向世界申诉,流芳于后代的诗人也未曾有过。呵,不是我们从未产生过,就是有过,也被大众所扼杀了。这两种情况中只要有一种,或者兼而有之,那么中国就会因而萧条了。那些奔波劳碌的人们只是忙于生计问题,精神状态却一天比一天地趋向衰颓。新的思潮一经冲来,就无法支持下去了。现在大家都嚷着要"维新",这就是自己宣告历来是罪恶的呼声,也就仿佛在说:"让我们改悔吧!"不过,既然维新了,希望也就会随着开始了。而我们所要期待的,就是那些把新文化介绍过来的人们。只是十多年来,不断在介绍,但研究一下他们所携带回来的东西,除了制造糕点,以及管理牢狱的方法之类以外,实在没有其他货色了。这样,中国以后将要永远继续这样萧条下去了。而第二次维新的声音,必将再度发出来,这可以根据前一次情况推定而不必怀疑了。

俄国文学家柯罗连珂(V. Korolenko)写过《最后的光芒》一书,说到有一个老人在西伯利亚教孩子读书的故事,书中描写了樱花和黄莺,但是西伯利亚是那么寒冷,不会有那些东西。于是老人便解释说:"那些黄莺就是栖息在樱花枝上,放开歌喉,引吭唱出美丽悦耳的歌声的鸟儿啊!"那个少年便沉思冥想了。是呵,那少年置身在萧条之中,即使不能真的听到黄莺的美妙的啼声,却还能得到先觉者的解说。而那先觉的声音却又不来打破中国的萧条状态。既然如此,那么我们也就沉思罢了,也只有沉思罢了!

解说

中外诗歌多彩光辉的旅程
——读鲁迅《摩罗诗力说》随想

一

在我们祖国三千多年文学史大树上,很早就呈现出一派鲜明可喜的光景,枝壮叶茂,扶疏多姿,繁花似锦。在北方,以"国风"为代表的《诗经》,开始了五百年的花色多样的歌唱;在南国,以屈原为代表的《楚辞》,标志着浪漫主义新声的崛起。由于我们的诗歌艺术传统一开始就深深地植根于中华民族的沃土中,同时代社会,同人民的生活与斗争,同人民的梦想、追求、情操紧密地联系着,因此,无论在黄河、汉水流域,或在长江、湘水奔流着的辽阔的土地上所滋长出来的诗歌常青树,绵延不断,浸染着祖国泥土的气息,长期培育出累累的金色果子,散发出醉人的芳馨。

从公元前三世纪,我国第一个伟大的爱国主义、浪漫主义诗人屈原起,中经两千多年漫长变幻的岁月,到二十世纪初年,近代中国最杰出的爱国主义者和浪漫主义者的青年鲁迅,其间源远流长、百世相承,仿佛是一股不可阻挡的洪流,夺谷越野而来,直到大海,有着明显的发展规律可以探寻。而且,我们历代许多诗人和作家都在年纪轻轻的时候就开始放声歌唱,关怀祖国与人民的命运,显示了他们闪光的才华。

屈原的《橘颂》,是这位"博闻疆志,明于治乱,娴于辞令"而"哀民生之多艰"的诗人年青时的绝唱,是他的志气和抱负的抒情;而且,屈原首创了咏物诗,开辟了我国诗歌传统中浪漫主义-象征主义的艺术道路。屈原献给南国橘树的颂歌,就是抒写他自己的胸怀,对美好生活的憧憬,特别是对祖国乡土的爱恋之情的:"后皇嘉树,橘徕服兮。受命不迁,生南国兮。深固难徙,更壹志兮。绿叶素荣,纷其可喜兮。曾枝剡棘,圆果抟兮;青黄杂糅,文章烂兮。……"

西汉时,年轻卓越的作家和政治家贾谊,虽生逢史称"文景之治"的盛世,而一生郁郁不得志,横遭毁谤,终以壮龄在哀伤中夭亡。贾谊少年英特,才力超人,二十几岁就写出了《吊屈原赋》《鵩鸟赋》《过秦论》等名篇。他伤时忧国,叹息着"鸾凤伏窜兮,鸱枭翱翔";对劳动人民表示了同情,在《旱云赋》里为他们唱出了动人的哀歌:"垅亩枯槁而失泽兮,壤石相聚而为害。农夫垂拱而无事兮,释其耰鉏而下泣。悲疆畔之遭祸,痛皇天之靡惠。"

西晋年轻的诗人和文论家陆机,在公元二八〇年,他二十岁时,就献出了我国第一篇完整的文学批评专著——《文赋》,建立了他自己的美学理论体系。陆机"天才绮练,当时称绝",匠心独运,文采斐然。他指出艺术创造中想象和构思的重要,强调独创性,所谓"精骛八极,心游万仞","谢朝华于已披,启夕秀于未振"……

唐代是我国古典诗歌的黄金时代,是产生巨人的时代,天才辈出,繁星灿然,照亮了我国辽阔无垠的文艺天宇。那位"飘然思不群"的浪漫主义骁将李白,少年时在蜀中浪游山水,又勤修苦练,博览群书;二十岁左右,便写出像《登锦州散花楼》那样的好诗来,三十岁不到作《明堂赋》。倡导"文章合为时而著,歌诗合为事而作"的创作原则的白居易,十六岁时写的名句"野火烧不尽,春风吹又生",曾使同时代老一辈的诗人顾况惊叹不已,认为能写出这样好的诗句,住在长安并不难了。也是十六岁的李商隐的《圣论》《才论》一出,便使当代文士倾倒。他一生坎坷潦倒、怀才不遇,像飘荡不自持的流莺一样,但仍追求幸福,长吟着"若是晓珠明又定,一生长对水晶盘"这样的诗句。而不幸的苦吟诗人李贺,在二十六岁夭折前就已完成了作为屈原以后中国第三个浪漫主义大诗人的使命。在"灯青兰膏歇,落照飞蛾舞;古壁生凝尘,羁魂梦中语"这样的凄凉画景深处,出现了这位悲苦诗人的面影,而他竟能吟出"黄尘清水三山下,更变千年如走马,遥望齐州九点烟,一泓海水杯中泻"这样奇妙的诗句来。

在宋代,诗人也是辈出,进一步开拓了我国诗歌的华苑。浪漫主义大诗人苏轼,二十五岁中进士,在《进策》《思治论》等文中,表明了他对国家政治、经济生活以及革新弊政的关心,并且很早就显露出笔力纵横、挥洒自如,行云流水般的独特诗风。他的诗词和散文都饱和着充沛的激情、奇丽的想象和豪迈的力量。在"但愿人长久,千里共婵娟"的诗句里,寄托着他对于生活的渴望,友情和真善美的探求。

现在,让我们再打开外国文学史浩瀚的篇章吧。德国古典文学的创始者和大师歌德在二十四岁出版了《葛兹》,二十五岁写成《少年维特之烦恼》。同时代的另一位大师席勒,才二十二岁,就创作了《强盗》。年青的浪漫主义者歌德和席勒共同以这些作品为武器,投入反对封建、反对森严的等级制度和观念的"狂飙突进"运动的浪潮中,喊出了"In Tyrannos!"("打倒暴君!")[1]这样响亮勇敢的声音。

我们更熟悉的例子是拜伦和雪莱。前者才二十一岁,就发表了他第一部作品《英吉利歌手与苏格兰评论家》,以烈火似的讽刺,抗击了反动的浪漫派和英国统治集团。而后者也是二十一岁,就出版了《马布女王》——这部"十九世纪的梦幻"的长诗,标明了他是一个典型的革命浪漫主义的诗人。雪莱愤怒地揭露现实的黑暗,热烈地歌唱美好的未来,想象飞腾,激情横溢。这首诗在以后的工人阶级斗争中得到了回响。紧接着,拜伦二十四岁时,又刊印了使他一举成名的长篇叙事抒情诗《恰尔德·哈洛尔德游记》第一、第二两卷,在欧洲浪漫主义文学史上确立了地位,影响远播,流泽四方;"拜伦式的英雄"蛊惑着人心,从英伦三岛,向欧陆潜行。雪莱二十五岁时,又以长诗《伊斯兰的起义》的名作,为浪漫主义的诗艺擎起又一盏明灯,照耀着人们为民主和正义而斗争的旅程。

而从暗夜沉沉的俄罗斯国土上,腾起了普希金和莱蒙托夫的青春的歌声,为欧洲革命浪漫主义的宝库增添了一支又一支动人的乐曲。他们两人都在短促的岁月中,以年青的心血,培养出丰富多彩而饱含着时代精神的诗的花朵。从这里,使世人看见了他们的时代,他们的社会风貌,他们的爱憎和他们自己所受到的种种折磨。普希金写《自由颂》《致恰达耶夫》时,才十八九岁。莱蒙托夫是普希金最好的接班人,他写《恶魔》时才二十四岁。而这两大诗人最后都不幸地死在敌人的可耻的枪声中。

一生为匈牙利人民的自由和独立而战斗,而献出生命,流尽最后一滴血的裴多菲,他年青的生命仿佛一团猛火,在刀光剑影中闪出这样的诗句:

> 旗帜上写着:
> "自由"神圣的口号,
> 前进!

宁在战斗中死亡，
我们决不投降！
前进！[2]

一八四九年夏天，裴多菲死在沙皇军队哥萨克兵的刺刀下，心头仍然跳动着"我渴望流血的日子，它会将旧世界毁灭……"[3]的诗句，那时他才二十六岁。……

在人类悠长的文学史上，我们看到每个时代都有杰出、进步的诗人和作家出现，唱出了那个时代的心声，或以作品，或以理论，参加这样那样的社会斗争；或建立流派，或开拓一代文风；或以少量作品而博得久远芳泽，或以鸿篇巨制而成为一代宗匠。他们彼此之间又有影响可寻，继承与革新构成了起伏、回旋，后浪接前浪，汇成长长的波流。虽然民族、国家不同，社会情况不同，但是，在特定的历史条件下，仍能互相产生作用，仿佛春风吹过，使中国的牡丹和欧洲的郁金香都能一齐开放；又如秋风刮起，南天的凤凰木和北地的白桦树也都纷纷落下了叶子。

巨人是应运而生的，这"运"就是历史发展规律和生活斗争要求。时代往往选择那些最能反映它、代表它的巨人，或者"精神界之战士"，这就是韩愈所谓"择其善鸣者而假之鸣"。在这里，我们且听听近代中国最伟大的"精神界之战士"——鲁迅的呼唤，听听那个时代最雄健的"善鸣者"的声音吧。

二

一九〇七年,在日本东京,鲁迅以一个二十六岁的青年学生,用他对当时国内外形势锐敏的观察和理解,以充满着爱国主义的激情,以怀抱着"我以我血荐轩辕"的雄心壮志,写出了他第一篇异常出色的文艺研究论文,也是我国第一篇评介外国进步浪漫主义诗人的专著——《摩罗诗力说》。在这篇文章的最后,鲁迅这样说:

> 俄文人凯罗连珂(V. Korolenko)作《末光》一书,有记老人教童子读书于鲜卑者,曰,书中述樱花黄鸟,而鲜卑沍寒,不有此也。翁则解之曰,此鸟即止于樱木,引吭为好音者耳。少年乃沉思。然夫,少年处萧条之中,即不诚闻其好音,亦当得先觉之诠解,而先觉之声,乃又不来破中国之萧条也。然则吾人,其亦沉思而已夫,其亦惟沉思而已夫。

这段结语结得极好,可说是神来之笔,一往情深,感慨万端;真实而生动地刻画了二十世纪初年,一个中国热诚爱国的青年知识分子的"沉思"的面影。而且,更重要的是,在满腔愁绪之中,低眉沉思之时,鲁迅表达了对于"好音"和"先觉"的热烈的向往;对"中国之萧条"的怨恨。同时,他在探索着如何"破中国之萧条"的道路。我们读着鲁迅这篇洋洋洒洒三万多字的文章,读到这里,也不禁引起了无限"沉思"——"其亦沉思而已夫,其亦惟沉思而已夫!"

鲜卑即西伯利亚,当时还是一片荒蛮穷苦的地方,辽阔无边,风雪满地;好鸟不来,枝头寂寞。俄国沙皇政府经常把革命者,如十二月党人等放逐到那里,让他们备受折磨。俄罗斯著名的革命民主主义的作家和社会活动家凯罗连珂(现译柯罗连科)也曾几次被放逐到西伯利亚,在荒凉的小村镇、在列那河边度过艰苦的岁月。柯罗连科以大量的中短篇小说、文艺特写、四卷集的《我的同时代人的故事》,以及许多文艺评论,奠定了他作为一个卓越的现实主义作家的地位,走向托尔斯泰、契诃夫等俄罗斯伟大作家的行列。他追随着伯林斯基、车尔尼雪夫斯基等所引导的俄国革命民主主义的道路,而成为一个反对沙皇黑暗统治、反对资本主义世界的奴役、罪恶与虚伪的英勇战士。

一八九九至一九〇四年间,柯罗连科连续写了好些以西伯利亚为主题的作品,描绘了那儿的景色——莽莽的丛林、冰天雪地;刻画了受折磨的人们在艰苦地奋斗着的生活景况。在《末光》(现译《最后的光芒》)中,提到一家"十二月党人"的后代,年迈的老师在雪夜里教孩子读书的情景。书里说到"夜莺"和"樱桃树",孩子不知道什么是夜莺和樱桃树,老人解释给他听,说"夜莺栖在树上,唱得很好听"。柯罗连科在作于同年的另一篇作品《火光》中特别指出:"……生活依然在那阴沉的两岸之间奔流,可是火光还很遥远。于是还得再使劲划那双桨……可是究竟……究竟前面是——火光!……"这里表达了作家对美好生活的向往、对革命前途的信念,洋溢着充沛的乐观主义。

鲁迅很早就爱好柯罗连科的作品,他曾说"Korolenko 的小说,我觉得做得很好,……"这表明鲁迅接受过柯罗连科的一定的影响,他们是同时代的作家。鲁迅年青时代的中国和柯罗连科的俄国有许多相同的地方,而他们两人一开始都有着反抗旧社会和旧传统的精神,共同走着革命民主主义的道路。柯罗连科说:

>……生活依然在那阴沉的两岸之间奔流……可是究竟……究竟前面是——火光!

鲁迅对中国人民反帝反封建、推翻清王朝的斗争是有信心的,态度是坚决的。他特别强调先觉者的内心的呼声,重视心灵的光辉,那就是人民的思想首先要启蒙,要努力掌握先进的思想力量。他说:

>吾未绝大冀于方来,则思聆知者之心声而相观其内曜。内曜者,破黮暗者也;心声者,离伪诈者也。人群有是,乃如雷霆发于孟春,而百卉为之萌动,曙色东作,深夜逝矣。[4]

《摩罗诗力说》标记了鲁迅战斗的一生的开始,也是他战斗的文艺道路的真正开始。在那漫漫长夜中,鲁迅正进行着深沉的思索——但是,事实上,他并不只是停留在"其亦沉思而已夫,其亦惟沉思而已夫"的状态中。因为在《摩罗诗力说》之前,在作于一九〇三年的《斯巴达之魂》一文的"前记"中,鲁迅已有过这样热烈勇敢的呐喊:

>迄今读史,犹懔懔有生气也。我今掇其逸事,贻我青年。呜呼! 世有不甘自下于巾帼之男子乎,必掷笔而起者矣!

在作于一九〇八年的《破恶声论》中,鲁迅又指出:

>其言也,以充实而不可自已故也,以光曜之发于心故也,以波

涛之作于脑故也。是故其声出而天下昭苏,力或伟于天物,震人间世,使之瞿然。瞿然者,向上之权舆已。

后来,在他离开东京到仙台学医时,为了救治愚弱国民的病苦,曾经立下"促进了国人对于维新的信仰"的决心——打算走一条科学救国的道路。不久,在发觉此路不通后,才转向文艺。鲁迅认为改变"愚弱的国民"的"第一要著,是在改变他们的精神,而善于改变精神的是……要推文艺"[5],因此,鲁迅就一心一意去提倡文艺运动了。

那时,鲁迅"想提倡文艺运动"的具体表现之一,就是同几个朋友合办《新生》杂志。《新生》这一名称取自意大利文艺复兴初期伟大诗人但丁的自传体长篇抒情散文和诗的作品"La Vita Nuova"——而且,根据有关的资料,当时鲁迅还坚持用意大利文原名作为《新生》杂志的封面题字——这里散发着十三世纪意大利文艺复兴破晓时期的光热和芳芬。鲁迅为《新生》所选用的两幅插画也可表示他年青时的心情和向往。一幅是题名"希望"的油画——一个诗人,捧着竖琴,跪在地球边上弹奏,向无垠苍穹,迸发出热情的充满着希望的乐音,呼唤着睡梦中的人们觉醒起来。另一幅也是油画——一个被压迫的印度爱国志士,被绑在炮口上,凶残的英帝国主义正准备把他当作炮弹射出去。鲁迅借用这幅油画来表达他对世界上被压迫的民族和殖民地人民的深刻同情,对侵略者的无比愤怒,暗示着当时中国人民也正有着同样悲惨的命运,而号召中国人民觉醒起来,反抗一切外国侵略者。后来,《新生》杂志因故未能出世,但是鲁迅原为《新生》撰写的几篇政治与文艺论文却保存下来,在一九〇七年到一九〇八年之间,就都先后发表在《河南》杂志上了。

无论从鲁迅当时的思想倾向,从这几篇论文(特别是《摩罗诗力说》和《破恶声论》两文)的基本精神来看,或者从鲁迅在国外几年中所介绍、翻译外国文学的工作——比如,鲁迅早年热爱裴多菲的诗歌创作,甚至对尼采的著作很倾慕,等等,以及从鲁迅当时写的文章的风格和调子来看,他最初想提倡的文艺运动,不是别的运动,而就是爱国主义和浪漫主义的文艺运动。《摩罗诗力说》最集中地反映了鲁迅这时期的思想感情和文艺观点,以及他的美学倾向。《摩罗诗力说》就是这个文艺运动的宣言,或者可说是它的纲领。我们完全有理由把《摩罗诗力说》看成近代中国革命浪漫主义的文学纲领,虽然它主要的是介绍、评论西欧和东欧几位最有代表性的、影响最大的浪漫派诗人,但其中也十分可喜可贵地结合着鲁迅当时对自然界,对时代、社会,对他当时所理解的中国人民解放的道路、对人生和艺术的观点。我们可以毫无愧色地把《摩罗诗力说》列入世界浪漫主义的文献宝库中,与席勒的《论朴素的诗与感伤的诗》、华兹华斯的《〈抒情歌谣集〉序言》、雪莱的《诗辩》、赫兹里特的《诗歌泛论》、密茨凯维支的《论浪漫主义诗歌》、裴多菲的《〈诗歌全集〉序》、雨果的《〈克伦威尔〉序言》和《〈欧那尼〉序》、海涅的《论浪漫派》等等名著媲美,在人类进步的诗坛上熠熠生辉、永垂不朽!

我们再从一九〇三年、一九〇四年鲁迅所介绍、翻译的《月界旅行》《地底旅行》《北极探险记》和一九〇九年的《域外小说集》,以及为这些译品所撰写的序言来看,也可以知道鲁迅青年时代文学的基本倾向是浪漫主义的。他特别喜爱那些富有强烈的浪漫主义色彩的科学幻想作品,这决不是偶然的。鲁迅在《月界旅行》辨言中说:

> ……然人类者,有希望进步之生物也,故其一部分,略得光明,犹不知餍,发大希望,思斥吸力,胜空气,冷然神行,无有障碍。……凡事以理想为因,实行为果,既莳厥种,乃亦有秋。尔后殖民星球,旅行月界……据理以推,有固然也。

鲁迅在《域外小说集》的序言中也说:

> ……异域文术新宗,自此始入华土,使有士卓特,不为常俗所囿,必将犁然有当于心,按邦国时期,籀读其心声,以相度神思之所在。

从一九〇三年的《斯巴达之魂》《月界旅行》的翻译到一九〇七年的《摩罗诗力说》的撰作,其间鲁迅的思想、文艺倾向是一脉相承的。他工作的目的性也是极其明确的——鲁迅是在企图启发中国人民"自觉"的基础上,介绍移植近代外国浪漫主义的精神,浪漫主义运动及其光辉的成就。他的目的不是别的,就是为了追求中国的"精神界之战士"。这些"精神界之战士",例如,但丁、莎士比亚、弥尔顿、歌德、拜伦、雪莱、普希金、莱蒙托夫、密茨凯维支、裴多菲,以及一八一三年保卫祖国、抗击拿破仑的德国诗人和战士们——爱伦德和柯尔纳等人,"无不刚健不挠,抱诚守真;不取媚于群,以随顺旧俗;发为雄声,以起其国人之新生,而大其国于天下"[6]。

但是,当时的中国,"如脱春温而入于秋肃,勾萌绝朕,枯槁在前……"实在是"本根剥丧,神气旁皇,华国将自槁于子孙之攻伐,而举天下无违言,寂寞为政,天地闭矣。狂蛊中于人心,妄行者日昌炽,进毒操刀,若惟恐宗邦之不夙崩裂,而举天下无违言,寂寞为政,天地闭矣"[7]。在这样恶劣的形势下,在举目荒野之中,鲁迅感到无比愤慨,他看不见亮光,找不到他所理想的、所热烈向往着的"精神界之战士",他做着许多"寂寞的时光"中的梦,所以他在《摩罗诗力说》最后一篇中说:

> 今索诸中国,为精神界之战士者安在?有作至诚之声,致吾人于善美刚健者乎?有作温煦之声,援吾人出于荒寒者乎?

在这里,鲁迅向当时的祖国、向人民,特别向智识界提出了一连串的问题。这些问题或矛盾是客观存在的,是从现实生活中产生出来的。在当时中国具体的历史条件下、社会政治形势中,存在着种种矛盾,存在着复杂的思想战线上的斗争,亟待中国人民,特别等待先进的知识分子来解决。只有仔细深刻地研究了当时中国的历史条件和社会政治情况,才能了解这些问题,才能真实地体会《摩罗诗力说》的精神实质和时代意义,鲁迅早期的革命浪漫主义的整个内容。我们必须考察一下为什么鲁迅的文艺道路一开始是鼓吹浪漫主义诗歌,为什么要发扬十九世纪初年到中叶欧洲的浪漫主义——"恶魔派"诗歌的力量,大力鼓吹"摩罗"精神呢?我们必须结合当时中国的历史条件、那时社会的具体情况进行分析研究。那么,当时中国的具体情况到底是怎样的呢?

三

那是一个"风雨如磐暗故园"的时代。

那是中国最后一个封建专制主义王朝——清朝统治更加无耻、腐朽,处于全面崩溃的前夕。那时,国际帝国主义、垄断资本家和侵略者、海盗和刽子手们正打算扼杀古老中国的最后一丝命脉,同时也是中国资产阶级所领导的旧民主主义革命逐步走向高潮的时代。民族的、阶级的矛盾和斗争都达到了空前尖锐紧张的程度。

打开一八四〇年以后的中国近代史,我们看见了一系列血淋淋的事实,听见了遍野人民的哀号和前仆后继的志士仁人和反抗者们的呐喊声。自从一八四〇年鸦片战争以来,国际强盗们打开了古老中国的大门以后,中国一步深一步地坠入了半封建半殖民地的泥坑中。各帝国主义在军事、政治、经济、文化等方面,对中国进行了侵略和控制,紧扼着中国人民的咽喉。同时,黑暗卑劣的清朝统治者对外屈辱求和、奴颜婢膝,对内继续施行极其凶残的专制压迫,人民挣扎在死亡线上。这种形势和局面在清末爱国诗人黄遵宪的许多诗中得到了反映,比如,长诗《逐客篇》:"呜呼民何辜,值此国运剥!轩顼五千年,到今种极弱。鬼蜮实难测,魑魅乃不若。岂谓人非人,竟作异类虐。……"又如:"今年问周鼎,明年索赵璧;恫疑与虚喝,悉索无不力。荡荡王道平,如行入荆棘。……荷戈当一兵,吾亦从杀贼。"(《述怀再呈霭人樵野丈》)。这些诗句就是针对当时外国侵略者虎视眈眈,侵略中国,压迫中国人民的情况而直抒其愤慨的。黄遵宪无疑是在鲁迅之前,以他的充满着爱国主义激情的诗篇表达中国人民的悲愤和意志的杰出诗人。

一八九四年中日战争的失败,一八九八年维新变法运动的彻底破产,一九〇〇年义和团起义和八国联军的攻占北京,以及随之而来的国际帝国主义企图瓜分中国的彼此之间的斗争,清政府的一连串的割地赔款,辱国丧权的条约的签订——这一切加深了民族的危机,同时也激化了帝国主义和中华民族的矛盾、封建统治集团和人民大众之间的矛盾。正是这样,一系列重大的政治事件,种种丑恶可耻的现象,更进一步地暴露了帝国主义的强盗本质和清朝统治集团的腐败无能,暴露了国际垄断资本家、侵略者和清政府互相勾结、共同宰割中国人民的阴谋,从而提高了中国人民的觉悟,促使中国人民的革命精神空前地高扬起来。这正如鲁迅所指出的:

……十余年来,受侮既甚,人士因之渐渐出梦寐,知云何为国,云何为人,急公好义之心萌,独立自存之志固,言议波涌,为作日多。[7]

就在这样的基础之上,二十世纪初年,中国革命的新的高潮到来了。

中日战争的惨败,宣告了洋务运动那一套"富国强兵"的幻觉的破灭;戊戌政变的失败进一步打破了改良主义"维新"的迷梦;义和团的失败,更明显地指出了那种陈旧的、落后的农民革命实在无法挽救中国的危亡。于是,一部分先进的、爱国的知识分子接受了这些惨痛的经验教训,从血腥的教训中清醒起来,使他们逐渐地认识到"云何为国,云何为人";认识到要救中国,决不能再走君主立宪或各种改良主义的道路,必须依靠武装斗争,推翻清朝政府。这样,新的形势推动了资产阶级、小资产阶级知识分子的革命思想的发展,也促使了革命民主派和改良主义派之间的斗争逐步激化。一九〇五年,以孙中山为首的革命民主派在日本东京成立了近代中国资产阶级政党——同盟会,标志着革命民主派和改良主义派的决裂。同年十一月,同盟会在东京创办了机关报《民报》,作为宣传"驱逐鞑虏,建立民国"的革命思想的阵地。同时,为了扫除革命道路上的障碍,不能不跟那些君主立宪派、改良主义者展开了激烈的辩论。革命民主派认识到"当时为本党宣传革命之梗者,保皇党甚于清廷,非言论战胜保皇党之报,则宣传无由得力也"[8]。那时文化思想战线上的战斗是激烈的。鲁迅后来曾说过,《民报》上的文章"真是所向披靡,令人神往",使革命民主主义的思想得到了广泛的传播,教育了当时的中国爱国的知识分子,同盟会的影响和作用也随之越来越大了。孙中山后来指出:"不期年而加盟者已逾万人。……从此革命风潮一日千丈,其进步之速,有出人意表者矣。"[9]青年鲁迅深受孙中山先生和章太炎先生的思想影响,是坚决地站在革命民主派所领导的战线上的。

在另一方面,一九〇五年,在日俄战争之后爆发的俄国资产阶级民主革命,也促进了中国革命的发展。《民报》上经常发表关于俄国革命胜利的消息,刊登俄国革命的照片,鼓舞了中国知识分子,使他们进一步认识到非革命不足以救中国的道理。列宁曾经说过:"世界资本主义与一九〇五年的俄国运动彻底唤醒了亚洲。几万万被抑的、沉睡在中世纪停滞状态中的人民觉悟起来,要求新的生活,为争取人民初步权利、为争取民主而斗争。"[10]列宁的论断概括地说明了当时的东方民族,特别是中国人民当时的革命形势,并且为后来中国人民的斗争和胜利所证实。

正是在这样的历史条件下,当鲁迅在日本求学的时期,一方面他较早了解日本维新,接受了西方资产阶级先进的文化、革命民主主义的思想;受过达尔文、赫胥黎的"进化论"的深刻影响和多种自然科学的洗礼。这些也说明了鲁迅早年思想中唯物主义的因素不但明显,而且是十分重要的。另一方面,正如上面已提到过的,他受到孙中山、章太炎为代表的革命民主派很大的影响,为反清的革命浪潮所吸引,站在反对改良主义、反对自由主义和市侩主义的斗争的前哨。他"稽求既往,相度方来",明确地、大胆地提出他自己的主张:

……明哲之士,必洞达世界之大势,权衡校量,去其偏颇,得其神明,施之国中,翕合无间。外之既不后于世界之思潮,内之仍弗失固有之血脉,取今复古,别立新宗,人生意义,致之深邃,则国人之自觉至,个性张,沙聚之邦,由是转为人国。人国既建,乃始雄厉无前,屹然独见于天下,更何有于肤浅凡庸之事物哉?[11]

鲁迅一再强调"自觉"的必要性和重要性,宣扬思想觉悟和个性解放对于改造社会、拯救祖国的巨大意义。同时,鲁迅也着重指出必须认清世界潮流,把中国同外国进行比较研究,其目的也为了"自觉"。他说:

意者欲扬宗邦之真大,首在审己,亦必知人,比较既周,爰生自觉。自觉之声发,每响必中于人心,清晰昭明,不同凡响。[12]

四

  总之,早期鲁迅的思想集中地表达在《文化偏至论》《摩罗诗力说》和《破恶声论》三篇论文中,尤其是《摩罗诗力说》最为重要,反映了他早年思想和文艺观点最精彩的部分。年青的鲁迅是一个热情的爱国主义者、激进的革命民主主义者、启蒙主义者、进化论者、个性解放论者,同时也是一个杰出的浪漫派。他从当时中国的现状出发、当时的革命要求出发,在漫长的中国古老的文化历史中,特别在当时中国的文化思想界中,找不到一个符合于他的标准的"精神界之战士",使他感到"诗人绝迹,事若甚微,而萧条之感,辄以来袭"[13]的苦衷,于是他只好"别求新声于异邦"[14]了。这"新声"是什么呢? 就是"摩罗诗派",也就是十八世纪末、十九世纪初到十九世纪中叶西欧和东欧的革命浪漫主义及其代表诗人,正如鲁迅自己所说的:

  今则举一切诗人中,凡立意在反抗,指归在动作,而为世所不甚愉悦者悉入之,为传其言行思惟,流别影响,始宗主裴伦,终以摩迦(匈牙利)文士。凡是群人,外状至异,各禀自国之特色,发为光华;而要其大归,则趣于一:大都不为顺世和乐之音,动吭一呼,闻者兴起,争天拒俗,而精神复深感后世人心,绵延至于无已。[15]

在《摩罗诗力说》中,鲁迅主要介绍了拜伦、雪莱、普希金、莱蒙托夫、密茨凯维支、斯洛伐茨基、克拉辛斯基、裴多菲八位欧洲革命浪漫主义诗人。除此之外,文中还提到弥尔顿、歌德、彭斯、济慈、爱伦德、柯尔纳、果戈理等诗人、作家和思想家。在介绍评论这些诗人时,鲁迅除了简单扼要而又生动地描述他们的生平和代表作外,主要的在说明他们的反抗旧社会、旧制度、旧传统的作用和意义,热烈地歌颂了他们的"力如巨涛,直薄旧社会之柱石";"如狂涛如厉风,举一切伪饰陋习,悉为荡涤,瞻顾前后,素所不知;精神郁勃,莫可制抑,力战而毙,亦必自救其精神;不克厥敌,战则不止"[16]的革命精神,同时也分析研究他们各自的浪漫主义的特色。特别重要的是,通过这些诗人的评介,鲁迅把他们的言行和精神跟当时中国的现状作了鲜明的对照,号召中国有志之士向他们学习,起来为自由、为祖国的解放而斗争;推翻清朝统治,建立一个自由、富强、幸福的新国家。这完全是根据当时革命形势的要求,也是"遵命之作",听取了爱国主义、民主主义革命的将令。

此外,鲁迅在本篇还提出另一个重要的论点,这就是诗人的作用,诗人的使命——诗人是民族、是人民的代言人。而诗人的作用和使命又同革命的任务结合在一起,鲁迅指出:

> 盖诗人者,撄人心者也。凡人之心,无不有诗。如诗人作诗,诗不为诗人独有,凡一读其诗,心即会解者,即无不自有诗人之诗。无之何以能解?惟有而未能言,诗人为之语,则握拨一弹,心弦立应,其声澈于灵府,令有情皆举其首,如睹晓日,益为之美伟强力高尚发扬,而污浊之平和,以之将破。平和之破,人道蒸也[17]。

这是《摩罗诗力说》里十分重要的观点——这些观点可以跟雪莱的《诗辩》作些比较研究——体现了鲁迅的先进的美学思想。鲁迅早期的浪漫主义没有离开时代和社会,而是植根于当时中国现实的土壤中。更可贵的,他是在对中国古老腐朽的传统观念,比如说对儒家的"诗教"等的深刻批判中,对阻滞中国前进的那些旧教条、旧传统的斗争中,提出他的主张,喊出浪漫主义的新声的。

《摩罗诗力说》是鲁迅最早的投枪和匕首,是当时现实的矛盾和斗争,广大人民群众对于革命的要求和渴望在文艺思想和文艺理论上的反映,是中国近代进步的美学思想的结晶;也是诗和生活的颂歌,中国革命破晓时期刚健雄伟的号角。

五

为了进一步了解鲁迅这篇《摩罗诗力说》的内容和意义,为一般读者提供一些有关浪漫主义的思考资料,探索一下浪漫主义的基本精神及特色,我们感到有必要在这里总起来谈一下,当然也只能大体上涉及几个主要方面,并在适当的地方,引用一些鲁迅自己的话,以便参证。

欧洲浪漫主义运动和流派,一般说来,诞生于十八世纪末和十九世纪初,那是欧洲历史发展特定时期的产物,归根到底,仍是在现实土壤上产生出来的。欧洲浪漫主义,就其最主要的倾向、基本精神以及最有代表性的作家和作品内容来看,是一七八九年法国资产阶级大革命的产物,是启蒙主义运动的直接的继承和发展;它的旺盛时期是在拿破仑战争时期和"神圣同盟"最黑暗最反动的年代。

首先,在反对封建制度、反对君主专制统治的斗争中,爆发了浪漫主义最明亮的火焰。几个革命浪漫派最有代表性的诗人和战士(如拜伦和雪莱),从他们开始创作活动的初期起,就揭露和批判专制主义,各色暴君和刽子手,反对人对人的奴役,民族对民族的奴役;反对陈腐的传统观念,高举起"自由、平等、博爱"和人道主义的旗帜,要求个性解放,要求人的价值和人的才能的发挥。鲁迅在论拜伦时,指出:"迨有拜伦,乃超脱古范,直抒所信,其文章无不涵刚健抗拒破坏挑战之声。平和之人,能无惧乎?于是谓之撒但。"

其次,十九世纪最初的十几年中,在欧洲广大地区所展开的反对民族压迫和侵略的斗争,爱尔兰、奥地利、意大利、希腊、西班牙等地的民族解放运动大大促进了浪漫主义的发生和发展。革命浪漫派诗人总是痛恨民族压迫,反对掠夺战争,于是投身到国际民族解放运动的洪流中去。在这个伟大运动中,诗人们高声地扬起爱国主义的雄壮的歌,写下许多不朽壮丽的诗篇。一八一三年,普鲁士诗人爱伦德和柯尔纳是这样;一八四八年,匈牙利诗人裴多菲是这样;一生为反对沙皇血腥统治,为波兰的独立和自由而呕心沥血的密茨凯维支也是这样。革命浪漫主义是跟强烈的爱国主义精神紧密地结合在一起的。

鲁迅在本文中多次歌颂了爱国主义,给爱国主义的浪漫派以高度的评价。例如,鲁迅在谈到一八一三年普鲁士民族解放战争时说:"开纳之声,即全德人之声,开纳之血,亦即全德人之血耳。故推而论之,败拿坡仑者,不为国家,不为皇帝,不为兵刃,国民而已。"鲁迅在论密茨凯维支一段中,介绍了他的长篇叙事诗《塔杜施先生》之后指出:"正如密克威支所为诗,有今昔国人之声,寄于是焉。诸凡诗中之声,清澈弘厉,万感悉至,直至波阑一角之天,悉满歌声,虽至今日而影响于波阑人之心者,力犹无限。"匈牙利浪漫派诗人裴多菲是一个典型的爱国主义者。鲁迅说裴多菲"作《兴矣摩迦人》(*Tolpra Magyar*)一诗,……至解末迭句云,誓将不复为奴!……"

第三,法国大革命与拿破仑战争摧毁了封建社会的基石,解放了社会生产力,推动了工商业的迅速发展,巩固了资产阶级在经济、政治、文化等方面的统治。在资本主义生产关系形成,资产阶级建立其统治地位和社会秩序的同时,就暴露了资产阶级社会的种种不可克服的矛盾及黑暗现象。在产业革命浪潮的冲击下,大批农民破产,流入城市;在资本家、企业主的剥削下,工人生活日益贫困。最杰出的革命浪漫主义的诗人们都在各方面或多或少、或深或浅,或较明显、或较曲折地揭露了资产阶级的罪恶及其腐朽的本质,抗议统治阶级对于劳动人民的剥削和压迫。拜伦是这样,雪莱是这样,普希金和莱蒙托夫也是这样。华兹华斯、拜伦和雪莱,以及济慈等等都曾同情被压迫的人民群众,多方面地揭露英国贵族资产阶级的罪恶。在写于一九一八年的《致英格兰人之歌》里,雪莱以那么高昂的调子集中地、猛烈地控诉了英国统治者、地主和资本家们,号召人民起来跟他们作斗争。雪莱理直气壮地指出:

> 你们撒的种子,别人收成;
> 你们找到的财富,别人留存;
> 你们织的衣袍,别人穿戴;
> 你们铸的武器,别人拿过来。
>
> 播种吧,——但别让暴君搜刮;
> 寻找财富吧,——别让骗子起家;
> 纺织吧,——可别为懒人织棉衣;
> 铸造武器吧,——保护你们自己。[18]

第四,浪漫主义诗人也对于十八世纪启蒙主义者所提倡的"理性王国"哲学思想,对于他们所歌颂的"自由的乐土"感到失望、幻灭。但同时也继承并且发展了启蒙主义的反封建、反宗教、反假古典主义的精神。杰出的浪漫派诗人大致上都受到启蒙思想家,特别是卢梭的影响。比如说,卢梭在《社会契约论》中一开头就提出一个重要的论点——"人出生是自由的,而到处受压制",便成为后来浪漫派争取自由和平等的思想基础之一。假如没有卢梭的《论人类不平等的起源与基础》《新爱洛伊斯》《忏悔录》等著作,就很难想象后来欧洲浪漫主义运动的兴起和发展。卢梭可以说是浪漫主义的先觉者和急先锋。

另一个重要方面,几位伟大的启蒙思想家都反对宗教、反对教会及其愚昧主义。这一点对于后来的革命浪漫派诗人,也起了启发和推动的作用。在这里,可举济慈的一首十四行诗作为例子:

> 教堂的钟敲出郁闷的回响,
> 　　召唤人们再去做一次祷告,
> 　　再一次忍受阴沉,可怕的烦恼,
> 再去聆听那可恶的声音,牧师的宣讲。
> 诚然,人们的头脑被黑色的符咒
> 　　紧紧地禁锢住了,你瞧每一个人
> 　　都忍痛抛开炉边的欢乐,丽蒂亚的歌声,
> 光辉人士的畅谈,心灵的交流。
> 那钟声还在响着,我定会感到湿冷,
> 　　象从坟墓来的,一阵冷颤,幸亏我晓得

> 它们快要死去,仿佛一盏点残的灯火,
>   这是它们的叹息,正在哀鸣,
>   在归于死寂之前——鲜艳的花朵,
> 那许多不朽事物的光辉将要诞生![19]

这就是济慈对神权,"黑色的符咒"的批判,对宗教迷信毒害人们心灵的批判。在本文中,鲁迅多次谈到"摩罗诗人"反对教会的情况,均可参考。例如,鲁迅在论述雪莱时说:"尔时宗教,权悉归于冥顽之牧师,因以妨自由之崇信。修梨蹶起,著《无神论之要》一篇,略谓惟慈爱平等三,乃使世界为乐园之要素,若夫宗教,于此无功,无有可也。"

第五,浪漫主义在一开始,不论在法国、英国或德国,就分成两个对立的阵营——革命的(或积极的)浪漫主义与反动的(或消极的)浪漫主义。后者在法国以及在德国比其他欧洲各国都更加突出而具有较复杂的内容,这是一种贵族浪漫主义,紧接着十八世纪法国革命之后产生出来。这种浪漫主义反对法国革命,以及与之相联系的启蒙运动,反对启蒙哲学思想。那些贵族浪漫主义者,比如夏多布里昂,表现出悲观主义的思想感情和对现实的歪曲,逃避斗争,回望过去,在宗教迷信和中世纪阴森森的宫堡中,找寻他们的乐土。十九世纪初期,革命的浪漫主义与反动的、贵族的浪漫主义进行了激烈的斗争,并且在斗争中发展了进步的社会和文学的力量。在法国,有德·史达埃夫人、贝朗瑞、贡斯当、斯丹达尔等同夏多布里昂、拉马丁之间的斗争,以及后来雨果、戈蒂耶等同古典主义的斗争。在德国,有歌德、席勒同"耶拿派"反动浪漫主义之间的斗争。在英国,有拜伦、雪莱以及赫兹里特、李·亨特同"湖畔派",特别是同"桂冠诗人"骚赛之间的斗争。

在俄国,有以普希金为代表的革命浪漫主义同反动浪漫主义诗人茹科夫斯基等之间的斗争。从他们的主要倾向来看,这些文学流派的斗争,是政治斗争在文学上的反映,是代表人民群众的利益和违反人民群众的利益,民主力量与反动势力的斗争,是不同的美学思想上的斗争。

关于这方面,鲁迅在本文中没有详论,只提到骚赛对拜伦的攻击,拜伦"亦以恶声报之,谓之诗商"的情况;又说到济慈,"虽亦蒙摩罗诗人之名,而与裴伦别派"而已。

在这里,还必须指出,以上我们提到两种浪漫主义的区别,对立和斗争,是十分必要的。但是,我们还必须分析研究两者之间的联系,在阐明其特殊性之前,应先研究其共同性,不可把两种浪漫主义一刀切断,认为其间毫无共同之处,像以前许多有关的文章和文学史教科书中所做的那样。这不符合实际情况,缺乏辩证的观点。浪漫主义作为一个文学现象、一种美学倾向、一种创作精神,或者一种艺术方法,中外古今都是长期、普遍存在着的,它具有跟现实主义不同的特征。这属于美学、文艺理论研究的范畴。浪漫主义作为一个运动、一种思潮,或者流派,是一定历史时期的产物。这属于文学史研究的范畴。我们应该探索两种浪漫主义之间的联系,互相渗透的现象。关于浪漫主义的共同性,我试概括为下面的九点:一、主观性(Subjectivity);二、抒情性(Lyricism);三、想象力(Imagination);四、理想性(Idealism);五、敏感性(Sensibility);六、象征性(Symbolism);七、神奇性(Mysticism);八、自然美(Beauty of Nature);九、中古风(Medievalism)。这九点彼此之间有一定的联系。另外,除了第九点对于中国的浪漫主义文学不适合外,其余八点,我认为都可据以分析研究中外古今的任何浪漫主义的作品。

第六,浪漫主义作为一个文学流派,作为十九世纪初期欧洲主要的文学潮流,是异常复杂的,它的哲学思想基础,代表作家们的立场观点和思想倾向也是各种各样的。但是,有一点应该指出,革命浪漫主义者(比如雪莱)对宇宙、对客观世界的看法是唯物的,或者接近唯物的;而对于社会、历史的看法,就带有明显的唯心主义色彩。无论歌德或者雪莱,以及其他诗人,泛神论在他们的作品中都明显地表现出来,他们对自然的态度、对自然的描绘,往往从泛神论的观点出发。这种泛神论的倾向在反封建的斗争中、在要求个性解放的斗争中,起了一定的积极、进步的作用。

第七,革命浪漫主义有一个突出的极为重要的部分,这就是把强烈的反抗精神与强烈的个性解放的要求结合起来。这些诗人们向往自由,渴望摧毁旧社会的一切枷锁,努力冲破封建社会压抑个人发展、毁灭个性的种种束缚。也就是这些地方,浪漫派或多或少地都带有个人主义色彩。他们正是鲁迅所说的"自尊至者"(如拜伦),往往孤军奋斗,"争天抗俗",不少作品中流露了忧郁、失望、悲愤的思想感情,或者表现出一种所谓拜伦式的悲哀。在本文中,鲁迅对拜伦作品里所塑造的一些人物形象,作了极简明精当的描述,说他们"或以不平而厌世,远离人群,宁与天地为侪偶,如哈洛尔特;或厌世至极,乃希灭亡,如曼弗列特;或被人天之楚毒,至于刻骨,乃咸希破坏,以复仇雠,如康拉德与卢希飞勒;或弃斥德义,蔑视淫游,以嘲弄社会,聊快其意,如堂祥"。至于雪莱,情况好得多,因为雪莱思想中有空想社会主义的积极因素,他坚信未来是美好的,人类前途是光明的。

第八,革命浪漫主义者是有理想的。理想是构成革命浪漫主义的一个重要因素,这也就是鲁迅所谓"向曼远之将来,构辉煌之好梦"[20]。尽管他们的思想倾向和表现各有不同,但憎恨现实社会,追求一种自由、美好、幸福的生活,在作品中描绘未来的美景胜迹,这是多少相同的。正因为这样,他们的眼睛或多或少朝前看,不朝后看,这点决定了他们同消极浪漫主义者的分歧。鲁迅谈到西方许多诗人和作家"运其神思,创为理想之邦,或托之人所莫至之区,或迟之不可计年以后。自柏拉图(Platon)《邦国论》始,西方哲士,作此念者不知几何人"。

第九,浪漫主义,无论哪一种浪漫主义都强调主观抒情,强调激情和想象。无论在华兹华斯的《〈抒情歌谣集〉序言》,雪莱的《诗辩》,或在赫兹里特的《诗歌泛论》中,都重视激情和想象的作用,把激情和想象看作诗歌的生命。华兹华斯认为,"一切好诗都是强烈感情的自然流露"[21]。雪莱说:"一般说来,诗可以理解为想象的表现;自有人类便有诗。"[22]又说:"凡是构成一首诗的一切主要因素,为自由而广博的道德服务,目的是要在我的读者心中点燃起自由与正义原则的道德的热情,以及对善的信仰与希望,不论是暴力、污蔑、或偏见都不能把这些热情、信仰和希望从人类中完全灭绝的。"[23]雪莱同时代的散文家和评论家赫兹里特更进一步发挥了这种典型的浪漫主义的观点,他说:"诗是想象和激情的语言,它与任何使人的心灵感到快乐或痛苦的事物有关。"[24]赫兹里特又说:"诗歌是幻想和感情的白热化,在描写自然事物的时候,它赋予感官印象以幻想的形式,使它们与激情的最强烈的活动以及自然的最突出的表现融合起来。"[25]

鲁迅论拜伦时指出:"故其平生,如狂涛如厉风,举一切伪饰陋习,悉与荡涤,瞻顾前后,素所不知;精神郁勃,莫可制抑,力战而毙,亦必自救其精神;不克厥敌,战则不止。"在谈到雪莱时,鲁迅也说:"况修黎者,神思之人,求索而无止期,猛进而不退转。……若能真识其人,将见品性之卓,出于云间,热诚勃然,无可沮遏,自趁其神思而奔神思之乡,此其为乡,则爱有美之本体。"

第十,对大自然——山川风物,美景胜迹以及花鸟等的描绘和歌颂,是浪漫主义作品中十分重要的一个方面。正如我国古典和现代诗人一样,西方浪漫派诗人也往往通过刻画自然,反映自然界种种现象,来表达他们种种情思。好的风景诗也是情景交融,"情往似赠,兴来如答",思想境界与艺术魅力都是相当高强的。他们借对自然的歌唱,来抒写先进、革命的思想(如雪莱的《西风颂》),以及对生活的热爱,对青春和美的追求,等等(如济慈的《秋颂》);或者把自然的壮美同人间的苦难对立起来,揭露其间的矛盾,而在作品中抒写理想,对真善美的事物的追求(如济慈的《夜莺颂》);或者认为自然对人类是最好的教育,自然能医治人们心灵上的创伤,提高品德和情操。同时,努力把自己融化在山川美景之中(如华兹华斯的《汀登寺》)等。这里试举雪莱两首诗,作为说明。第一首诗是:

雄健的鹰

雄健的鹰啊!你高高地飞翔,
在雾气弥漫的山林之上,
　　冲入晨曦闪耀的亮光里,
仿佛一片光彩的云,向前奔跑,
而当夜色降临,你蔑视
　　那严阵以待的暴风雨的警报![26]

这首小诗作于一九一七年,赞美鹰的雄健,豪迈气概,敢于向黑夜和风暴挑战的精神;通过自然景物的描绘,表达诗人自己的革命情思。这首诗大概是献给十九世纪初年英国杰出的激进思想家和战士威廉·高德文(William Godwin)的。雪莱深受高德文的影响,从年少时起,就成为他的信徒。"雄健的鹰"(Mighty Eagle),就是对高德文的歌颂,也就是对当时革命民主派的歌颂。现在再看一下雪莱的第二首诗吧:

时　间

深不可测的海啊!岁月是你的巨浪,
　　时间的汪洋,你浸满深忧的水波
因人类眼泪的盐分变得咸涩不堪!
　　你无垠的洪流,潮汐涨落,
这中间紧扣着人生的界限;
　　已厌于捕食,但仍在呼啸无餍,
把沉舟碎片呕吐在荒凉的海岸;
　　平静时诡计多端,风暴中恐怖异常,
谁能启碇航行,
在你深不可测的海上?[27]

这首诗作于一八二一年,即诗人自己死于地中海风暴的前一年,当时雪莱侨居意大利,已饱经人生忧患、世间风云,但仍努力创作,抒发情怀,关心欧洲民族解放运动。其间,他写成《希腊》,痛悼济慈之死的名作《阿多尼》《诗辩》,以及其他优秀的抒情诗,如《哀歌》等。

雪莱这首诗富于象征意义,寓意深刻,愤慨无穷。题目是《时间》

("Time"),写的是人生,是历史;人的命运。他以对大海汪洋、风云变幻莫测的描述,来表达他的生活经历和感受,他的关于时代的思考——"谁能启碇航行,在你深不可测的海上?"总之,雪莱反映自然现象,描绘自然的诗篇是浪漫主义的精品。恩格斯在《论风景》一文中,对雪莱的"大自然画面中的亲挚感情,精巧和独创性"给以很高的评价[28]。

浪漫主义诗人对自然的态度,有关自然的描写,他们的自然观和美学思想,又同卢梭密切联系着。卢梭的号召——"返回自然",在这时期的浪漫派的作品中,引起了响亮的回响,得到了新的发展;许多精美的山水诗和花鸟诗随之产生。

鲁迅在本文里评论雪莱一生不幸的遭遇之后,深有感慨地说:"虽然,其独慰诗人者,则尚有天然在焉,人生不可知,社会不可恃,则对天物之不伪,遂寄之无限之温情。……其神思之澡雪,既至异于常人,则旷观天然,自感神闷,凡万汇之当其前,皆若有情而至可念也。"谈到密茨凯维支时,鲁迅说这位波兰大诗人的杰作《塔杜施先生》一书中,"描绘物色,为世所称"。鲁迅也称赞匈牙利爱国诗人裴多菲"善体物色,著之诗歌,妙绝人世,自称为无边自然之野花"。在这些方面,都可以看出鲁迅是很重视"摩罗诗人"们对于大自然的体察和描绘的,他的评介说明了自然和浪漫主义的密切关系。

根据以上对于浪漫主义几个方面一些基本情况的理解,我们可以说浪漫派诗人是以最活泼鲜明、最富于热情的语言来表达最感动他们的事物,用飞跃的形式来描绘飞跃的思想感情。"心懔懔以怀霜,志渺渺而临云","若游鱼衔钩,而出重渊之深,浮藻联翩,若翰鸟缨缴,而坠曾云之峻"。——陆机《文赋》中这几句话,可以用来说明浪漫派的一种作风;"文之思也,其神远矣。故寂然以凝虑,思接千载,悄焉动容,视通万里;吟咏之间,吐纳玉珠之声,眉睫之前,卷舒风云之色,其思理之致乎。"——刘勰《文心雕龙》里这几句话,也可用来概括浪漫派的一种特色。主观抒发,激情和想象是浪漫主义诗歌的核心。自然、人间、神话融为一体;声音、色彩、芳香形成一片。以现实为基础,以理想为引导,创造出一种令人迷恋的意境,一个奇特的诗的世界。在这意境、在这诗的世界中,包含着诗人对宇宙、社会人生的种种见解,或揭露或控诉、或讽刺或追击;或对群峰放歌,或向流水抒情;或以短歌作琴,或以长歌当哭;或向神话索取题材而赋以新的意义,或创造巨人以蔑视群小,顶天立地,向黑暗的社会斗争。或"有如一阵阵不断变化的风,掠过埃奥利亚的竖琴,吹动琴弦,奏出不断变化的曲调"[29];或如阿波罗的金箭射中了一切塔顶,在奥林帕斯峰巅为自由和光明的世界而歌唱。关于这些,我们可举拜伦的《海盗》《异教徒》《阿拜多斯的新娘》等六部"东方故事"诗,雪莱的《伊斯兰的起义》和《解放了的普罗米修斯》,密茨凯维支的《克里米亚十四行诗集》,莱蒙托夫的《恶魔》和《童僧》,等等为例,加以阐明,这里从略了。

普希金的《致西伯利亚的囚徒》里的预言深入辽阔而荒寒的西伯利亚,燃烧在十二月党人心上,他的歌声掠过波罗的海,掠过尼古拉宫堡,打开人们的心扉,迎接自由和欢乐的波涛。也正是这样,普希金的歌声代表了千万人的意志和希望:

在西伯利亚矿坑的深处,

希望你们坚持着高傲的忍耐的榜样;

你们的悲痛的工作和崇高的志向,

决不会就那样徒然消亡。

灾难的忠勇的姐妹——希望,
正在阴暗的地底潜藏;
它会唤起你们的勇气和欢乐,
期望的日子不久将会光降。

爱情和友谊会穿过阴暗的牢门,
来到你们的身旁,
正象我的自由的歌声,
会传进你们苦役的洞窟一样。

沉重的枷锁会被粉碎,
黑暗的牢狱也会倒塌,
自由会在门口欢欣地迎接你们,
弟兄们会把利剑交到你们手上。[30]

六

上面,我们把十八世纪末叶、十九世纪初期欧洲浪漫主义思潮及其流派产生的历史条件、时代背景、基本精神和特色。简要地总述了一下,企图说明欧洲资产阶级上升时期的浪漫主义,为什么会传入中国,在二十世纪初年为青年鲁迅所瞩目、所推崇,欣然接受;为什么那几位"摩罗诗人""复仇诗人""爱国诗人"、在"异族压迫之下的时代的诗人",是那么吸引着鲁迅年轻的心灵,正如后来鲁迅自己所说的:"他们的名,先前是怎样地使我激昂呵。"[31]

时间相差一百多年,中国与欧洲的历史发展情况,经济、政治、文化条件都不大相同,但是把十八世纪末、十九世纪初的浪漫派诗歌的花木移植到二十世纪初年的中国大地上,没有枯萎、凋零,相反地,它能活命,还能吸收我们国土上的光热和水分而成长起来,这是为什么呢?

世界文化的交流,互相影响,互相产生这样那样的作用,本来是早已产生过、长期存在着的现象。不过,随着人类社会发展,生产力的增长,交通和贸易的频繁开展,特别是由于新兴的资本主义力量的推动,国际文化交流更加广泛、更加深刻、更加兴旺起来。这里有着不以人们主观意志为转移的历史必然性。其间有文化交流发展的规律可循,有多种的因素可探讨,重要的是为时代和社会的条件所决定的。

长期停滞的中国封建社会,虽然朝代更换,阶级斗争和民族斗争也曾缓慢地促使中国社会与文化向前发展,有所进步,但没有根本动摇或摧毁封建的生产力和生产关系,也没有彻底破坏它的上层建筑。一八四〇年后,中国沦为半封建半殖民地社会,使中国历史发展到了一个新的阶段,开始旧民主主义革命时期。但是,封建势力极其顽固,它和帝国主义势力勾结起来,越发残暴地、越发广泛深入地统治着中国,真像两座高山,压在中国广大人民的头上。同时,一整套封建专制主义的意识形态,以及腐朽的旧学说等,严重地阻碍了个性发展,妨碍自由、平等和民主因素的增长。封建君主专制政体,反动统治阶级长期贯彻下来的愚民政策和蒙昧主义,仍然像毒气似的弥漫在中国的天宇中,窒息着人们的呼吸。鲁迅在《狂人日记》中,曾这样描述吃人的旧礼教、封建道德：

>……我翻开历史一查，这历史没有年代，歪歪斜斜的每页上都写着"仁义道德"几个字。我横竖睡不着，仔细看了半夜，才从字缝里看出字来，满本都写着两个字"吃人！"

这段话虽然写在一九一八年，但倒推至一九〇七年，这情况仍然一样。我们再翻看鲁迅收在一九二六年十月印行的杂文集《坟》里的几篇文章，如《春末闲谈》《灯下漫笔》《论睁了眼看》等，其中仍然展开着对封建传统思想、反动的文化专制主义等的猛烈批判。鲁迅严正地指出："所谓中国的文明者，其实不过是安排给阔人享用的人肉的筵宴"[32]，并提出了"扫荡这些食人者，掀掉这筵席，毁坏这厨房"[33]这样响亮的战斗口号。这都足以说明中国腐朽的封建旧传统、旧思想的流毒是何等深远而顽固！由此可见，欧洲早在文艺复兴时期已开始的，由一七八九年法国大革命、拿破仑统治和战争时期继续发展和加强的新兴资产阶级的人文主义和启蒙主义，"自由、平等、博爱"，"个性解放"等先进思想，直至鲁迅写《摩罗诗力说》等几篇文言文的论著时，还根本没有在中国土地上扎根，更谈不上开花结果了。同时，在欧洲，在一八三〇年法国七月革命后，再经过一八四八年欧洲各国的资产阶级革命，已基本上完成了反封建、反君主专制主义的斗争任务；社会主要矛盾已从封建主义和资本主义的矛盾，转移到资产阶级与无产阶级之间的矛盾了。而在中国，直至鲁迅写《摩罗诗力说》的年代，反封建、反君主专制主义的历史使命也根本没有完成。那时我们比欧洲大约落后了四百年。中国特定的历史条件决定了中国人民斗争的道路，不得不在十九世纪四十年代以来,担负起艰巨的、双重的历史任务——反对帝国主义和反对封建主义。正因为这样,在旧民主主义革命时期,在反帝反封建的历史要求下,欧洲革命浪漫主义就很自然地被介绍到中国来,参加了我们的战斗行列了。

鲁迅是第一个把欧洲浪漫主义运动和"摩罗诗人"介绍到中国,并且以这些诗人的反抗精神和战斗力量,以及他们的新艺术作为武器,参与当时政治、文化思想的斗争行列中去的爱国主义者和启蒙主义者。正如上文已谈到的,青年鲁迅所热心提倡、大力鼓吹的文艺运动,实质上就是浪漫主义运动。他的目的十分明确,这就是企图从那些"立意在反抗,指归在动作,而为世所不甚愉悦……"的诗人们,那些"无不刚健不挠,抱诚守真;不取媚于群,从随顺旧俗,发为雄声,以起其国人之新生,而大其国于天下"的诗人们,汲取其思想营养与精神力量,用以坚决批判中国长期聚结起来的封建黑暗势力,地主阶级的文化专制主义和蒙昧主义,半封建半殖民地社会的庸俗、腐朽现象。同时,也坚决批判洋务派、维新派以及君主立宪派所走的改良主义道路。鲁迅所坚持着的是另一条新路,他所热烈向往的是一批"精神界之战士"所呐喊着的新声。关于这些,鲁迅在《摩罗诗力说》一文里说得非常清楚,逻辑性与战斗性都很强,而且通篇洋溢着像"摩罗诗人"们那样的革命激情。鲁迅当时所强调提出的"掊物质而张灵明,任个人而排众数","尊个性而张精神","立意在反抗,指归在动作"等主张,是符合于先进的启蒙运动的要求,符合于中国人民反对封建制度、反对封建腐朽的意识形态的要求,符合于中华民族争取自由、民主、独立、解放的要求的。直到后来,在一九二五年的《杂忆》一文,以及一九二九年的《〈奔流〉编校后记》中,鲁迅还为他青年时为什么要介绍"摩罗宗"

诗人们,作过明确扼要的说明。

例如,关于拜伦,鲁迅说:

> 有人说 G.Byron 的诗多为青年所爱读,我觉得这话很有几分真。就自己而论,也还记得怎样读了他的诗而心神俱旺,尤其是看见他那花布裹头,去助希腊独立时候的肖象。……时当清的末年,在一部分中国青年的心中,革命思潮正盛,凡有叫喊复仇和反抗的,便容易惹起感应[34]。

关于密茨凯维支,鲁迅说:

> A. Mickiewicz(1798—1855)是波兰在异族压迫之下的时代的诗人,所鼓吹的是复仇,所希求的是解放,在二三十年前,是很足以招致中国青年的共鸣的。[35]

又比如关于裴多菲,鲁迅说:

> 因为他是我那时所敬仰的诗人。在满州政府之下的人,共鸣于反抗俄皇的英雄,也是自然的事。但他其实是一个爱国诗人,……只要那"斗志"能鼓动青年战士的心,就尽够了。[36]

在读了鲁迅自己关于拜伦等几位杰出的浪漫主义诗人的这些话后,《摩罗诗力说》一文深刻的意义和在晚清时,以及后来所起的作用——用鲁迅自己的话概括起来,这就是:"不过要传播被虐待者的苦痛的呼声和激发国人对于强权者的憎恶和愤怒而已。"[37]——就会很容易了解，不必多费笔墨了。

七

另外，鲁迅在本文以及在其他著作和译品介绍中，曾经一再提到尼采（据统计，《鲁迅全集》中有数十处提到尼采）。鲁迅从早年起就接受过尼采的影响，而且这影响相当深，从时间上说来，也不是短暂的。但是，长期以来，特别在新中国成立后三十年以来，我们学术界，鲁迅研究者都尽可能地回避这个问题，回避不了时，就说些不大符合实际情况的话。鲁迅和尼采的关系——思想上和艺术上的联系的研究，实际上已成了一个"禁区"。

在这里，我不打算较详细地来论述这个重要的很有意思的问题，因这不是这篇随想式的文章的重点，而只是简要地提出下面一些学习的体会。

鲁迅在日本留学时期，怀着改造国民性，寻求拯救祖国危亡的热切心情，用心研读西方科学、哲学和文艺等方面的书籍；探索西方文明，分析其利弊，在先进和落后方面的过程中，找到了"摩罗宗"，同时也发现了尼采。——从尼采的著作、思想倾向、热情和想象，他的文笔风格等方面来看，尼采也就是一个浪漫派。他的代表作《查拉图斯特拉如是说》是一部哲理、象征和诗的散文作品，一部近代西方浪漫主义的杰作。——而给以相当高的评价，比如，鲁迅认为尼采是"斯个人主义之至雄杰者矣"[38]；说他"深思遐瞩，见近世文明之伪与偏，又无望于今之人，不得已而念来叶者也"[39]，尼采是"新神思宗"（新理想主义）的代表人物之一,等等。到一九二〇年,鲁迅翻译了《查拉图斯特拉如是说》的"前记"部分,并写了《译后附记》,又说尼采的文章写得太好。直到一九二五年,在《再论雷峰塔的倒掉》一文中,又把尼采跟卢梭、托尔斯泰、易卜生并称,认为他们"是大呼猛进,将碍脚的旧轨道不论整条或碎片,一扫而空,……"的"轨道破坏者",并且号召"我们要革新的破坏者,因为他内心有理想的光"。[40]此外,我们还可引些其他现成的材料来说明鲁迅跟尼采精神上有所联系的地方。这样做,一点儿也不会贬低鲁迅,不会减弱伟大鲁迅的光辉。正如鲁迅自己早就指出的:"一切事物,虽说以独创为贵,但中国既然是在世界上的一国,则受点别国的影响,即自然难免,似乎倒也无须如此娇嫩,因而脸红。单就文艺而言,我们实在还知道得少。吸收得太少。"[41]而正是采取一种实事求是的态度,并且正好证明一个卓越的艺术家和思想家,他容纳、吸收、利用和改造前人的、当代的、外国的东西是十分广博而深厚的,也是十分复杂。这本来是极自然的事。重要的是在于研究一个艺术家和思想家为什么、怎么样,在哪些方面接受过另一个艺术家和思想家某些思想影响,而产生哪些结果,对他的时代和社会起了哪些作用。这就是一种科学的研究。

正如上述,青年鲁迅是在日本求学时期接触到拜伦、雪莱、普希金、裴多菲等诗人和"超人哲学"的倡导者尼采,并且介绍、论述了他们的"言行思惟"的。鲁迅认为,他们都是旧社会的叛逆者和反抗者,"革新的破坏者",都是先觉者,"新声"的传播者;他们"内心有理想的光"。拜伦等是"自尊至者,不平恒继之,忿世嫉俗,发为巨震,与对跖之徒争衡";"所遇常抗,所向必动,贵力而尚强,尊己而好战,其战复不如野兽,为独立自由人道故也"。至于尼采,鲁迅说他是"深思远瞻,见近世文明之伪与偏"的"个人主义之至雄杰者";又说他的"超人之说,尝震惊欧洲之思想界也"[42],等等。

鲁迅之所以介绍评论"摩罗诗派"和尼采,就是把这些人的精神力量作为一种新式的武器,杀向中国几千年的旧制度和旧文化,批判吃人的礼教,一切阻碍中国人民获得自由幸福的生活的黑暗势力;大声疾呼个性解放,"国人之自觉",唤醒睡梦中的大众起来,参加反帝反封建的伟大斗争。在当时历史条件下,鲁迅从那些有着"理想的光"的西方诗人、作家和思想家们那里得到启发、得到鼓舞,而明确地指出:"诚若为今立计,所当稽求既往,相度方来,掊物质而张灵明,任个人而排众数。人既发扬踔厉矣,则邦国亦从兴起。"[43]掀起一个广泛的思想解放运动,在当时是很紧要的,是民主革命的要求。这种观点在那时无疑是积极的,超过清末先进知识分子的认识水平。

当然,鲁迅在二十世纪初年并没有对尼采的哲学思想体系、他的一生的著作,结合着尼采所处的时代背景,进行过全面的、仔细的分析研究,但他的确掌握了尼采思想中符合于他自己的目的和要求的部分,加以利用、加以发挥,使之成为反封建、反清救国的斗争中的积极因素。这是完全可以理解,而且应该加以肯定的。读鲁迅的《文化偏至论》《摩罗诗力说》《破恶声论》,以及后来的《春末闲谈》《灯下漫笔》《论雷峰塔的倒掉》《再论雷峰塔的倒掉》等文章,以及奠定中国现代文学的基石的第一篇白话小说《狂人日记》等著作中,我们都可以找到尼采的影子。在鲁迅的一些杂文中,特别是在《野草》中,尼采的代表作《查拉图斯特拉如是说》的影响都是存在着的。尼采式的思路,象征主义、抒情方式和语言风格,等等,在鲁迅的一部分著作中(尤其是在《野草》里),都可以得到一些印证。

"半亩方塘一鉴开,天光云影共徘徊。"一个思想家和文学家接受、消融、利用和改造了别人的思想与艺术,在世界文学史上不胜枚举。法国启蒙思想家和文学家都曾继承并发展了文艺复兴时期大师们的人文主义思想。《红与黑》的作者斯丹达尔跟法国十八世纪的启蒙思想的联系,是显而易见的。从浪漫主义诗歌方面来说,我国古典诗人,如李白和李贺等都从"轩翥诗人之后,奋飞辞家之前"的屈原的作品中,汲取有益的营养,继承了"骚体"的传统。杜牧曾指出李贺是"骚之苗裔"。雪莱的世界观中存在着古代希腊哲学家柏拉图的客观唯心论和先验论哲学的十分明显的痕迹。济慈向英国伊丽莎白时代的诗人们学习到了不少东西,因而创作了许多富于独创性的动人的诗篇。

尼采的思想体系的核心是"超人"哲学和"唯意志论"。它是十九世纪后期西方资本主义向帝国主义的过渡时期的产物,是为垄断资产阶级和暴力专制政治服务的。尼采崇拜强权,憎恶群众,并反对、抵制无产阶级革命运动。同时,尼采也对资本主义社会进行了深刻的批判,揭露过它的庸俗、腐朽、颓败等现象,也清算过教会的罪恶等。尼采的哲学思想在十九世纪末到二十世纪产生了很大的影响,对政治、哲学、文学艺术等领域都起过作用,对西方现代派文学的影响尤为明显。尼采被西方学者推崇为"近代三大哲学家"(康德、黑格尔和尼采)之一。我们应该对尼采的哲学思想、他的美学观点及其对世界的影响,进行分析批判,达到合于实际情况的认识。

而鲁迅,是中国新文化的主将和旗帜,是伟大革命家、思想家和文学家,他一生的心血和战斗都是为了中国人民的革命事业。他"博采众家,取其所长"[41],从一个激进的革命民主主义者、进化论者、个性论者,通过从《天演论》到马克思主义文艺理论等的学习,思考和研究、继承和批判(其中包括他后来对尼采的分析批判),特别是通过社会实践斗争,逐步地走上了无产阶级革命的道路,而成为伟大的共产主义战士。在美学观点和文学创作方面,鲁迅从最初的革命浪漫主义逐步走向革命现实主义,终于成为我国现代革命现实主义最伟大的作家。但在同时,直到晚年,鲁迅的作品也仍然散发着浪漫主义的芳馨。

八

鲁迅不但是我国最早较集中地介绍、宣扬西方浪漫主义诗歌的作家,而且是中国现代最早的卓越的比较文学家(Comparatist,或Comparativist)。

什么是比较文学?"比较文学"这一名词当然来自国外。英文叫作 Comparative Literature,法文是 La Littérature Comparée,德文称为 Die Vergleichende Literaturwissenschaft,意大利文叫 La Letterature Comparata,俄文是 Сравнительная литерагура。比较文学是一门科学,是文学研究中一个新的领域。顾名思义,它研究国家与国家、民族与民族之间的文学,重点是探讨其互相的关系、互相的影响。它超越了国境,把人类的文学现象、作家和作品,作为一个整体,来进行分析研究,探寻其中的发展规律、共同性和特殊性,等等。比按文学研究的范围是十分广泛的。由于研究对象和方法的不同,各国比较文学家的立场观点,以及出发点和重点的不同,因此,可以说,比较文学研究是五花八门、纷呈庞杂的。有的注重主题、题材、体裁和艺术风格的比较研究;有的注重各国诗学和一般文艺理论的比较研究;有的注重文学跟其他知识和学科,如艺术(绘画、音乐、雕刻、建筑等)、哲学、历史,以及政治、经济、社会学等项的关系的比较研究；有的注重翻译艺术的研究,世界文学名著以及国别之间作品的翻译问题的研究,等等。所以,大家一致承认的比较文学的定义是不容易找到的,它的研究范围也很难明确划定。不过,不管怎样,国别之间的文学的互相影响、作家之间的互相影响,始终是比较文学研究中一个十分重要的内容。

在中国,本世纪三十年代已介绍过比较文学,当时曾出版过两三本有关的书。可惜后来我们没有继续努力介绍、翻译国外这方面的专著,如比较文学史以及有关的资料,从而把这门新的学问在我国建立起来,虽然我们学术界、文艺界有不少前辈早已注意到它,并且写过不少篇文章,做出可喜的贡献。在国外,比较文学研究的历史已不短了,它不是从十九世纪末叶或二十世纪初期才开始的,早在十八世纪几位启蒙思想家,如孟德斯鸠和伏尔泰等,已开始了属于比较文学领域中的工作,不过他们研究的对象和方法,对比较文学研究的理解跟现代比较文学家所从事的研究工作还是有所区别的。

歌德是最早提到"世界文学"(Weltliteratur)的人[45]。后来马克思、恩格斯在《共产党宣言》中也谈到"世界文学",认为这是资本主义发展的必然的产物,指出:"过去那种地方的和民族的自给自足和闭关自守状态,被各民族的各方面的互相往来和各方面的互相依赖所代替了。物质的生产是如此,精神的生产也如此。各民族的精神产品成了公共的财产。……"世界文学的研究同比较文学的研究,从对象和方法方面说来,是有所不同的,不过都是随着资本主义的发展而发展起来的。

现代比较文学研究的范围十分广阔,牵涉的问题很多,工作复杂而细致,贡献也越来越大了。几十年来,在欧美以及日本,比较文学研究迅速发展,已成为一门很活跃的科学,吸引着许多人去探索,去进行各种研究,出版了大量有关的书刊。不过,跟其他学科比较起来,它仍然是一门年轻的学科。就我国来说,比较文学研究长期落后,急待赶上。不过,我们已有很好的基础,完全有条件努力以赴,运用马克思列宁主义的立场、观点和方法,使比较文学研究在我国兴旺起来,开花结果。还有一点,就是最近三十年来,各国比较文学家越来越注重对中国文学的研究、东西方文学的比较研究。更多更好的中国古典和现代作品的译本的不断出版,使人们更加认识到中国文学遗产的丰富多彩,增加了研究的兴趣和信心。我们祖国的文学已为国外比较文学家们打开了探寻珍宝的大门,也因此加重了我们自己的责任。

鲁迅是现代中国最早、贡献最大的杰出的比较文学家。从一九〇三年,鲁迅写《斯巴达之魂》开始,直到一九三六年,他逝世前不久译完果戈理的《死灵魂》为止,鲁迅辛勤的一生中,在介绍、评论、翻译和编选外国文学方面所做出的成绩是多么巨大而辉煌!在鲁迅这些方面的著译中,有许多论述都属于比较文学研究的领域;他眼光深远、见解独到,我们应该好好学习。我国现代的比较文学研究,应该说是从青年鲁迅的《摩罗诗力说》开始。一九〇七年,可以说是我国比较文学研究起步的一年。

《摩罗诗力说》一文的历史意义和现实作用上文已粗浅地谈过了。在这里,再就以下三个方面,试谈一下这篇著作在比较文学研究方面的贡献。

一、关于"国情"和"文事"的比较研究

鲁迅在本文中先从世界几个"文明古国"及其后来文化衰败的情况和原因说起,对那种"勾萌绝朕,枯槁在前","群生辍响,荣华收光"的"萧条"状态,深表感慨,而提出民族的"心声"(即诗歌创作)的重要性,并举意大利伟大民族诗人但丁所起的作用,俄国杰出作家果戈理的"以不可见之泪痕悲色,振其邦人"的贡献,作为例证。接着,鲁迅就把外国这些"文事"跟世界文明古国之一的中国当时的状况作了比较,而对"退让畏葸""末世之浇漓"的"国情"进行了批判;最后得出"诗人绝迹,事若甚微,而萧条之感,辄以袭来"这个结论,而明确地指出:

> 意者欲扬宗邦之真大,首在审己,亦必知人,比较现周,爰生自觉。自觉之声发,每响必中于人心,清晰昭明,不同凡响。……故曰国民精神之发扬,与世界识见之广博有所属。

鲁迅这些话非常重要而精辟。不但阐明了本文的主要精神和现实意义,指出"自觉"的强大作用,同时批判了当时统治阶级所推行的愚民政策和闭关自守,封建文化专制主义和蒙昧主义,而且提出一个在当时十分进步的,甚至可说,对于我们今天仍然有着深刻意义的观点——"国民精神之发扬,与世界识见之广博有所属"。

就从这样的时代要求、思想基础和认识水平出发,鲁迅开始论述"摩罗诗派"。在介绍、评论这些"摩罗宗"的诗人们的过程中,鲁迅一再大力歌颂他们的战斗意志、反抗力量、复仇观念和爱国主义精神;他们的反传统、反偶像、反旧俗、反虚伪等等的"为作思惟",同时把这些跟中国封建社会、封建主义的礼教和诗教(即鲁迅所提到的"三百之旨,无邪所蔽"),种种清规戒律,"良儒不可为","中国之治,理想在不撄"等方面,作了鲜明强烈的比较对照。鲁迅甚至在歌颂了屈原的伟大,"放言无惮,为前人所不敢言"的精神之后,就指出屈原作品中的弱点:"然中亦多芳菲凄恻之音,而反抗挑战,则终其篇未能见";接着又得出另一个结论——"故伟美之声,不震吾人之耳鼓者,亦不始于今日",所以不得不"别求新声于异邦"了。

二、关于文学的任务和作用的比较研究

在《摩罗诗力说》第三篇中,鲁迅在介绍英国作家爱德华·道登(Edward Dowden)的一个文学观点——道登这个观点,用我们自己的话来说,就是文学作品具有"潜移默化"的作用后,认为文学对于人生,所起的作用决不会下于衣食、房屋、宗教以及道德。鲁迅着重地论述了文学的任务和作用,并提出了文学创作的社会意义问题。鲁迅指出:

> 约翰穆黎曰,近世文明,无不以科学为术,合理为神,功利为鹄。大势如是,而文章之用益神。所以者何? 以能涵养吾人之神思耳。涵养人之神思,即文章之职与用也。

这里所谓"神思",就是理想。鲁迅认为文学作品能培育人们的理想,使读者的心灵上闪耀出理想的亮光。而西方近代文明,根据鲁迅当时的认识,"诸凡事物,无不质化,灵明日以亏蚀,旨趣流于平庸,人惟客观之物质世界是趋,而主观之内面精神,乃舍置不之一省"[46],他感到这就是"十九世纪文明一面之通弊"[47]。于是他便大声疾呼须有"灵明""主观之内面精神",以纠正那种"物质世界"的偏颇。我们知道,近代西方,随着资本主义的迅速发展,工业发达,科学技术突飞猛进,所谓"物质文明"的力量越来越强大,功利观念也随之越来越浸入人心,这就是近代文明的"大势"。在这样的社会里,物欲横流,贫富悬殊,人民日苦;黄魔为虐,一切归结为金钱关系。同时,资本主义的恶性发展,压制了个性,毁灭了"灵明",使人们逐渐丧失了人生的意义,而终于陷入了鲁迅所指出的"严冬永留,春气不至,生其躯壳,死其精魂,其人虽生,而人生之道失"[48]的悲惨境地。

针对这种情况,在比较研究了西方近世文明,以及中国封建文化,"得其通弊,察其黱暗"之后,鲁迅认为文学首先的任务和作用就是"涵养吾人之神思"。世界上优秀、伟大的诗人和作家在作品里抒写了他们的"神思",能赋予读者以追求美好生活和理想世界的力量,使之有"自觉勇猛发扬精进"的精神,而"以获新生为其希望"。

接着,鲁迅又谈到文学还有一种特殊的作用,这就是:

> 世界大文,无不能启人生之閟机,而直语其事实法则,为科学所不能言者。所谓閟机,即人生之诚理是已。

这里所谓"閟机",即奥秘;所谓"诚理",即真理。"人生之閟机",依照鲁迅的理解,也就是"人生之诚理","而人生诚理,直笼其辞句中,使闻其声音,灵府朗然,与人生即会"[49]。用我们今天的话来说,文学就是揭露生活中蕴藏着的奥妙细致的东西,反映生活的真实,显示其规律。文学是通过语言艺术(辞句和声律)打动读者的心灵,提高思想境界,而直接跟生活本身联系着。所以,我们读了古代希腊《荷马史诗》以来的世界伟大作品,不但接近了诗歌,而且深入现实生活,可以清清楚楚地看到生活中所存在着的优点和缺陷,从而奋发努力以达到理想中的美满境界。从这些观点出发,鲁迅肯定了文学的教育意义,并且认为文学作品具有教育意义,才可有益于人生。

鲁迅这些见解在当时是十分先进的,表达了民主革命思想和唯物主义的文艺观;在批判中国古老的封建主义文艺观和道德观,反对封建专制主义上,是有积极作用的。比如,鲁迅指出:"中国之诗,舜云言志;而后贤立说,乃云持人性情,三百之旨,无邪所蔽。夫既言志矣,何持之云?强以无邪,即非人志?许自繇于鞭策羁縻之下,殆此事乎?"[50]长期以来,中国封建社会中的文学艺术——诗歌创作就受到这种顽固腐朽的观点,儒家的"文以载道"论的极大的损害,所以甚至连"心应虫鸟,情感林泉,发为韵语,亦多拘于无形之圄圉,不能舒两间之真美"[51]。或者偶然谈到情爱之事,便遭到道学家们的攻击。

在西方,长期以来,也流行着这种强迫文学为旧道德、旧社会秩序服务的为基督教宣扬的观点。直到文艺复兴时期,特别是"世界动于法国革命之风潮,……往之梦意,一晓而苏"[52]之后,文学的任务和作用,才开始起了变化。浪漫主义运动勃兴,以拜伦为首的"摩罗宗",才以"挑战之声",冲决旧日封建世界的牢笼;于是,浪漫派的文艺观荡漾于欧洲大陆。欧洲诗苑灌溉了新的血液,才萌发出灿烂夺目的花枝——"超脱古范,直抒所信"。但顽固的旧势力仍在,封建贵族和教会人士为了维护其阶级利益便群起攻击革命浪漫派,谩骂他们是"撒旦",正如我们中国卫道之士所谓的"离经叛道"。这就可说明为什么拜伦的富于反宗法制度、反宗教思想倾向的杰作《该隐》一问世,便遭到多方的诟骂围攻;雪莱的诗篇也受"伪俗弊习之夭阏","此十九稘上叶精神界之战士,所为多抱正义而骈殒者也"[53]。

三、关于拜伦的影响的比较研究

关于"摩罗诗派"的"宗主"拜伦的介绍和评论是《摩罗诗力说》一文的重点。从篇幅上来说也最多,就是在论述其他诗人的章节中,也随处提到拜伦。欧洲浪漫主义诗人中,拜伦对中国当时的知识分子的影响也最大。《哀希腊》一诗经晚清苏曼殊等人移译介绍到中国后,曾深入人心,激发了人们的爱国热情——鲁迅较详尽确切地论述了拜伦的思想和作品对于当时欧洲大陆、欧洲文学,对同时代或后起的许多浪漫主义诗人的深刻影响。他也谈到拜伦同歌德、司各特、彭斯以及意大利爱国志士马志尼和加富尔等人的关系。鲁迅热情地颂扬了"摩罗宗"的"最雄杰伟美"的声音,特别是拜伦的威力。他说:

> 若问其力奈何?则意大利希腊二国,已如上述,可毋赘言。此他西班牙德意志诸邦,亦悉蒙其影响。次复入斯拉夫族而新其精神;流泽之长,莫可阐述。至其本国,则犹有修黎(Percy Byssey Shelley)一人。

在论及普希金的代表作《叶甫盖尼·奥涅金》时,鲁迅说:

> 厥初二章,尚受拜伦之感化,则其英雄阿内庚为性,力抗社会,断望人间,有裴伦式英雄之概,特已不凭神思,渐近真然,与尔时其国青年之性质肖矣。

接着,鲁迅又指出普希金的性格和思想,跟拜伦的不同之处,并分析其原因。他说:

> 曩之信崇,盖出一时之激越,迨风涛大定,自即弃置而返其初;或谓国民性之不同,当为是事之枢纽。西欧思想,绝异于俄,其去裴伦,实由天性,天性不合,则裴伦之长存自难矣。

在谈到密茨凯维支时,鲁迅说,密茨凯维支对于拜伦,"亦极崇仰";又把密茨凯维支跟普希金作比较,而指出:"顾二人虽甚稔,又同本裴伦,而亦有特异者",原因是波兰和俄罗斯不同,密茨凯维支后来的思想倾向跟普希金也不相同。鲁迅在介绍波兰另一位浪漫派大诗人斯洛瓦斯基时,也提到他离开波兰,流亡到巴黎,"成诗一卷,仿裴伦诗体"。

总之,鲁迅关于拜伦的影响的论述基本上符合于当时的实际情形,符合于十九世纪欧洲浪漫主义运动的发展史。拜伦的影响之所以如此强大而深远,也只能结合十八世纪末叶、十九世纪初期欧洲历史的具体情况,欧洲社会的大动荡、大革命、大变迁的事实,也就是欧洲浪漫主义运动之所以兴起和发展的时代背景来加以说明。关于这些,《摩罗诗力说》中都有所论述、有所解说,鲁迅明确地指出:

> 十九世纪初,世界动于法国革命之风潮,德意志西班牙意大利希腊皆兴起,往之梦意,一晓而苏;……而诗人裴伦,实生此际。

鲁迅在评价了拜伦的威力及其影响之后,仍然回到中国,思考当时中国所面临的严重问题,指出黑暗的清王朝统治下的中国"从孤立自足,不遇校雠,终至堕落而之实利,为时既久,精神沦亡,逮蒙新力一击,即犇然冰泮,莫有起而与之抗"。最后,又归结到这非常重要的一点:

> 此所为呼维新既二十年,而新声迄不起于中国也。夫如是,则精神界之战士贵矣。

早在一九〇七年,即距今七十多年前,鲁迅——中国第一个比较文学家,以《摩罗诗力说》这篇介绍西方浪漫派诗人的专著,为我国的文学研究开辟了一条新路——比较文学研究的道路。他眼光锐利,分析明确,他的成就是难能可贵的,值得我们深思和不断学习。由于鲁迅早年既受过西方自然科学多方面的洗礼,又得到"进化论"等西方资产阶级先进思想的熏陶,以及革命浪漫主义精神的鼓舞,特别是他当时的世界观中已有着较坚实的唯物主义基础(尽管其中也有不少唯心主义成分),在政治上他是一个革命民主主义者,一个反帝反封建的前驱者。他自己就是一个精神界的战士,因此在他的比较文学研究中,无论从立场观点方面,或从方法论方面来说,都跟当时中国民主革命和广大人民的启蒙运动的要求相一致。为了挽救民族危亡、探求真理、呼唤新声、寻觅"精神界之战士",鲁迅写了这篇著作,进行了中外文学的比较研究,初步树立了批判继承,"古为今用、洋为中用"的原则。他以一个二十六岁的青年,在二十世纪初年,就提出了这样令人惊叹的先进的观点:

> 夫国民发展,功虽有在于怀古,然一其怀也,思理朗然,如鉴明镜,时时上征,时时反顾,时时进光明之长途,时时念辉煌之旧有,故其新者日新,而其古亦不死。

这就是一种辩证的科学态度。在当时,这个观点是十分先进的,具有深刻的革命意义。"世事反复,时势迁流,终乃屹然更兴,蒸蒸以至今日"[54],"洪波浩然","精神亦以振,国民风气,因以一新"[55]。直到今天,在我们为祖国"四个现代化"而努力奋斗的时代,鲁迅这些思想仍在闪光,鼓舞着我们前进。

九

十九世纪英国杰出的浪漫派诗人约翰·济慈曾经写了一首赞美诗歌和诗人,歌唱人类漫长的诗歌旅程的十四行诗:

> 有多少诗人把流逝的岁月镀上金!
> 　有些曾经是我快乐的幻想的食粮——
> 　他们诗中的美,平凡朴素或崇高豪壮,
> 能使我沉思默想,进入了诗境。
> 时常,当我坐下来作诗吟诵,
> 　他们就成群结队闯入我的心田,
> 　但所引起的,不是一片混乱,
> 也不是粗鲁的骚扰,而是愉悦的歌声。
> 犹如黄昏蕴藏着数不清的声调——
> 　簇簇树叶的悄语,鸟雀的歌唱,
> 　流泉的玲琮;洪钟的振荡
> 传来了庄严的乐音;还有千种别的音潮,
> 　只因相隔遥远,难以分辨声响,
> 　它们组成了可喜的音乐,而不是狂叫。[56]

歌德说:"我愈来愈深信,诗是人类的共同财富。诗随时随地由成百上千的人们创造出来。"[57]在全世界,自古到今的诗歌创作的辽阔的

园地中,诗人们各献才华,似春华竞妍、秋华争艳,"把流逝的岁月镀上金!"我国宋人论诗也曾说过:"秋菊春兰宁易地,清风明月本同天。"他们作品中所珍藏着的诗美,所体现出来的各种不同的风格,或"平凡朴素",或"崇高豪壮",都为同辈或后代人所欣赏,吸收其营养,化为自己的血肉。他们的诗篇中所反映的生活真实;所抒发的情思,能使人们有所认识、有所感触、有所振奋。鲁迅在《摩罗诗力说》第三篇论诗歌的社会功能和作用时说:

> 故人若读鄂谟(Homeros)以降大文,则不徒近诗,且自与人生会,历历见其优胜缺陷之所存,更力自就于圆满。此其效力,有教示意;既为教示,斯益人生;而其教复非常教,自觉勇猛发扬精进,彼实示之。凡苓落颓唐之邦,无不以不耳此教示始。

这里,鲁迅把诗歌(文艺)同人生社会的关系、它的作用和教育意义说得很清楚。在西方,从古希腊荷马史诗《伊利亚特》和《奥德赛》以来;在印度,从《摩诃婆罗多》和《罗摩衍那》以来;在中国,从《诗经》和《楚辞》以来……人类的歌声真是层出不穷、遍地迸涌、千古共鸣,组成一支支优美动人的交响乐。——真个是"盖人文之留遗后世者,最有力莫如心声"。

鲁迅写这句话时,才二十六岁,正当他勇往直前、风华正茂的时节。同样是二十六岁,却已受尽折磨、悄然离开了人世的济慈在生前的一封信里说:

> 人们的心灵是如此互不相同,而走着如此各别的道路,以致

> 在这种情况下,初看起来两三个人之间都不可能有共同的趣味和交情,但事实却适得其反,许多心灵各自向着无数点上,互相交臂而过,最后却又欢聚在旅程的终点。[58]

以《摩罗诗力说》一文为起点,青年的鲁迅在中国近现代文学史上揭示了新的一页。他倡导浪漫主义运动,喊出新的心声,尽管当时的应和者、共鸣者不多,使他感到寂寞。但是,当五四运动的洪钟轰响起来的时候,在反帝反封建的坚定的步伐中,鲁迅早年像普罗米修斯一样从西方输送进来的革命浪漫主义的火焰就旺盛地、明丽地燃烧起来了。举火者有了继承人,而且不是两三个人了。一九二一年,现代中国浪漫派、卓越的诗人郭沫若出版了《女神》,标记着中国长期优秀的浪漫主义诗歌传统有了新的崛起。郭沫若高唱"凤凰涅槃"之歌,热烈欢呼伟大祖国的新生。在"五四"时代,他"找出了喷火口,……找出了喷火的方式"。他说:"我的诗便是我的生命,……我有血总要流,有火总要喷,不论在任何方面,我都想驰骋!"[59]这是浪漫派典型的呐喊,其中有歌德的声音,拜伦、雪莱的声音,海涅和惠特曼的声音在回响着。假如没有西方的影响,特别是欧洲浪漫主义的积极的影响,很难想象我们现代诗歌的新鲜的风貌,很难想象闻一多的《红烛》和《死水》的诞生,乃至三十年代无产阶级革命诗人殷夫的《孩儿塔》的显现……我们现代前辈诗人又从中国古典诗歌伟大传统中汲取了精华,又把他们思想上和艺术上的独创珍品遗留给新一代的诗人们。

"国民精神之发扬,与世界识见之广博有所属。"国际文化交流的加强,健康地发展,不但促进了全世界人民互相了解,友谊的巩固和发展,而且推动了我们更好地互相学习,为我们的文学艺术带来新的血液和新的力量。在今天我们伟大祖国的社会主义建设中,奔向"四个现代化"的灿烂前景的大路上,我们的文学是为人民服务、为社会主义服务的,我们要有崇高壮美的理想,心灵的亮光。在文学艺术创作中,我们要坚持革命现实主义的广阔道路,同时我们仍然非常需要时代的革命的浪漫主义!"得昭明之声,洋洋乎歌心意而生者,为国民之首义"。

愿我们当代诗歌的花朵盛开,在中外诗歌多彩交辉的旅程上,香飘万里,光照万代!

一九八一年春节初稿
一九八一年五月修订

注释

〔1〕席勒《强盗》扉页上的题辞,原文是拉丁文。

〔2〕裴多菲《战歌》。

〔3〕裴多菲《书简》。

〔4〕〔7〕《集外集拾遗·破恶声论》。

〔5〕以上引文均见《呐喊·自序》。

〔6〕〔12〕〔13〕〔14〕〔15〕〔16〕〔17〕〔48〕〔49〕〔50〕〔51〕〔52〕〔53〕《坟·摩罗诗力说》。

〔8〕邹鲁《中国国民党史稿》,第500页。

〔9〕《孙中山选集》上卷,《建国方略》,第176页。

〔10〕列宁《亚洲的觉醒》,《列宁选集》,第2卷第448页。

〔11〕〔38〕〔39〕〔42〕〔43〕〔46〕〔47〕《坟·文化偏至论》。

〔18〕这两节诗引自查良铮译的《雪莱抒情诗选》,人民文学出版社,1958年版。

〔19〕济慈这首十四行诗是我自己的新译,译文初次发表于《外国文学研究》,1980年第2期。

〔20〕鲁迅《集外集·〈淑姿的信〉序》。

〔21〕华兹华斯《抒情歌谣集》第二版《序言》。

〔22〕〔23〕〔29〕雪莱《诗辩》。

〔24〕〔25〕赫兹里特《诗歌泛论》。

〔26〕雪莱这首诗是我自己的新译。

〔27〕雪莱这首诗也是我自己译的。

〔28〕见马克思、恩格斯《论文学与艺术》。

〔30〕普希金这首诗根据戈宝权同志的译文,见《普希金纪念文集》。

〔31〕《坟·题记》。

〔32〕〔33〕《坟·灯下漫笔》。

〔34〕〔37〕《坟·杂忆》。

〔35〕《集外集·〈奔流〉编校后记(十一)》。

〔36〕《集外集拾遗补编·〈奔流〉编校后记(十二)》

〔40〕《坟·再论雷峰塔的倒掉》。

〔41〕《集外集·〈奔流〉编校后记(二)》。

〔44〕《鲁迅书信集·462致董永舒》。

〔45〕〔57〕见歌德1827年1月31日同艾克曼的谈话,《歌德谈话录》中译本,第113页。

〔54〕〔55〕《坟·科学史教篇》。

〔56〕济慈这首十四行诗是我的新译,译文初次发表于《外国文学研究》,1980年第2期。

〔58〕济慈《书简》。

〔59〕郭沫若《序我的诗》,见《郭沫若文集》第13卷第121页及郭沫若《湘累》,见《郭沫若文集》第1卷第21页。

附　识

　　看完了这个集子的全部修订誊清稿后,我感到有点儿欣慰,因为总算做完了一件拖延了好几年的事情。注释部分没想到竟达五百二十三条,费时较多,基本上解决了本书中一些疑难问题,但也有几处(如注释部分第四篇注〔37〕,拜伦所说的"吾爱亚美利加,此自由之区,神之绿野,不被压制之地也"这几句话),一直未查到出处,只好暂缺了。

　　无论在注释或今译方面,我应该衷心感谢好几位朋友和同行热心的帮助。在我完成《摩罗诗力说》今译初稿,开始搞注释时,就得到了中国社会科学院外国文学研究所戈宝权同志和文学研究所鲁迅研究室王士菁同志的鼓励和协助。戈宝权同志曾花了好几天,亲自到北京图书馆为我查阅英国作家道登(Edward Dowden)的著作,终于找到了《抄本与研究》(Transcripts and Studies)一书,并抄出注释中所需的一节(见本书注释部分第三篇注〔5〕)。宝权同志还用细小的笔迹,密密麻麻的,写了封十几页的长信给我,除抄录道登的英文原作外,还描述了他寻觅书刊的乐趣。王士菁同志很关心这本书的整理和出版,亲自看了四万多字的今译部分原稿的打字本,并有所指正。

　　我还应该感谢中国社会科学院外国文学研究所兴万生同志。他帮助我写好有关裴多菲的几条注释,甚至把他自己根据匈牙利文《裴多菲全集》写成的《鲁迅著作中所引裴多菲诗文新考》一文的手稿寄给我,使我摆脱了因不懂匈牙利文所造成的困境。南京师范学院外语系焦永琦同志为我查阅或核对了有关普希金、莱蒙托夫以及柯罗连科的注释材料。

在现代汉语译文部分,我必须感谢北京师范大学中文系杨敏如同志,以及南京大学中文系周勋初、许维贤、鲁国尧等同志,他们都先后用心地看过拙译全文,提出了不少宝贵的意见。

江苏国画院老画家和书法家黄养辉先生为本书题笺;中国版画家协会、中国电影家协会会员傅靖生同志为本书设计、创作了封面以及书中的插图;还有,南京大学中文系研究生金国嘉同志花了不少时间,誊清全部注释和解说部分草稿十几万字,并帮我查阅了一些有关的资料;我都应该深深地感谢。

最后。我还要非常感谢天津人民出版社李福田同志。他不但热忱地介绍了这部稿子,而且从头到尾那么认真负责地校阅了全书,提出了很好的建议和意见。有些地方,他连一个标点符号,都不轻易放过。

总之,这本书的完成,得到出版的机会,是与许多朋友的关心、同行的鼓励和助力分不开的。我会永远铭记在心。

在学习鲁迅、研究鲁迅的漫长的道路上,国内国外,天涯海角,各方面有着相同的兴趣和志向的同志们,为了深入探索鲁迅的思想和艺术的精髓,使鲁迅的伟大精神力量在全世界发扬光大,而团结在一起,共同努力,高扬着友谊的歌声,这是多么令人振奋的事情啊!在我们中国人民革命事业的进程中,在为早日实现我国"四个现代化"而展开的雄伟的战斗中,以及在更多更好地推进国际文化交流的壮丽的工作方面,"其亦沉思而已夫,其亦惟沉思而已夫"的岁月早已逝去了,如今已到了正如鲁迅年青时所憧憬着的"雷霆发于孟春,而百卉为之萌动,曙色东作,深夜逝矣"的时代了。一大批新的"精神界之战士"已经诞生,我们应该信心十足地朝着鲁迅晚年所热烈地歌唱着的"愿乞画家新意匠,只研朱墨作春山"的美景探索前行!

赵瑞蕻

一九八一年五月四日

赵瑞蕻《〈摩罗诗力说〉注释·今译·解说》重读小札

黄乔生[*]

1982年,赵瑞蕻先生(以下简称"赵瑞蕻")的《〈摩罗诗力说〉注释·今译·解说》(天津人民出版社,以下简称《注释·今译·解说》)出版。四十多年过去,本书依然是鲁迅研究、比较文学研究领域的学术名著。南京大学出版社即将再版该书,编辑部嘱我写一点儿纪念文字,谨就该书的撰写过程、学术成就及其影响谈一些粗浅的看法。

一

《摩罗诗力说》是鲁迅在1907年撰写的一篇长文,由9个部分组成。当时,26岁的鲁迅放弃了在仙台医专的学习,到东京从事文学活动。文章标题中的"摩罗"来自英国桂冠诗人罗伯特·骚塞(Robert Southey)对拜伦(Lord Byron)诗歌的批评。骚塞给拜伦一个谴责性的恶谥:"受恶神摩洛(Moloch)和彼列(Belial)精神影响的撒旦派(the Satanic School)首领。"鲁迅却没有用基督教的"撒旦",而用了梵文神名"摩罗"(Mara),把拜伦等诗人称为"摩罗诗派",肯定他们是为被压迫人民伸张正义而吟唱、呐喊和战斗的勇士,与骚塞的态度截然相反。

---

[*] 黄乔生,1983—1986年为南京大学中文系世界文学专业研究生,师从赵瑞蕻先生。北京鲁迅博物馆(北京新文化运动纪念馆)原常务副馆长,中国鲁迅研究会常务副会长。

《摩罗诗力说》第一部分叙述了古文明国家由盛而衰的历史及现状,与近代文明兴盛的国家相比,指出"别求新声于异邦"的重要性,这就是"摩罗诗派"的出现:"至力足以振人,且语之较有深趣者,实莫如摩罗诗派。摩罗之言,假自天竺,此云天魔,欧人谓之撒但,人本以目裴伦(G.Byron)。今则举一切诗人中,凡立意在反抗,指归在动作,而为世所不甚愉悦者悉入之,为传其言行思惟,流别影响,始宗主裴伦,终以摩迦(匈加利)文士。"摩罗诗人"不为顺世和乐之音,动吭一呼,闻者兴起,争天拒俗,而精神复深感后世人心,绵延至于无已"。在英国,拜伦和雪莱被称为浪漫主义诗人,但鲁迅这段话没有提及"浪漫"而强调"反抗"。第二部分由进化论得出竞争不可避免的观点,并通过分析东西方文化对待历史前进的两种不同态度,指出诗歌的本质是"撄人心"。第三部分着重分析文学的作用,有"为科学所不能言者"。后面几个部分主要是介绍拜伦、雪莱、普希金、莱蒙托夫、裴多菲等8位诗人的生平和作品,总结了"摩罗诗派"的特点和取得的成就。

《摩罗诗力说》是文言文,有些语句颇为难解,又引述大量多语种资料,来源复杂,今天的读者阅读起来不免有障碍。几十年来,中外学者在注释和解说这篇文章方面用力甚勤,不但注解,还译为白话文。历来出版的注解和翻译有《鲁迅文言论文试译》(南京师范学院中文系资料室1976年)、《鲁迅早期五篇论文注释》(王士菁,天津人民出版社1978年)以及赵瑞蕻的《注释·今译·解说》等。《摩罗诗力说》也有几种外文译本:日本与韩国的《鲁迅全集》均收入,英译单行本(寇志明译)已经完成,即将在美国出版。北冈正子在日本的现代中国文学研究杂志《野草》上,分24期发表了广受好评的《〈摩罗诗力说〉材源考笔记》(《〈摩羅詩力説〉材源考ノート》)的系列文章,追溯了鲁迅撰写《摩罗诗力说》所参考的日本和欧洲文献的来源。

对《摩罗诗力说》材源的考证,已有几十年的时间。北冈正子在1972 至 1982 年间发表的"笔记系列"文章,有何乃英的中文译本(北京师范大学出版社 1983 年)。不过,译本省略了在《野草》上发表时的日文和西文引文。北冈正子后来把这些笔记的内容压缩后作为《鲁迅全集》(20 卷,东京:学习研究社 1985 年)第一卷中《摩罗诗力说》日文译本的注释,因为篇幅的限制,省略了原有的数量庞大的西文引文。2015 年,北冈在原书基础上扩充,写成《探索鲁迅文学之渊源——〈摩罗诗力说〉材源考》,恢复了英语和其他欧洲语言引文的原文。

《摩罗诗力说》使用的古今中外典故涉及宗教、政治、历史、文学等多学科知识,因此,注释是一项学术性很强的工作,非中西学养深厚的学者难以胜任。在中文著作中,《注释·今译·解说》影响较大。该书出版时,《鲁迅全集》(1981 年)刚刚出版,这篇文章的注释在全集中属于较多的,达 175 个,而赵瑞蕻著作的注释超过了 250 个,堪称详注。

《注释·今译·解说》出版时,中国比较文学学科正蓬勃复兴。中国比较文学学界提出《摩罗诗力说》是中国比较文学研究的开山之作,鲁迅是该领域的奠基人。赵瑞蕻将鲁迅的《摩罗诗力说》称为中国第一篇比较文学论文,这个观点颇有时代痕迹,因为当时比较文学在中国再次兴起。而作为新时期比较文学学科的开拓者之一,赵瑞蕻对中国最早的比较文学研究者鲁迅的一篇杰作进行详细的分析,是题中应有之义,其时他正参与筹备中国比较文学研究会,并招收该方向的研究生。

中外文化交流中,比较文学研究从梁启超、苏曼殊等肇始,不断发展,即便在抗日战争时期也仍有活动,如清华大学、西南联大开设了"比较文学"、"比较文化"(瑞恰慈)、"中西诗之比较"(吴宓)、"文艺复兴时期的文学"(温德)等课程,接着是叶公超、吴宓等开设"近代中国文学之西洋背景""翻译术"等,更是标准的比较文学课程。

从《摩罗诗力说》中可以找到鲁迅诗学的本源。这篇文章是鲁迅进行诗歌观念建构的一次尝试,其中明确宣示了他的文学主张。他虽然大量运用中外文艺理论和创作资料,但并不是剪刀加糨糊的拼凑,而含有原创性观点,更有现实的关切。

同样,《注释·今译·解说》也不仅仅是"草木虫鱼"的注解、中外典故的释义,而具有开拓之功、方法意义和文学流派建构的努力。对赵瑞蕻自己的诗歌观念和实践而言,这本著作堪称是他的人生新阶段的起点,是他历经沧桑后对青年时代的诗歌理念的重申。他的文学观念和诗歌创作实践与鲁迅的诗学主张颇有契合之处,这部著作与鲁迅青年时代的文章具有一种精神上的延伸性。赵瑞蕻通过这部扎实之作向鲁迅奉上敬意,他做的不只是词句的解释和涵义的疏通,更是一种心灵感应和精神继承,不只关乎学术研究和文学创作,更关乎人生。

这是一部具有浪漫情怀、饱含生命活力的学术著作。

鲁迅的《摩罗诗力说》的开篇即谈到世界的文明古国逐渐成为衰落的"影国",而其"文事式微"正是民族国家衰落的表征。鲁迅因此强调文学"新声"在提振人民精神方面所发挥的重要作用,他的目的是引发新的文化运动。为了找到适合中国的路径,鲁迅从西方的文化史中寻找启示,具体地说,是尼采、果戈理,还有这篇文章重点论述的浪漫主义诗人们。摩罗诗派的形成是一个多语种、跨国界的构建过程,文学在不同国家之间产生共鸣、契合的现象深深地吸引了鲁迅。鲁迅通过在拜伦、雪莱影响下的作家和诗人，去追寻他们对德国、斯堪的纳维亚半岛、东欧以及俄罗斯的影响，这些作家和诗人包括柯尔纳（Körner）、易卜生（Ibsen）、普希金（Pushkin）、莱蒙托夫（Lermontov）、密茨凯维支（Mickiewicz）、斯洛瓦茨基（Slowacki）、克拉辛斯基（Krasinski）和裴多菲（Petöfi），画出一条影响研究的清晰线索。《摩罗诗力说》虽然语涉多国、神骛八极，洋洋洒洒，浩浩汤汤，但目的不是做比较文学研究，不是在写作美文，而是有他自己的意图，他追寻受英国拜伦影响的"恶魔派"诗人时，瞩目中欧和东欧民族国家，最终关注点则落到中国。

鲁迅写作《摩罗诗力说》，借鉴了丹麦犹太评论家勃兰兑斯（Georg Brandes）的几部关于俄罗斯和波兰文学的著作、约翰·阿丁顿·西蒙兹（John Addington Symonds）的《雪莱》(1878 年）和当时日本学者写的关于拜伦和雪莱的主要作品，后者包括：《拜伦——文艺界之大魔王》(《バイロン：文芸界之大魔王》，木村鹰太郎著，东京：大学馆 1902 年）、《海贼》("The Corsair"，木村鹰太郎译的拜伦诗歌）、《拜伦》(《バイロン》，米田实著，东京：民友社 1900 年）和《雪莱》(《シェレー》，滨田佳澄著，东京：民友社 1900 年），鲁迅从中引用了一些诗人的生平史料。《摩罗诗力说》第六部分关于雪莱的论述就主要来源于《雪莱》。从赵瑞蕻著作中"无一字无来处"的注释中，我们看到鲁迅借用了很多前人的研究资料，但鲁迅论文所构建的"摩罗诗派"不是材料堆砌，更不是"抄袭"。他选择和使用这些材料，是要解决自己面临的问题，正如日本学者伊藤虎丸所说："把它们看成是剪刀加糨糊的工作也未为不可。在剪刀和糨糊的使用方法中，有时也能鲜明地看到作者不容混淆的具有个性的态度。"

《摩罗诗力说》批评当时中国的状况道:"中国之治,理想在不撄,而意异于前说。有人撄人,或有人得撄者,为帝大禁,其意在保位,使子孙王千万世,无有底止,故性解之出,必竭全力死之;有人撄我,或有能撄人者,为民大禁,其意在安生,宁蜷伏堕落而恶进取,故性解之出,亦必竭全力死之。"鲁迅标举拜伦、雪莱、普希金、莱蒙托夫、裴多菲等人刚健不挠,抱诚守真,不媚群俗,发为雄声,起其国人,大其国家的精神。他的目的是鼓舞国人争取自由,反抗压迫,建立一个新兴国家。鲁迅写下"求之华土,孰比之哉"时,是自励和期许:中国没有这样的人,中国什么时候才能有这样的人呢?文章最后几句用了诘问和感叹式:"而先觉之声,乃又不来破中国之萧条也。然则吾人,其亦沉思而已夫,其亦惟沉思而已夫!"正是对行动的强调。文章首尾一贯,主题突出,意图明确。可以说,《摩罗诗力说》也显示了鲁迅早期思想形成的诸多因素,是理解鲁迅思想发展的关键。

《摩罗诗力说》长时间被中国学界所忽视的原因,一方面与其语言的晦涩难懂有一定关系,一方面也与其中提到的一些欧洲文化、文学名家在中国的"不合时宜"有关。而尼采和一些摩罗诗人谴责"庸众"、抨击统治者和所谓"多数"压制个人及少数群体暴行的言论,被认为有个人英雄主义倾向。

鲁迅宣扬摩罗诗人正是其独异之处,他构建的"摩罗诗派"概念不但要反抗专制政治,而且也要挣脱世俗、出离庸众,指向文学的善美和精神的力量。

过去人们认为鲁迅早期的几篇文言论文中,《文化偏至论》较为深刻,更具思想性,这当然是不错的。但《摩罗诗力说》既有文学性,又有思想性,更贴近鲁迅的作家身份。澳大利亚鲁迅研究专家寇志明教授称这篇文章是"鲁迅整个职业生涯的早期宣言",信然。

二

鲁迅在东京通过日本文坛对西方文化的介绍来认识异域和反思自身。在章太炎讲授《文心雕龙》《说文解字》的课堂上,鲁迅对文学做了一些思考,对中国文学理论并不陌生,但其文学观念的形成的一个重要启示则来自西方浪漫主义文学传统,是毫无疑问的。

对西方浪漫主义文学的总结和思考,并由此找寻本民族的前进道路,或找寻本民族落后、衰败的根由和重新振起的方法,是鲁迅浸润较久、沉潜较深、感触较多的领域,是讨论《摩罗诗力说》的意义和价值最应着力之所在。

赵瑞蕻对鲁迅这篇文章进行如此详细的注释和解说,也与其个人的人生道路、文学观的形成和诗歌创作历程密切相关。浪漫主义诗歌、摩罗诗派,与他的青春和生命有着重要关系,正如文中的表述:"盖人文之留遗后世者,最有力莫如心声。"青春是浪漫的,青春的诗歌是浪漫主义的,而赵瑞蕻一代人经过十四年抗战,更深切地体验了拜伦、裴多菲等诗人反抗压迫的"摩罗精神"。

赵瑞蕻在个人诗歌创作道路上与浪漫情感和摩罗精神的缠绕,折射出一代人的困境,不只是他本人,还有他在西南联大南湖诗社的诗友。上溯到鲁迅一代,也同样在摩罗或者浪漫的道路上颠踬或徘徊。鲁迅在构建"摩罗诗派",形成自己的诗歌观的时候,对哪位诗人更为倾心,或者说,哪位诗人对后来的鲁迅影响更大?

英国诗人拜伦、雪莱自然影响很大,但德国的几位诗人对鲁迅的影响更值得注意,尼采甚至出现在《摩罗诗力说》的题辞中。浪漫主义是一场欧洲范围的文化运动,并不限于文学。德国对于鲁迅极为重要,他到仙台学医,用的主要是德国教材,而回到东京从事文艺活动,挂名在德语学校,甚至他有留学德国的打算。德文是鲁迅接触欧洲文学的唯一有效语言。两位德国诗人,尼采与海涅,并没有被列入"摩罗派"。而鲁迅对他们关注,既要归因于他在德语资料阅读方面的优势,更要归因于他与两位诗人性情的接近和观念的契合。

早期鲁迅受尼采影响很深。尼采揭露西方现代文明的虚伪、罪恶,否定一切旧价值标准,粉碎一切偶像的主张,超越平庸、超越旧我的超人理想,深深鼓舞和激励着中国青年。毫无疑问,尼采正是一位浪漫主义诗人,是反抗宗教和习俗的摩罗派诗人和战士。海涅亦然,文学史家将席勒称为古典主义的擎天柱,而把海涅称为浪漫主义的急先锋。"我们时代的伟大使命是什么呢?那就是解放……欧洲已经成长起来,今天正挣脱享有特权的阶层,即贵族的铁锁链"。海涅抑制不住地用冷嘲和机智的诗向现行秩序挑衅,揭露和批判德意志反动的专制主义和民族主义,他也被称为"最后一个浪漫派"。海涅临死时,希望人们在自己的灵柩上放上一柄长剑:"我不盼望我的墓碑上饰着诗人的桂冠,却只要战士、宝剑和盔帽。"

赵瑞蕻英文和法文较好,德文也有所涉猎。20世纪50年代,他到德国任教,有机会接触到德文文献,对他注释和解说《摩罗诗力说》是一种必要的准备,也许是他七八十年代之交进行鲁迅文章解读的一条伏线。赵瑞蕻所举的例子中就有德国文学来源。同样,北冈正子也从德文着手发现了很多材料来源,她本人也有相同的德文学习研究经历。理解尼采和海涅出现在鲁迅视野中是一种必然,因此,在鲁迅这篇文章的解读者中,这几位对德语言文学有素养的学者就能取得更好的成绩。

跨语种构建文艺观念,鲁迅是先驱者,是典型和楷模。鲁迅的语言学习是那个时代的风气,他的读书趋向是通过外语学习,在南京和日本时期,他先后接触过英、德、日、俄、梵五种外语,20年代在北京还涉及世界语,在六种语言中只有梵文没有正式学习。鲁迅对摩罗诗派的建构的语言媒介是英文的,更是德文的。鲁迅后期努力用日文翻译苏联文艺也是一种途径,意图建构新的流派,也是跨语种建构。鲁迅懂得的语言是更切实更坚实的研究基础,他的德文素养与文学观形成的关系正是一个有力的例证。

《摩罗诗力说》中的德文文献是鲁迅"摩罗诗学"的重要来源。20世纪20年代初,鲁迅推荐给汪静之的诗人是:拜伦、雪莱和海涅。或者,他认为这些诗人适合作为汪静之创作的借鉴,或者意味着这是他自己熟悉的三位诗人。须知,海涅在《摩罗诗力说》中并没有得到论述,但他是所谓"战士诗人",是"文化武士"。鲁迅提出的"精神界之战士",就从他的诗句"精神界之武士"而来。

赵瑞蕻在注解《摩罗诗力说》时,对德文文献来源的疏证颇有建树。如鲁迅文章篇首引尼采的一段话"求古源尽者将求方来之泉,将求新源。嗟我昆弟,新生之作,新泉之涌于渊深,其非远矣"。出自《查拉图斯特拉如是说》第三章"旧的和新的墓碑"部分第二十五节。但鲁迅的译文与德文原著有出入或容易生出歧义,如"新生之作"几个字,读者会以为是"新生的作品",而原文则是"新人的兴起"的意思。也有人译作"寻古源尽者,终将求未来之泉、新源。——同胞啊,新民兴起,新深渊下新泉迸发,并不远了"。较之鲁迅的文言译文,赵瑞蕻的白话译文更准确也更顺口:"探求那古老的源泉已经穷尽了的,将要去追寻未来的源泉,那新的起源。兄弟们呵,新生命的兴起,新的泉水,从深渊中喷涌出来,那日子不会遥远了。"

再如,第二段最后一节所引德国19世纪初诗人特沃多尔·柯尔纳写给自己父亲的信,鲁迅译为"普鲁士之鹫,已以鸷击诚心,觉德意志民族之大望矣",不好理解,赵瑞蕻核对德文,根据原文译为白话:"普鲁士的雄鹰,已经用它的翅膀的拍击和赤诚的心胸,来唤醒德意志民族的伟大希望了"。并且,赵瑞蕻在注释时,不受鲁迅的引述影响,从原文译出原信的完整句子:"德意志站起来了,普鲁士的雄鹰大胆地鼓动双翼,在每个忠诚的心坎里唤起了对解放德意志,至少是解放北德意志的巨大希望。"

又如,关于歌德会见密茨凯维支的注释,也显示了德文文献所起到的作用。《摩罗诗力说》写密茨凯维支:"因至德国,见其文人瞿提(歌德)",指的是密茨凯维支1829年5月乘船离开圣彼得堡到德国,经汉堡、柏林,同年8月17日到达魏玛(Weimar)。他访问了歌德,并参加了8月26日举行的歌德八十寿辰庆祝活动。陪同密茨凯维支一起去的波兰朋友奥狄涅茨(Odyniec)写道:"亚当(即密茨凯维支)的诗句是烧得通红的钢块,歌德的诗句则是明晃晃的冰冷的银币。"而关于密茨凯维支会见歌德的情况,在乔治·勃兰兑斯《波兰印象记》第四部分的《密茨凯维支与歌德》中则有动人的、引人深思的描写。1981年和2005年版全集的《摩罗诗力说》注释均没有引述这场谈话的细节,读者对个中曲直依然不甚了解。这可能与注释的篇幅限制有关,但使读者的完全理解是注释的第一要义。在这些文献上,《注释·今译·解说》补充的资料比《鲁迅全集》的注释还要丰富得多。

三

欧洲浪漫主义文学的特点是侧重于表现主观理想,抒发强烈的个人感情,追求强烈的美丑对比和出奇制胜的艺术效果。与古典主义追求静穆、素朴、和谐、完整的审美理想相反,浪漫主义文学强调从生活的瞬息万变、精神的动荡不安,以及富于特征性和神秘意蕴的各种奇特现象中揭示美。

赵瑞蕻是诗人,也是翻译家,其创作趋向是浪漫主义的。《注释·今译·解说》带着强烈的个人色彩,是从一个浪漫诗人的初心,以一个历经沧桑的文学者的眼光来评价鲁迅这部名篇的。开放的时代,给予他用热情的语言来讴歌这些令鲁迅和他自己青年时代神往和景仰的欧洲诗人们的机会。

中国对外国文学的接受大致有两种情况:首先是应用于中国,因应现实需要,上升到国家民族;其次是个人的性情,将鲁迅的《摩罗诗力说》与赵瑞蕻的注解连接起来,可以看出时代风气和文化信息。为什么赵瑞蕻在这个时期钟情于鲁迅?并非只是为了比较文学学科的建设,本质上是为了追求浪漫主义,他在鲁迅早期的文论中找到中国浪漫主义的根源。他遇到的不只是一个研究对象、一个导师,更是一个知音。因此,赵瑞蕻的注释和解说既是一部学术著作,也是性情之作。今天我们阅读这本书,要考虑两个因素:一是赵瑞蕻的诗歌之路,二是西南联大的诗人群体的重出和新时代诗风的标举。20世纪80年代的中国,思想解放运动大潮汹涌,文学上的浪漫主义、现代主义回潮,接续了五四文学传统与鲁迅文学的呐喊之音。人们大力倡导现代主义,而其实,早在西南联大时期,青年诗人们就曾倡导过现代主义,甚至因为趋新而远离浪漫主义。但赵瑞蕻在西南联大南湖诗社的群体中是一个例外，他不在"九叶诗派"之列，原因当然是多方面的，但有一个原因是他诗歌中的浪漫主义风格，他是以一位清纯的浪漫主义诗人的面貌出现于诗社的。诗社中有同人调侃，甚至揶揄地称他为"年轻的诗人"！实际上，当时的大学生都很年轻，为何独独称他为"年轻的诗人"？我曾推测，这可能是诗友在调侃他的恋爱，字面写成"young poet"，是暗指他与杨姓女子的恋爱，即"Young's poet"。除此之外，恐怕还有调侃他浪漫性情的意味。最近整理资料，发现我在20世纪90年代写给赵先生的一封信，其中有一首诗，是西南联大南湖诗社诗友写给赵瑞蕻的。原文是英文，我试译为中文，题目是《献给我们年轻的诗人》：

尽管鸟儿有许多歌要唱，
云雀夜莺和布谷鸟，
从清晨唱到万籁俱寂的夜晚，
而在深夜却能听到那吐露真情款曲。
忠诚的先驱者啊，
给这世界甜蜜的忧愁和无尽的叹息，
给为爱所困误的心以震动和解脱。
高唱那统治一切的爱之伟力，
沉醉的灵魂啊，
用你的全心真意。
我们的诗人闻之而喜。

沉浸在爱情中的赵瑞蕻是幸福喜悦的,也是幸运的。他对浪漫主义的坚守是他的诗学的底子,至于浪漫主义中偏重反抗的摩罗诗派,和对无常、荒诞颇为敏感的现代主义,那时并不在他的关注范围之内。

这种对浪漫主义的倾心,对美好事物的向往,始终伴随着赵瑞蕻,让他保持真纯,在完成《摩罗诗力说》注释解说后,继续在浪漫主义文学研究领域开拓,做出了很多成绩,他也创作了大量歌颂光明和温暖的诗歌。

王佐良在《英国浪漫主义诗歌史》序言中说:

> 三十年代后期,在昆明西南联大,一群文学青年醉心于西方现代主义,对于英国浪漫主义诗歌则颇有反感。我们甚至于相约不去上一位教授讲司各特的课。回想起来,这当中七分是追随文学时尚,三分是无知。当时我们不过通过若干选本读了一些浪漫派的抒情诗,觉得它们写得平常,缺乏刺激,而它们在中国的追随者——新月派诗人不仅不引起我们的尊重,反而由于他们的作品缺乏大的激情和新鲜的语言而更令我们远离浪漫主义。当时我们当中不少人也写诗,而一写就觉得非写艾略特和奥顿那路的诗不可,只有他们才有现代敏感和与之相应的现代手法。
>
> 半个世纪过去了,经历了许多变化,读的诗也多了,看法也变了。现代主义仍然是宝贵的诗歌经验,它是现代思想、现代文化的一个重要组成部分,而且为它们打先锋,起了突破性的历史作用。但是浪漫主义是一个更大的诗歌现象,在规模上,在影响上,在今天的余波上。现代主义的若干根子,就在浪漫主义之中;浪漫主义所追求的目标到今天也没有全部实现,而现代主义作为文学风尚则已成为陈迹了。

赵瑞蕻的诗歌观念中没有现实主义和浪漫主义的截然区分，也没有消极浪漫主义和积极浪漫主义的断然分剖。

本书"解说"部分是赵瑞蕻写的《中外诗歌多彩光辉的旅程——读鲁迅〈摩罗诗力说〉随想》，其中第五部分论述了浪漫主义在欧洲的发展过程，从十个方面阐述了浪漫主义的特点，凝聚了他多年研究西方诗歌史的心得。后来他还出版了《诗歌与浪漫主义》一书，论述更为详尽，此处不赘，只就有关济慈的部分略作说明。1981年版《鲁迅全集》对《摩罗诗力说》的第95个注释是："契支（1795—1821）通译济慈，英国诗人。他的作品具有民主主义精神，受到拜伦、雪莱的肯定和赞扬。但他有'纯艺术'的、唯美主义的倾向，所以说与拜伦不属一派。作品有《为和平而写的十四行诗》、长诗《伊莎贝拉》等。"《注释·今译·解说》第91页对济慈的注释更为详细，兹不引述。在注释的后面，赵瑞蕻谈了自己的看法。针对鲁迅原文中所说济慈"虽亦蒙摩罗诗人之名，而与裴伦别派，故不述于此"，赵瑞蕻指出："从思想和艺术方面来看，济慈跟拜伦和雪莱是有差别的，他缺乏拜伦和雪莱那样的挑战精神、反抗之火，没有拜伦的辛辣讽刺的力量，也没有雪莱那样的空想社会主义的热情。但是，济慈对当时的政治斗争是很关心的，对现实黑暗现象很痛恨并加以揭露批判；他主要是以对真、善、美的追求，对艺术崇高的境界的追求，同丑恶的现实对立起来，而抒写他精彩的诗篇。他们的基本倾向是一致的，作为浪漫主义运动中的杰出代表，作为革命民主派，他们都是站在一起的战友，同样做出了重大贡献。因此，可以说，济慈和拜伦、雪莱同属于一个流派，都是'摩罗诗人'。"可能是感觉意犹未尽，在"解说"部分，他从艺术特点上追寻浪漫主义的本源，对过去偏颇的、"一刀切"的做法作了反拨：

浪漫主义作为一个文学现象、一种美学倾向、一种创作精神，或者一种艺术方法，中外古今都是长期、普遍存在着的，它具有跟现实主义不同的特征。这属于美学、文艺理论研究的范畴。浪漫主义作为一个运动、一种思潮，或者流派，是一定历史时期的产物。这属于文学史研究的范畴。我们应该探索两种浪漫主义之间的联系，互相渗透的现象。关于浪漫主义的共同性，我试概括为下面的九点：一、主观性（Subjectivity）；二、抒情性（Lyricism）；三、想象力（Imagination）；四、理想性（Idealism）；五、敏感性（Sensibility）；六、象征性（Symbolism）；七、神奇性（Mysticism）；八、自然美（Beauty of Nature）；九、中古风（Medievalism）。这九点彼此之间有一定的联系。另外，除了第九点对于中国的浪漫主义文学不适合外，其余八点，我认为都可据以分析研究中外古今的任何浪漫主义的作品。

赵瑞蕻坚守的是传统的浪漫主义，反抗的、战斗的摩罗并不是它的唯一特质。浪漫主义是以人道主义为底子的文学主张，不是军政斗争的武器，更不是后现代的颓废和绝望。

阅读本书，必须考虑到浪漫主义在中国被接受的历史，而赵瑞蕻是浪漫主义在中国接受过程中的一位实践者和见证者。

四

鲁迅著书是在一百多年前，所见资料有限，难免有一些不准确的地方。《注释·今译·解说》指出了一些问题，弥补了原文的不足，但也不能解决一切疑难。

鲁迅著作的出版是中国现代出版史上的一个典范性工程。《鲁迅全集》中有比较详细的注释，像《摩罗诗力说》这样的文言体，尤其资料来源丰富的篇章，注释要更加详细。2005年的版本吸收了中外研究者的成果，但仍难称完善。随着社会发展和学术研究的深入，《鲁迅全集》中的很多人物和事件需要做客观、公正的评价，新的研究成果需要得到体现。

尽管几代学者和注家对《摩罗诗力说》进行了研究，但注释仍有错讹之处。如1981年版《鲁迅全集》中该篇的第51个注释：约翰穆黎(J. S. Mill,1806—1873)，通译约翰·穆勒，英国哲学家、经济学家。著有《逻辑体系》《政治经济原理》《功利主义》等。赵瑞蕻的注释是："约翰穆黎通译弥勒，全名是约翰·司图亚特·弥勒(John Stuart Mill, 1806—1873)，英国哲学家、经济学家。代表著作有《逻辑系统》(*System of Logic*,1843)《政治经济学原理》(*Principles of Political Economy*,1848)、《功利主义》(*Utilitarianism*,1861)等。"实际上，"以能涵养吾人之神思耳。涵养人之神思，即文章之职与用也"这句话不是出自约翰·穆勒，而是出自英国批评家约翰·莫莱(John Morley)。2005年版的《鲁迅全集》仍旧注释为约翰·穆勒。

针对《摩罗诗力说》中一些未找到出处的材料，《注释·今译·解说》也做了存疑处理，如"科勒多 原文待查。不过，根据德文等有关资料，裴多菲十岁时，他的父亲送他到佩斯城，上基督新教办的一个中学读书"。2005年版的《鲁迅全集》对此条也未注释，需要研究者继续努力。

关于鲁迅文章注释的简繁问题，一直存在争议。总体上说，注释不宜太繁，过去当时即有此种意见，在检索资料更便捷的当下，似乎更不必遇词解释，凡事出注。但对于《摩罗诗力说》这类存在大量来源性资料问题的文章，若不指出鲁迅在引述原文时的增改情况，读者会难以理解，甚至会发生误解。那么，今后在规范鲁迅著作注释体例时，文言文部分可以作为特例更加详细，而文言文章中多涉及外国语言文化典故的，则更需要做翻译和疏证。

《鲁迅〈摩罗诗力说〉注释・今译・解说》1982年由天津人民出版社初版，后多次重印。2025年由南京大学出版社全新再版，是对赵瑞蕻先生诞辰110周年的隆重纪念。南京大学出版社的编辑为再版本书下了很大功夫，除了修改一些印刷错误外，还做了一些知识性的补充和改定。如勃兰兑斯的出生年，马君武的译文误写作苏曼殊的译文，雪莱著作的出版年份，等等。

多语种视野下的鲁迅研究兼具历史意义和现实意义。在跨语种建构新文学理念方面，鲁迅是先驱者，是典范和楷模。鲁迅青年时代致力于多种语言的学习，在《摩罗诗力说》等文章中使用日、英、德等文献资料，梳理了西方浪漫主义文学流派演进历程，为中国新文学喊出激越的先声。鲁迅晚年更因应时代需要，切合社会实际，从日、俄、德等语种中汲取灵感和养分，努力构建中国文学的新理念。鲁迅的文学创作和文艺理论建构实践对我们的最大启示是，立足中国现实，在多语种文化的相互参照下建设至诚、刚健、善美的文学。赵瑞蕻用这部著作还原了鲁迅早期文艺观念的构建过程，以浪漫主义诗人的真纯、热诚和激情弘扬了鲁迅文化。